표현되었을 뿐
설명할 수 없습니다

아시아 최초 노벨 문학상 수상자 타고르 평전

표현되었을 뿐
설명할 수 없습니다

하진희 지음

Tagore

책읽는고양이

1921년, 노벨 문학상 수락 연설

1913년, 타고르는 아시아 최초로 노벨 문학상을 수상했다. 하지만 노벨상 수락 연설은 8년 뒤인 1921년에 했다. 1914년 부터 시작된 제1차 세계 대전이 1918년에 끝나고 전쟁의 상흔을 치유할 시간이 필요했던 유럽의 상황 때문이었다. 타고르의 노벨상 수락 연설은 그저 상을 받은 기쁨의 메시지가 아니었다. 전쟁의 아픔과 상처를 지닌 유럽인들에게 상생을 위해 세계가 다시 화합하고 평화롭게 살자는 메시지였다. 스톡홀름의 연설장에 참석한 청중들은 멀리 동양에서 온 시인을 감동의 박수갈채로 맞아주었다. 타고르는 서양인들이 자신의 시를 온 마음으로 받아들여준 것에 대해 먼저 고마움을 표현했다. 《기탄잘리》가 서양인들의 마음에 다가갈 수 있었던 것은 자신

《기탄잘리》 초판, 런던, 1912년.

이 고독하게 자연과 마주하며 찾아낸 마음의 평화 때문일 것
이라고 말했다.

그 연설의 핵심적인 내용을 간략히 들여다보면 다음과 같
다.

《기탄잘리》의 영감을 얻은 것은 저의 젊은 시절입니다. 스
물다섯 살 무렵, 저는 갠지스강의 지류에서 작은 배를 집 삼아
뱅골의 작은 섬마을을 순례하며 고독하게 살았습니다. 가을이
면 멀리 히말라야의 호수 어디선가 야생 거위 떼가 몰려와 동

5

반자가 되어주곤 했습니다. 탁 트인 자연에서 거친 햇살과 함께 넘치는 포도주를 마시는 것처럼 삶을 음미했습니다. 강물은 살랑거리며 말을 걸어오며 자연의 비밀을 알려주었지요. 저는 도시에 사는 이들은 상상하기 어려울 만큼 고독했습니다. 하지만 그 고독 속에서 비로소 온전히 자연의 언어를 이해했습니다. 그렇게 서서히 평화가 찾아왔으며 저는 그 신비한 느낌들을 시로 표현하기 시작했습니다. 그 시들을 캘커타의 잡지사와 다른 매체로 보냈습니다. 그 시절의 마음의 평화는 제 기억에 아주 오래도록 저장되었지요. 제 기억 속의 그 보석들은 자연이 아무런 대가를 바라지 않고 제게 준 것입니다. 저는 그것들을 시로 엮어서 서구의 대중들에게 선보였으며 많은 분들이 그것을 아주 우아하고 열렬하게 받아들여주었습니다.

차츰 저는 제 꿈의 실현이나 문학 창작이 목적이 아니라 조국 인도를 위해 봉사하는 방법에 대해 깊이 고민했습니다. 그래서 아이들을 위한 학교를 세우게 됐습니다. 사실 저는 제대로 학교 교육을 받은 경험이 없습니다. 그런 제가 학교를 세워서 과연 성과를 거둘 수 있을지 걱정도 많았습니다. 그러나 저는 자연을 사랑하는 만큼 아이들을 사랑합니다. 아이들이 자연과 더불어 마음껏 자유를 누리며 성장하는 그런 학교를 만들고 싶었습니다. 저는 어린 시절 방황했습니다. 학교 교육에

실라이다하에서 타고르가 탔던 하우스 보트.

적응하지 못했기 때문입니다. 제게 학교생활은 꿈을 가진 소
년의 자유와 즐거움이 짓밟히는 삶이나 마찬가지였습니다. 그
래서 어린 시절 제가 누리지 못한 자유와 기쁨을 주는 그런 학
교를 만들기로 했습니다. 그 시작은 아주 미미했습니다. 저는
자식들을 포함해 소년 몇 명을 가르치며 그들의 놀이 친구이
자 동반자가 되었습니다. 아이들과 일상을 공유하며 이 세상
의 잔치에서 가장 큰 아이가 된 기분이었습니다. 그렇게 평화
로운 분위기에서 우리는 함께 성장했습니다.

   아이들의 활력과 발랄함, 장난치는 소리와 노랫소리는 주
변 공기를 온통 기쁨으로 넘치게 했으며 저는 날마다 그것을

마음껏 호흡했습니다. 해 질 무렵 홀로 앉아 사방에 나무 그림자가 드리우는 것을 지켜보고 있자면, 그 침묵 속에서 아이들이 떠드는 소리가 들려오는 듯하고, 아이들이 노래하고 즐거워하는 모습이 마치 그 나무들처럼 제게로 다가왔습니다. 그 소리는 대지의 마음에서 샘 솟아나 하늘을 향하는 삶의 생명수였습니다. 저는 그것을 본성에서 우러나온 삶의 기쁨으로 받아들였습니다. 아이들이 장엄한 우주의 신비에 놀라 외치며 성장해가는 것처럼 우리도 그렇게 나이 들어야 한다는 것을 깨닫게 된 것입니다. 이런 분위기 속에서 저는 《기탄잘리》를 쓰기 시작했습니다. 한밤중에 밤하늘의 영롱한 별빛 아래서 그 느낌을 노래 불렀습니다. 이른 아침과 늦은 오후에도 그 노래들을 계속해서 썼습니다. 그렇게 하루하루가 지나고 이렇게 넓은 세상으로 나와 오늘 이 자리에서 여러분들을 만나게 된 것입니다.

　저는 기쁨에 찬 아이들과 저를 필요로 하는 이들에 둘러싸여 은둔의 시간을 보냈습니다. 그 시간들은 제 삶의 서곡이었지요. 오늘 이 자리를 시작으로 세계를 알고자 하는 제 희망의 첫발을 내딛으려 합니다. 저는 서양과 서양인의 마음속으로 들어가 그것을 체험하고 싶었습니다. 현대는 서양인들이 가진 역동성에 의해 움직이고 있습니다. 서구 문명은 전 세계를 움

산티니케탄의 아침 햇살 ⓒ서비린 보네

직이는 힘을 가졌으며, 그 힘은 경계를 뛰어넘어 넘쳐흐르며 위대한 미래에 대한 메시지를 보내고 있습니다. 저는 늘 생각 했습니다. 죽기 전에 꼭 서양을 방문해서 그들의 신성이 거주 하는 사원을 순례하기를 말입니다. 모든 활력과 야망을 지닌 이들의 거주지가 바로 서구 사회라고 생각한 적도 있었지요.

그리고 저는 이 자리에 섰습니다. 벵골어로 쓴《기탄잘리》 를 저의 초라한 영어 실력으로 번역할 때만 해도 그것을 출판 하겠다는 생각조차 하지 않았습니다. 저는 그 필사본을 들고 영국을 찾았습니다. 영국에서 이름이 잘 알려진 문인들이 그 것을 읽고 인정해주었습니다. 비로소 저는 그 시들을 대중에 게 발표할 용기를 갖게 됐습니다. 그렇게 해서 저의 시들은 서 양의 독자들과 만나게 됐지요. 그들은 망설임 없이 마음의 문 을 열고 반겨주었습니다. 서양에서 멀리 떨어진 곳에서 50년 넘게 살아온 제게 기적이 일어난 것입니다. 서양은 저를 마치 자신들의 시인처럼 따뜻하게 맞아주었습니다.

저는 그것이 너무도 놀라웠습니다. 그 이유가 무엇인지 몹 시 궁금했습니다. 하지만 알게 됐습니다. 젊은 시절 도시로부 터 멀리 떨어져 은둔했던 그 시절 제가 누렸던 마음의 평화는 바쁘게 살아가는 서양인들에게 절실히 필요한 것이기 때문이 지요. 평화를 통해 영원으로 나아가길 갈망하는 그런 마음 말입니다. 갠지스강의 지류에서 고독하게 표류하던 그 시절의 평화는 오랫동안 제 마음에 각인되었다가 어느 순간 밖으로 튀어나와 여러분을 만나게 된 것입니다.

여기까지가 연설의 주요 내용으로 노벨상의 영예는 개인의 것이 아니라 동양의 지혜의 산물이라고 했다. 노벨상의 상금을 산티니케탄 학교를 위해 기쁘게 사용했다는 감사의 인사도 잊지 않았다. 마지막으로 산티니케탄 학교에서 동서양의 학생들이 만나 오랜 세월 잊힌 영적 지혜의 원석들을 캐내기를 희망한다고 했다.

차례

증조할아버지가 지은 집, 타쿠르바리

Tagore

타쿠르바리에서 태어나다

1861년 5월 7일 새벽, 인도 서벵골주의 캘커타('콜카타' 의
전 이름), 조라상코의 타쿠르바리에서 사내 아기가 태어났다.
데벤드라나트 타고르(Devendranath Tagore, 1817~1905)와 사
라다 데비(Sarada Devi, 1830~1875) 사이에서 태어난 열네 번
째 아들이었다. 데벤드라나트는 갓난아기를 안고 가족이 된
것을 환영하는 신성한 만트라를 아기의 귀에 속삭여주고 아기
의 혀에 기(Ghee, 우유를 정제한 버터)와 꿀을 살짝 묻혀주었
다. 자타카르마(Jatakarma)라는 힌두교의 출생 의식이다. 아
기가 태어난 지 16일이 되자 아기의 이마에 부정한 기운을 물
리치는 검은 점을 찍어주고 요람에 눕혔다. 그때 아기는 처음
으로 엄마 품을 벗어나며 자신의 이름을 갖게 됐다.

40일이 지나자 아버지는 아기를 안고 사제의 축복을 받기 위해 힌두교 사원에 갔다. 힌두교 사원에서 데벤드라나트는 기(Ghee)를 묻힌 향나무를 제식의 불길 속으로 던졌다. 그러자 브라만 승려가 일종의 정화 의식을 한 후 아기의 이름을 신께 정식으로 공표한 후에 신성한 물, 암리타(Amrita, 힌두 신들이 마시는 생명수로 갠지스 강물, 불멸을 상징)를 아기의 이마와 혀에 뿌려주었다. 브라만 가문의 아기는 그 종교 의식을 거쳐야만 비로소 신의 후손으로 인정받게 된다. (아기가 태어나고 40일이 지난 후 그 의식을 치르는 이유는 두 가지다. 처음 2주는 아기가 세상에 적응하는 기간이며, 나머지는 아기가 아프더라도 회복할 여분의 시간이다.) 타쿠르바리에서 태어난 이 사내 아기도 다른 힌두교 집안의 아기와 마찬가지로 이 의례를 거쳤다. 그렇게 브라만의 축복을 받은 아기가 바로 라빈드라나트 타고르(Rabindranath Tagore)이다. 라빈드라나트는 '태양처럼 존경받는 사람'이라는 의미다. 그 이름처럼 세계인의 마음을 환하게 비춰준 사람, 라빈드라나트 타고르!

　　타고르 가문은 원래 브라만 힌두교도였다. 그러나 조상 대대로 피라리(Pirali) 브라만이라는 꼬리표가 따라다녔다. 타고르의 오랜 선조 가운데 제소르(Jessore, 방글라데시의 도시, 방글라데시가 독립하기 전까지는 인도에 속함)의 이슬람 통치자

밑에서 일하며 이슬람교로 개종하고 모하마드 피라리 (Mohammad Pir Ali)라는 이름으로 개명한 이가 있었다. 그 후 또 다른 형제가 이슬람교로 개종하자 그 지역 사람들은 이슬람교로 개종한 조상이 있지만 개종하지 않은 브라만을 피라리 브라만이라는 다분히 경멸적인 호칭으로 불렀으며, 오염된 브라만으로 낙인찍어 정통 브라만 사회에서 배척하는 분위기였다.

타고르 가문은 피라리 브라만으로 강등되는 수모를 당하긴 했지만, 사업 수완이 뛰어나 영국인들의 인도 내 사업 파트너로 맹활약했다. 또 그 기회를 이용해 서양 문물과 합리적 사고방식을 적극적으로 받아들이고, 기존의 종교적 억압의 틀에서 벗어나 자유를 누리기 시작했다. 브라만 사회에서 배척당한 것이 어떤 의미에선 더 잘된 일이었다. 물론 막대한 부의 축적이 있었기에 가능했다. 이처럼 타고르가 태어나기 전부터 선조들의 혈통 속에는 종교의 자유와 진취적인 기상이 강렬하게 꿈틀거리고 있었다. 타고르 가문은 캘커타에 정착한 이후 300년 이상 그들만의 자유로운 가풍을 이어갔다.

특히 타고르의 할아버지 드워카나트에서 아버지 데벤드라나트로 이어지고, 타고르에 이르러서 그 꽃을 활짝 피워냈다. 타고르의 할아버지 드워카나트(Dwarkanath, 1794~1846) 때

타고르의 할아버지 드워카나트.

부터 자손이 번성하고 다양한 분야의 인재들을 배출했다. 당
대 사람들은 드워카나트가 일군 부와 호화로운 생활로 그를
왕자라고 부를 정도였다. 타고르가 태어난 무렵부터는 경기
침체로 사업은 예전 같지 않았으나, 후손들의 사회 활동은 더
욱 활발해져 벵골 르네상스를 주도하게 된다. 또한 인도의 독
립과 사회 개혁에 앞장서며 사회 전반에 선한 영향력을 끼치
는 가문으로 자리 잡았다. 모순적 관습의 철폐, 종교 개혁, 자

유로운 예술 창작과 감상, 여성 인권 신장을 위한 교육의 필요
성 등을 강조하며 변화와 개혁의 바람을 일으켰다.

타고르의 아버지 데벤드라나트는 자손이 귀한 집안에서 열
네 명의 자식들을 훌륭하게 키워냈다. 그 가운데 세 명은 일찍
세상을 떠났다. 타고르가 태어나고 2년 뒤 태어난 동생은 돌을
넘기자마자 죽었다. 데벤드라나트는 선조들과 달리 사업보다
는 영적 지혜를 추구하는 구도자적 삶을 살았다. 그는 늘《우
파니샤드》를 가까이 두고 읽었으며, 명상과 기도로 하루를 시
작했다. 또 종교와 신분에 상관없이 예술과 학문을 사랑하는
이들과 자유롭게 어울렸다. 당대 사람들은 그를 '위대한 성
자'라고 불렀다.

아버지 데벤드라나트는 철학자이자 종교 개혁가였다. 19세
기 초 캘커타에서 창립된 '브라흐마 사마지(Brahmo Samaj)'
의 3대 회장을 맡기도 했다. '브라흐마 사마지'는 종교를 맹목
적으로 추종하지 않고 자유 의지로 교리를 이해하고 실천하려
는 이들이 설립한 단체였다. 그들은 종교 의식과 외형적 확장
을 강요하는 기존의 정통 힌두교도들에게 저항하며, 인간 내
면의 성찰과 실천을 강조했다. 그러나 그 당시 인도에서 인권
과 평등에 대한 계몽은 계란으로 바위 치기처럼 어리석은 일
처럼 보였다. 그런 열악한 상황에도 불구하고 대중과 소외 계

타고르의 아버지 데벤드라나트.

층의 닫힌 마음을 열기 위한 노력은 계속됐다.

타고르는 이처럼 자유로운 종교관과 평등한 삶을 실천하는 집안의 막내로 태어났으나, 정작 막내가 받아야 할 관심과 사랑은 받지 못했다. 타고르의 어머니 사라다 데비는 거의 2년마다 아이를 출산해 열다섯 명의 아이를 낳았다. 그러다 보니 자식들의 양육은 모두 유모들이 담당할 수밖에 없었다. 자식들을 돌볼 겨를도 없이 임신과 출산을 반복하며 맏며느리의 역할도 해야만 했기 때문이다. 궁궐처럼 넓은 집에서 타고르는 유모의 보살핌을 받으며 성장했다. 내성적이고 수줍음을 많이 탔던 타고르에게 어린 시절은 무척 외로웠을 수밖에 없다. 하지만 그 외로움이 그를 주변의 자연과 친밀한 관계를 맺으며 상상하고 꿈꾸는 미지의 세계로 데려가주었다. 그의 문학을

향한 고독한 여정은 그렇게 어린 시절부터 운명 지어졌다. 청
년기의 고통과 상처는 그를 더욱 고독하게 해서 내면에 침잠
하게 했으나, 그 심연으로 스며든 한 줄기 빛과 조우하고 그 빛
을 따라 내면의 어둡고 좁은 길을 통과해 문학의 광장으로 나
가는 길을 스스로 찾아냈다.

타고르 증조부가 지은 집, 타쿠르바리

타고르의 집 타쿠르바리(Thakur bari, 타고르의 집이라는 뜻)는 현재 라빈드라바라티 대학과 타고르 박물관으로 사용되고 있다. 타쿠르바리는 1784~1785년 타고르의 증조부 닐마니 타고르(Nilmani Tagore, 1791년 사망)가 지은 궁궐 같은 집이다. 닐마니는 자야람 타고르의 두 아들 가운데 맏이였다. 닐마니에게는 세 아들이 있었는데 맏이인 람로챤(Ramlochan, 1754~1807)에게 아들이 없어 동생의 둘째 아들 드워카나트(타고르의 조부)를 입양했다. 타고르 가문은 타고르의 고조부인 자야람 때부터 대대로 영국 동인도 회사의 인도 측 동업자로서 활발한 경제 활동을 했다. 1828년 드워카나트는 캘커타에 인도 최초의 은행을 설립했고, 그다음 해에 인도 전역 통합 은

행을 세웠다. 그렇게 쌓은 막대한 부는 타고르의 아버지 데벤드라나트에 이르러 새어 나가기 시작했다.

타고르의 원래 성은 쿠샤리(Kushari)로 조상 대대로 서벵골주의 버드완(Burdwan)시에서 13㎞ 떨어진 쿠샤(Kusha)라는 마을에서 살았다. 그러다 한동안 방글라데시 제소르로 이주해서 살았고, 다시 벵골로 돌아와서는 브라만 계급만이 할 수 있는 힌두교 종교 의식 푸자와 사업을 동시에 했다. 그런 그들에게 존경의 표현으로 타쿠르(Thakur, 우두머리 혹은 마스터라는 뜻)라는 타이틀이 주어졌으며, 그때부터 타쿠르(타쿠르는 타고르의 벵갈어 발음)라는 성으로 불렸다. 타고르의 증조부 때 캘커타에 정착하면서 사업의 규모가 커지고 인도 경제의 주역을 담당했다. 타고르 가문이 이룬 부는 현재 남아 있는 타쿠르바리의 규모만으로도 쉽게 짐작할 수 있다.

그 무렵 영국은 무굴 제국의 인도에서 동인도 회사의 영향력을 과시하며 무역을 독점하기 시작했다. 동인도 회사는 1600년 12월 31일 엘리자베스 1세 여왕이 동양 무역의 절대 독점권을 부여하면서 설립됐다. 영국, 포르투갈, 네덜란드, 프랑스 사이에 동양 무역의 상권을 두고 해상에서 각축전이 벌어지기 시작한 때였다. 동양 무역에서 인도와 중국은 유럽의 상인들에게 가장 매력적인 나라였다. 특히 인도의 향신료와 면직물은 유럽인들에게 신세계를 경험하게 해주었다. 18세기 중후반 면직물 사업이 쇠퇴해가자 19세기 초부터는 중국의 차가 영국인들의 마음을 사로잡았다.

무굴 제국은 육지에서는 거대한 제국이었으나 해상에서는 무기력했다. 인도양에서 영국에 크게 패한 무굴 제국은 1624년 영국 동인도 회사에 상업 특권을 부여하게 된다. 영국이 인도 무역을 장악하는 데 큰 힘을 실어준 것은 무굴 제국의 황제 샤자한(ShaJahan, 재위 1628~1658)이었다. 무굴 제국과 손을 잡은 영국은 서서히 인도를 동양 무역의 거점으로 선정하고 결국은 강점하기에 이른다. 그 이면에는 인도의 복잡한 사회 계층 간의 불협화음, 그리고 종교의 타성에 젖은 이들의 횡포가 극에 달해 전체를 보지 못하고 개인의 안위를 우선시하는 시대 상황이 자리 잡고 있었다. 하나의 인도로 뭉치지 못하고 분열된 상황은 외세에게 먹잇감이 될 수밖에 없었다.

타고르의 조상들은 18세기 중엽 '영국 동인도 회사 인도'가 설립될 때부터 1874년 해체되기 전까지 영국인들의 인도 내 주요 사업 관리자이자 동업자였다. 영국인 관리들이 할 수 없는 인도 현지 상인들의 관리와 소통을 담당하고 신규 사업도 함께 했다. 그 당시 인도에 들어온 영국인들은 세계의 여러 나라를 식민지로 거느리며 축적된 통치 노하우와 진취적인 사업 수완을 가지고 있었다. 하지만 그것을 인도의 현실에 적용하며 순조롭게 사업을 하기는 어려웠다. 다양한 종족, 언어, 종교, 계급 제도 등이 복잡하게 얽힌 인도의 사회 구조 때문이었다. 합리적으로 해결할 수 없는 문제가 복병처럼 도처에서 불쑥 튀어나오곤 했다. 인도 사람처럼 다양성의 현실을 경험한 이들이 아니면 절대 해결하기 힘든 일들로, 그것은 예나 지금이나 마찬가지다. 그래서 인도인들의 유전자 속에 새겨진 주가드(Jugaad, 어려운 상황에서 찾아내는 혁신적인 해법) 정신은 글로벌 시대를 살아가는 기업가들이 갖춰야 할 필수 덕목처럼 여겨질 정도다.

당시 영국인들이 인도에서 가장 많이 수입해가는 품목은 면직물, 차, 향신료, 아편, 금과 은, 구리와 철, 납, 주석 등이었다. 그 가운데 영국인들에게 가장 매력적인 품목은 인도의 면직물이었다. 당시 영국은 물론 유럽 사람들은 면직물의 매력에 그야말로 푹 빠져들었다. 영국의 귀족 여인들은 면직물로 만든 화려한 드레스를 입는 것을 최고의 사치로 여겼을 정도이다. 18세기 대부분의 유럽 국가들이 농업을 주요 산업으로 할 때 영국인들은 양모 산업으로 경제 성장의 기틀을 갖추었다. 그 재미를 톡톡히 본 영국인들은 인도의 목화를 들여와 면직물 생산을 기계화해서 황금알을 낳는 거위처럼 면직물을 양

타쿠르바리. ⓒ하진희

산해냈다. 영국의 면직물 대량 생산과 수출로 인도의 수공업 형태의 면직물 산업은 파괴되기에 이르렀다. 그런 상황에서도 인도인들은 자국의 수공업을 희생시키지 않으려고 안간힘을 썼다. 그 결과 아직도 지역의 특색을 지닌 수공업 면직물이 그 맥을 이어간다. 간디가 카디(Khadi, 손으로 물레를 돌려 자아낸 실로 짠 면직물, 인도의 독립과 자유를 상징)를 걸치고 대중에게 한 호소도 한몫했다.

타쿠르바리에는 100개가 넘는 방과 가족 사원, 도서관, 공연장, 신체 단련장이 있다. 손님을 위한 별채와 집안일을 하는 이들의 거주 구역이 따로 정해져 있었다. (이런 주택의 구조는 아직도 인도인들이 선호한다. 심지어 대형 아파트에는 도우미들이 거주하는 공간과 출입구가 따로 있다.) 건물들의 가장 중앙에 자리 잡은 공연장은 멋진 대리석 기둥이 있는 그리스 건축 양식으로 설계되었다. 저녁이면 달빛 아래서 가족들이 기획하고 연출한 연극이 상연되고 춤과 음악 공연이 끊이지 않았다. 별빛이 드리워질 무렵, 공연장 근처 바닥 여기저기에 불을 밝힌 기름등잔과 향기로운 재스민꽃을 가득 담은 은쟁반이 놓인다. 그런 밤이면 하인들도 자유롭게 원하는 장소에 앉아서 동참했다. 특히 우기에는 다른 지역에서 온 음악가와 춤꾼들이 몇 개월 동안 머물며 장기 공연을 했으며, 모두에게 숙식이 제공됐다. 또 당대의 이름이 잘 알려진 시인과 사상가, 과학자와 교육자 들이 마치 자기 집처럼 자유롭게 드나들며 숙식을 했다. 이처럼 예술적이고 개방적인 집안 분위기는 소년 타고르를 담장 밖 세상에 대한 동경과 문학의 세계로 성큼 다가가게 만들어주었다.

타쿠르바리는 각자 주어진 일을 열심히 하며 화합을 이루는 이들이 함께 모여 사는 커다란 공동체나 마찬가지였다. 집안일을 돕는 이들은 대를 이어 같은 일을 했고, 그들은 식구가 계속 불어나서 서로 이름조차 모르는 이들도 있을 정도였다. 집안의 모든 일은 분업화되어 그 일을 담당하는 이들만 해도

타쿠르바리 내부.

수십 명이 넘었다. 늘 연필을 귓등에 꽂고 다니는 집사, 세탁을 전문으로 하는 도비와 다림질만 하는 이, 아이들을 돌보는 유모들, 음식과 단 과자 스위트를 전문으로 만드는 요리사들, 차를 내오는 단정한 차림의 주방장 조수, 정원과 텃밭을 돌보는 정원사들, 커다란 물통에 물만 길어다 채우는 아저씨, 가족의 장신구를 제작하는 금은 세공사, 이외에도 옷감을 짜는 직조공, 문지기, 인력거와 마차를 끄는 이들이 상주해 있었다. 심지어는 방마다 다니며 공작 깃털로 만든 먼지떨이로 가구나 창틀의 먼지를 털어내는 이도 따로 있었다. 타고르가 태어났을 무렵 캘커타에는 전기나 가스도 없었다. 기름등잔이 불을 밝히는 유일한 수단이었다. 그래서 어둠이 내리기 전 방을 옮겨 다니며 불을 밝히는 하인이 따로 있었다. 타고르는 그 등잔 아래서 가정 교사로부터 공부를 배우다 눈꺼풀이 무거워서 더 이상 버티기 힘들 때 비로소 자유로워졌고, 잠들기 전 유모를 졸라서 귀신이나 요정 이야기를 듣는 것은 늘 흥미진진했다고 회고했다.

타쿠르바리는 높은 담장에 둘러싸인 궁궐처럼 안전했으며 모든 것이 풍족했으나, 그 왕국에 살고 있는 타고르는 결코 행복하지 않았다. 그래서 늘 울타리 너머의 바깥세상을 상상하며 언젠가 자유롭게 대지를 밟는 날을 꿈꿨다.

내성적인 소년 타고르

소년 타고르는 새벽 다섯 시면 일어나서 개인 트레이너에 게 전통 레슬링을 배우는 것으로 하루를 시작했다. 아침 식사 가 끝나면 정해진 시간표대로 벵골어와 영어, 문학과 그림을 배웠다. 학교에 입학하기 전까지의 일과였다. 가족들은 각자 자신의 방이 있는 건물에서 따로 살았기에 서로 얼굴을 보는 것은 식사 시간과 야외에서 열리는 시 낭송회, 음악과 춤 공연 을 보기 위해 모이는 저녁 시간이 유일했다. 어른이고 아이고 할 것 없이 각자 짜여 있는 시간표대로 생활했기에 개인적으 로 만날 기회도 많지 않았다. 내성적인 성격의 소년 타고르는 그처럼 반복되는 일상이 전혀 즐겁지 않았다. 차츰 혼자만의 미지의 세계를 상상하는 것을 좋아하게 된다.

타쿠르바리의 타고르 방. ⓒ하진희

타쿠르바리에는 소년 타고르만의 비밀스러운 장소들이 있었다. 대가족이 1년 동안 먹을 곡식을 저장하는 고라바리(gorabari, gora는 흰 것을 말하며 bari는 집, 즉 쌀을 저장하는 장소)는 타고르가 가장 좋아하는 장소였다. 고라바리는 주거 공간으로부터 멀리 떨어져 있어서 평상시 사람들이 드나들지 않았다. 타고르의 표현에 의하면 고라바리는 "고독하고 거의 버려진 장소로 느껴져서 더 끌렸던 것인지도 모른다". 타고르는 휴일이면 그곳으로 달려가 한동안 혼자서 시간을 보내곤 했다. 그 주변은 황량하고 메마른 느낌이어서 딱히 재미난 놀거리가 있는 것도 아니었다. 그러나 소년 타고르에게 고라바리는 누구의 방해도 받지 않으며 흥미로운 세상을 꿈꾸게 해주는 환상의 공간이었다. 타고르는 "언제든 나는 그곳으로 도망칠 준비가 돼 있었으며 유모의 눈길이 허술해지는 순간, 즉시 그곳으로 도망쳐서 나만의 여유를 즐기곤 했다".

　또 다른 장소는 같이 어울렸던 유모의 자식들이 모이는 공간으로 라자바리(Rajabari, 왕의 집)라고 불렀다. 아이들은 때로 서로 비밀스럽게 말하곤 했다. "나는 오늘 거기 갔다 왔어." 아이들은 그렇게 말하면서 마치 어른들이 눈치채지 못하는 암호로 소통하는 듯한 묘한 쾌감을 느꼈다. 타고르는 훗날 그 공간이 자신의 방이 있는 건물의 1층과 2층 사이였다고 기

타쿠르바리에 있는 타고르 흉상. ⓒ하진희

억했다. 그러나 어른이 되어서 그 공간을 찾기 위해 모든 방을
뒤졌으나 찾지 못했다고 했다. 어쩌면 그 방은 그저 아이들을
위한 방으로 남고 싶었던 것일지도 모른다.

　나이 차이가 많았던 형제들은 모두 바빠서, 가끔 타고르의
공부를 도와줄 때 외엔 자주 만나 놀지 못했다. 또 타고르는
학교 가는 것을 무엇보다도 싫어했기에 또래의 친구를 사귈
기회조차 없었다. 그래서 자신을 돌봐주는 유모의 자식들과
친하게 지내며 성장했다. 타고르에게 가장 큰 즐거움은 하루
일과를 끝내고 형제들, 사촌들과 함께 타쿠르바리의 공연장에
서 춤이나 음악 공연을 보거나 테라스에서 시를 낭송하거나

문학 토론을 하는 것이었다. 그처럼 증조부의 집, 타쿠르바리는 소년 타고르에게 현실에 만족하는 평범한 삶 대신 고독한 여정인 문학의 세계로 첫발을 내딛으라고 부추겼다.

타고르는 학교에 다니던 어린 시절이 인생에서 가장 공포스러웠다고 회고했다. "그 시기는 내게 참으로 불운한 시절이었다. 학교생활은 참을 수 없을 정도로 고통스럽고 견디기 힘들었다. 그 시절 나는 왜 학교생활이 그렇게 고통스러운지 알 수 있는 그런 나이가 아니었다. 훗날 성장해서야 그 이유를 정확히 알게 됐다. 부모님이 보내준 학교의 교실에서 수업을 받으면서 나는 깊은 상처를 받았다. 학교에 가기 전까지 나는 주변 모든 것에 대해 많은 관심과 사랑을 가지고 있었다. 그런 자연스러운 감정들은 학교에 다니기 시작하면서부터 무참히 깨지기 시작했다. 나는 그런 평화로운 감정으로부터 추방당했다는 생각이 들어 참을 수가 없었다. 심지어 흥미가 사라진 주변 친구들의 멍한 눈동자와 교실의 흰 벽은 나를 공포에 떨게 만들었다."

타고르는 학교생활이 자신의 자유롭던 삶을 갈기갈기 찢어버리는 느낌마저 들었다고 했다. 어느 날 갑자기 공감할 것 하나도 없는 단조롭고 지루한 분위기로 내던져진 느낌! 결국 타고르는 열세 살이 되던 해 가족들의 온갖 압력과 회유에도 불구하고 학교를 그만두었다. 소년 타고르는 자신이 무엇을 좋아하고 싫어하는지 정확이 알고 있었다. 나아가 그것을 얻기 위해서 무엇을 어떻게 해야 하는지도 말이다.

하지만 학교를 정식으로 그만두기까지 우여곡절이 많았다. 맨 처음 들어간 사립학교에서부터 공립학교를 거쳐 마지막으로 영어를 사용하는 유라시안 학교까지 두루 섭렵해야 했다. 당시 유라시안 학교는 영국인 등 서양인과 결혼한 이들의 자식들이 다니는 외국인 학교였다. 물론 모두 몇 달을 버티지 못하고 그만두었다. 이것이 타고르가 영국으로 유학을 가기 전까지 받은 학교 교육의 전부였다.

대부분의 지식은 집에서 가정 교사에게 배우거나 독서를 통해 스스로 알아갔다. 특히 타쿠르바리의 응접실과 공연장, 테라스에서의 열린 교육의 영향이 컸다. 또 학교생활의 불만과 다양한 호기심을 독서로 채웠다. 그의 형제들은 모두 독서와 토론, 음악과 춤, 연극을 사랑했다. 타고르는 십대 후반에 이미 인도와 서양의 문학 작품을 두루 섭렵했다. 단테, 셰익스피어, 괴테, 실러, 바이런, 키츠 등의 문학 작품을 읽으며 글쓰기의 자질을 키웠다. 또한 인도의 산스크리트 문학, 칼리다사(Kalidasa, 고대 인도의 시인, 찬드라굽타 2세의 궁정 시인)의 작품, 벵골 문학과 바울(Baul, 서벵골주와 방글라데시를 중심으로 신비주의적 노래를 부르며 유랑하는 가수)의 노래에서도 많은 영감을 받았다. 그리고 비슈누(Vishnu, 힌두교 신화의 세 신 중 유지와 보존의 신)를 숭배하는 비슈누파(Vaishinavism)의 서정시를 통해 시적 언어의 영역을 확장했다.

타쿠르바리의 응접실과 테라스는 그 당시 캘커타의 유명 인사들이 모이는 문화 사랑방이자 열린 교육의 산실이었다. 그곳에서 산스크리트 문학이나 철학, 과학과 음악에 대해 토론하며 꼬박 밤을 새우는 열정을 지닌 이들도 많았다. 이처럼 인문학과 예술의 향기가 넘치는 광장을 기웃거리며 자유롭게 상상의 나래를 펴던 소년 타고르에게 무미건조한 학교의 분위기와 획일적인 학교 교육이 재미있을 리 없었다. 하지만 그의 형제들 가운데 학교를 거부한 아이는 아무도 없었다. 학교를 거부한다는 것은 곧 부모의 뜻을 거역하는 것이었기 때문이다. 하지만 수줍음을 타는 막내 타고르는 학교 가기를 거부하며 자신이 원하는 것을 얻기 위해 투지를 발휘했다.

고집 센 막냇동생 타고르가 훗날 가문의 이름을 빛내줄 것을 예언한 것은 큰누나 사우다미니였다. "라비(Rabi, 타고르의 이름 라빈드라나트의 애칭)는 인생이 순탄치는 않겠지만 가문의 이름을 빛내줄 거야." 인생이 순탄치 않을 것이라고 한 이유는 타고르의 고집이 너무 세서 누구의 말도 듣지 않았기 때문이었다. 큰누나의 예언대로 타고르의 인생은 그리 순탄치 않았다. 그의 결혼식 날 매형이 세상을 떠났고, 얼마 후 어린 시절 타고르를 친동생처럼 돌봐주었던 형수가 자살했다. 또한 젊은 아내의 죽음으로 41세에 다섯 아이를 돌봐야 하는 홀아비가 됐다. 어린 자식들과 손자를 먼저 떠나보내는 아픔을 겪기도 했다. 하지만 그는 그런 고통이 자신의 삶을 송두리째 뒤흔들도록 내버려두지 않았다. 이미 어린 시절부터 원하는 것을 얻으려면 고통의 터널을 통과하지 않으면 안 된다는 것을 터득했으니까.

타고르는 어린 시절부터 남달랐다. 열네 번째 아이로 태어나 부모의 사랑을 받지 못해 몹시 외로움을 탔으나, 자신이 무엇을 좋아하는지 정확히 알고 있었다. 그래서 학교와 또래 친구 대신 자연과 상상력을 친구로 선택하기로 했다. 덕분에 주변의 살아 숨 쉬는 자연과 동반자적 교류를 하며 성장했다. 그러다 보니 자연스럽게 그런 느낌을 표현하고 싶어졌다. 타고르는 "어린 시절에는 그런 감정들을 표현하는 데 미숙했지만 생각해보면 진실된 감정이었다."라고 말한다. 타고르는 어린 시절이 외로웠다고 투덜대지만 오히려 그 외로움을 마음껏 즐겼던 것처럼 보인다. 학교에 가기 싫었던 이유도 혼자 있는 시간이 더 필요했기 때문이었다. 어른이 되어서 그는 자신의 고독에서 벗어나 세상으로 나가 사람들과 함께 일하는 것이 너무 힘들다고 고백했다. 그에게 고독은 창작의 원천이었기에 그 고독의 심연에서 즐기는 영혼의 자유를 빼앗기고 싶지 않아서였다. "나는 늘 나만의 고독한 시간을 갖는 것에 가장 큰 의미를 두었다. 세상과 고립되는 만큼 문학과 친해졌다. 세상 사람들이 나를 부를 때, 그 고립에서 벗어나 세상으로 나가 그들이 원하는 방식으로 사는 것이 얼마나 어려운지 설명하기조차 힘들다."

자연과의 교감

어린 시절 타고르는 가족들이 잘 모르는 작은 다락방 창틀에 걸터앉아 바깥세상을 구경하며 세상에서 일어나는 일을 상상하는 것을 좋아했다. 타쿠르바리가 자리 잡고 있는 조라상코(Jorasanko) 거리는 마치 시장통처럼 시끌벅적하고 장사치들의 고함 소리가 끊이지 않는 곳이다. 당시는 버스나 자동차도 없고 걷거나 인력거, 아니면 마차를 타고 다니던 시대였다. 현재 조라상코 거리에서는 달리는 것이 신기할 정도로 보이는 고철 덩어리 같은 낡은 전차가 사람들을 실어 나른다. 그 장면을 빼면 타고르가 살았던 시대와 크게 달라진 것이 없을 것처럼 생각되는 낙후된 동네다. 하지만 그 거리를 통과하는 전차가 있는 것으로 봐서 예전에는 사람들의 왕래가 잦은 상업 지역이었던 것을 짐작할 수 있다. 그 거리에는 시간의 흔적이 먼지 더께처럼 고스란히 쌓여 있다. 아마 타고르가 지금 다시 태어나면 깜짝 놀랄지 모른다. 자신이 살던 동네가 그때나 지금이나 별로 변한 것이 없어서 말이다. 타고르가 태어난 해가 1861년이니 그로부터 많은 세월이 흐르긴 했다. 그러나 왠지 그 거리는 예전의 모습을 더 많이 간직하고 있는 것처럼 느껴진다.

조라상코 거리에는 잡다한 물건을 파는 작은 가게들이 다닥다닥 붙어 있다. 물론 인도는 어느 도시나 작은 가게들이 즐비하게 늘어서 있는 것이 특징이다. 그런 데다 가게 앞을 가로막고 난전을 펼치는 노점상들도 많다. 정작 가게 주인들은 별로 신경 쓰지 않는다. 베틀에서 직접 짠 수건과 남성이 하체에 두르는 룽기(Lungi)를 파는 노점상, 물건을 머리에 잔뜩 이거나 어깨에 지고 가는 사람, 가위와 면도칼이 담긴 작은 나무 상자와 때가 잔뜩 낀 플라스틱 빗 두어 개와 겨우 얼굴을 비춰 볼 수 있는 작은 손거울을 놓고 앉아서 손님을 기다리는 지루한 표정의 이발사, 하는 일 없이 쭈그리고 앉아서 오가는 사람을 구경하는 여유로워 보이는 노인, 계절 과일을 깎아서 아주 잘게 조각내 나뭇잎 접시에 담고 그 위에 레몬즙을 잔뜩 뿌려서 파는 젊은 남자 등. 먼지로 한 꺼풀 옷을 입힌 것처럼 보이는

조라상코 거리를 운행하는 낡은 전차. ©하진희

힌두교 신상을 파는 가게 주인은 크리슈나 찬가를 틀어놓고
앉아 넋을 잃은 듯 황홀경에 빠져 있다. 담배와 입안 청량제
빤(Paan)을 파는 접이식 가게에는 형제로 보이는 두 소년이
비좁은 공간에 앉아 다정하게 얘기를 나누고, 바로 옆에는 알
루미늄 주전자에서 뜨거운 김을 뿜어내는 짜이(Chai, 우유와
설탕, 향신료를 듬뿍 넣어 펄펄 끓인 홍차)와 바삭하게 튀겨낸
사모사를 파는 가게, 그 주변에서는 혹시나 마음씨 좋은 손님
이 던져주는 먹다 남은 조각을 얻어먹을까 해서 어슬렁거리는
개들이 벌이는 영역 싸움도 일어난다. 타쿠르바리를 찾아가기
위해 지나쳐야 하는 조라상코 거리의 풍경이다. 불과 몇 년 전

의 장면이니 지금도 크게 변한 것이 없을 것이다.

조라상코 거리가 온통 시끌벅적한 시장통이라면, 그 거리 깊숙이 자리 잡은 타쿠르바리는 모든 것이 잘 정돈되고 때로는 시간이 멈춰버린 듯 일상이 반복되는 화려한 왕국이었다. 이처럼 담장 하나를 사이에 두고 완전히 다른 두 개의 세상이 존재했다. 각기 다른 목적을 지닌 사람들이 수없이 스쳐 지나가고 똑같은 장면은 결코 되풀이되지 않는 역동적 삶의 현장, 조라상코 거리는 소년 타고르에게 마치 신기루처럼 보였다. 담장 안의 반복되는 일상과는 달리 소년 타고르가 내려다본 조라상코 거리는 늘 살아 움직였다.

그는 또래의 소년들처럼 마음껏 뛰어놀지 않았으며, 천성적으로 혼자 있는 것을 좋아했다. 그런 소년 타고르에게 항상 친구가 되어준 것은 자연이었다. 그는 "나는 어린 시절부터 자연을 무척 사랑했다. 푸른 하늘에 구름이 하나둘 몰려왔다가 사라지는 것을 보면 내 마음도 덩달아 하늘을 날 것만 같았다. 언제부터인가 자연은 다정한 친구가 되어주었으며 늘 가까이에서 나를 지켜주는 든든한 보호자처럼 느껴졌다. 외로울 때면 내 마음을 알아차리고 부드러운 바람이 어린 나뭇잎을 간지럽히듯 내 얼굴을 어루만져주곤 했다."라고 회고했다. 타고르가 어린 시절에 대한 이야기를 할 때 가장 많이 등장하는 표

조라상코 거리의 신상 가게. ©하진희

현은 외로움과 자연과의 교감이었다. 그는 자연을 수호천사이
자 친구로, 또 보호자이자 스승으로 인식하면서 그의 문학적
감수성의 깊이를 더해갔다.

소년 타고르에게 타쿠르바리의 정원은 천국이나 마찬가지
였다. 정원에는 포멜로(pomelo, 크고 껍질이 두꺼운 대형 감
귤류), 인도대추, 돼지자두, 야자나무가 주를 이뤘으며, 정원
사가 심은 이름 모를 꽃들이 피고 졌다. 정원 한가운데 있는
둥그런 테라스의 균열 사이로 씨앗들이 날아와 저절로 뿌리를
내린 풀과 덩굴 들은 정원사의 손길과 상관없이 튼튼하게 자
라며 스스로 꽃을 피웠다. 타고르는 "어느 날 아침, 잠에서 깨

자마자 정원으로 달려갔다. 아침 이슬에 흠뻑 젖은 나뭇잎과 파릇파릇한 풀잎이 나를 반겨주었다. 또 매일 아침 떠오르는 태양은 눈부신 얼굴로 나를 맞아주었고, 그 빛은 큰 야자수 잎들을 다 비추고도 넘쳤다. 자연이 웃으며 내게 물었다. '네가 하고 싶은 일은 뭐니?' 그 말은 마치 '넌 무엇이든 다 할 수 있어.'라고 말해주는 것 같았다."라고 했다.

타쿠르바리 담장 안의 정원이 든든한 친구이자 수호천사였지만, 타고르의 창작 여정은 담장 밖으로 나오면서 시작됐다. 이후 그가 만나게 되는 산티니케탄과 실라이다하의 자연은 아주 오래 전부터 존재해온 원시림이자 인도인이 지켜온 위대한 전통이었다. 잘 다듬어진 정원의 안락함을 벗어나 스스로 생명을 이어가는 원시림을 만나는 것은 곧 자신의 근원으로 들어가는 여정의 시작이었다. 타고르의 창작 여정에서 영원한 동반자는 자연이었으며, 그 인연은 어린 시절부터 시작된다. 타쿠르바리의 정원에서 시작된 자연과의 교감은 고향 벵골에 대한 깊은 사랑으로 이어지고, 차츰 인도를 넘어서 세계와 세계인에 대한 사랑으로 확장됐다.

아버지와 단둘이 떠난 히말라야 순례 여행

타고르는 어린 시절 아버지와 함께 보낸 시간이 그리 많지 않았다. 그가 기억하는 아버지는 이른 아침 해가 뜨기 전 옥상에 올라가 양손을 무릎에 얹고 앉아 고요히 명상하는 모습이었다. 타고르의 아버지는 종교적 형식을 지나치게 고집하는 기존 힌두교 전통을 거부하고, 영혼의 자유를 누리는 성자처럼 살았다. 그래서 타쿠르바리에 있는 힌두교 제식을 위한 개인 사원은 별 쓸모가 없었다. 타고르의 아버지는 종교 의식보다는 오히려 예술과 인문학을 통해 소통과 공감의 언어를 배우는 것이 인간을 끊임없이 성장하게 한다고 믿었다.

1873년, 열두 살 소년 타고르에게 일생 동안 잊히지 않는 소중한 추억 하나가 만들어졌다. 아버지와 단둘이 떠난 히말라야 순례 여행이었다. 브라만 가정에서는 아들이 열두 살이 되면 우파나얀(Upanayan, 사내아이가 신의 후손임을 상징하는 실을 팔뚝에 묶는 의식으로 일종의 성년식) 의식을 치른다. 타고르가 브라만의 후손임을 공식적으로 선포하는 그 의식을 치르고 난 직후였다. 아버지의 히말라야 순례 여행에 동행한다는 것은 아버지에게 정식으로 성년으로 인정받는 것과 마찬가지였다. 내성적인 소년 타고르가 담장 밖 넓은 세상에 첫발을 내딛는 운명적인 순간이 다가왔다.

타고르의 아버지는 그 여행을 위해 아들에게 새 옷을 맞춰주고 거기에 어울리는 멋진 모자까지 직접 골라주었다. 타고르는 그 전까지 한 번도 경험하지 못한 아버지의 자상함과 사랑을 받는 것이 무척 행복했다. 늘 궁금했던 아버지의 그 긴 순례 여행에 막내인 자신이 동반자가 되다니! 가슴이 벅찰 수밖에 없었다. 평상시 집에서 얼굴 한 번 제대로 마주치기 힘들었던 아버지와 단둘이 기차를 타고, 함께 창밖을 내다보고, 얼굴을 마주하고 뜨거운 차를 마시며 대화를 나누고, 함께 잠을 자고 식사를 하며, 산책을 하고 사원을 순례하고, 그렇게 온전히 몇 달을 함께 보내게 되다니! 여행을 떠나기 전까지 그 설렘으로 다른 일은 아무것도 할 수 없었다. 그 여행을 통해 아버지는 소극적이고 내성적인 아들을 의기양양한 성년으로 변

우파나얀 의식을 마친 후의 타고르.

신시켜주었다. 몇 달에 걸친 둘만의 여행으로 아들은 평생 아버지를 의지하고 존경하게 됐다. 더 이상 아버지의 애정을 확인할 말과 행동도 필요 없었다.

　히말라야로 가는 그 순례 여행길에 맨 처음 들른 곳이 바로 산티니케탄이었다. 캘커타에서 160㎞ 떨어진 그곳에는 타고르의 아버지가 1863년에 사둔 황무지나 다름없는 넓은 땅이 있었다. 타고르의 아버지 데벤드라나트가 그 땅을 사게 된 것은 우연이었다. 친구를 방문하기 위해 볼프 주변 동네를 걷다가 우연히 근처의 큰 나무 아래 앉아서 잠시 짧은 명상을 하게 됐고, 그 명상에서 깨어나자마자 바로 그 땅을 구입하기로 결심했다. 그리고 그 황무지 입구에 기도와 휴식이 필요한 이들을 위해 작은 오두막 한 채를 지었다. 그 오두막은 현재 유치원으로 사용되고 있다. 데벤드라나트는 그 마을을 산티니케탄(Santiniketan, 평화의 마을)이라 이름 지었다. 그 땅은 아주 오랫동안 위대한 정신을 가진 이가 찾아오길 기다리고 있었던 것일까.

아버지와 아들은 볼프역에서 내려 릭샤를 타고 10분 정도 걸리는 산티니케탄에 도착했다. 그리고 그 오두막에서 함께 며칠을 보냈다. 그곳에서 타고르는 타쿠르바리의 담장 안에서 꿈꾸던 경계가 없는 자유로운 세상과 처음으로 조우하게 된다. 마음을 한껏 열고 드넓은 대지와 푸른 하늘 아래서 꿈같은 시간을 보냈다. 그 며칠간 산티니케탄에서 맛본 자유와 평화는 타고르의 영혼을 흔들어놓고 생애 후반을 그곳에 헌신하게 만들었다.

타고르는 나이 마흔에 산티니케탄에 정착했다. 산티니케탄 주변 시골 마을에는 아주 오래된 과거를 살아가는 사람들이 모여 살고 있었다. 그곳에서 타고르는 인도의 오랜 전통을 발견해낸다. 주어진 삶을 숙명으로 받아들이며 살아가는 그 시골 사람들의 무심한 생명력이야말로 인도의 오랜 지혜라는 것을. 푸른 하늘과 끝없이 흘러가는 흰 구름, 타는 듯 강렬한 태

산티니케탄의 흙길 ©고탐 다스

양과 거친 햇살, 넓은 대지 위에 하늘을 향해 우뚝 서 있는 키
큰 야자나무들, 장난기 넘치는 바람에 살랑거리는 어린 나뭇
잎들, 이름 모를 새들의 노래, 황혼 무렵 바쁜 걸음을 재촉하는
목동과 배불리 먹어 무거워진 몸으로 마지못해 따라가는 소
들, 구릿빛 피부를 지닌 시골 아이들의 천진난만한 웃음소리,
낙엽을 모으는 여인들의 구부러진 허리, 다 비운 도시락을 들
고 길에서 주운 나무 막대기를 이리저리 흔들며 서둘러 집으
로 돌아가는 여인네들의 슬프지만 아름다운 뒷모습, 산더미
같은 짚단을 싣고 삐거덕거리며 가는 소달구지에 앉은 노인의
여유로움, 해 질 녘 둥지로 돌아가 몸을 웅크린 채 미동도 없이

산티니케탄의 이른 아침 ⓒ사미란 난디

명상하듯 아침을 기다리는 새들, 어둠이 내리면 서서히 모습을 드러내는 찬란한 별빛, 작은 오두막에서 새어 나오는 희미한 불빛과 밥 짓는 고소한 냄새, 칠흑 같은 밤의 정적과 고요, 그리고 아침마다 새롭게 떠오르는 태양과 지평선을 온통 물들이며 저무는 석양의 장대함!

그 모든 것이 타고르에게는 신비로움 그 자체였다. 자연과 인간이 조화를 이루며 하나가 되어 살아가는 그 모습! 이 장면은 타고르가 살았던 시절로부터 거의 백 년이 지난 현재의 산티니케탄의 모습이기도 하다. 타고르가 처음 방문했던 시절로부터 많은 시간이 흘렀다. 하지만 이곳의 시간은 그때에서 멈

쳐버린 듯하다. 세상이 아무리 빠르게 변화해도 자신의 자리를 지키며 묵묵히 살아가는 것은 어찌 보면 조금은 미련하게 보인다. 그러나 만약 우리가 그런 소박한 삶에 대해 알지 못한다면 인간은 과연 어디에서 마음의 평화를 얻을 수 있을까. 주어진 것에 불평하지 않고 단순하게 살아가는 시골 사람들의 삶을 바라보며, 풍요로워 보이지만 사실은 공허한 도시인의 삶을 되돌아본다. 천천히 걸으며 대지의 흙냄새를 맡고 햇살을 느끼는 순간 마음이 평화로워진다. 타고르가 산티니케탄에서 발견한 바로 그 오래된 지혜!

개선장군의 귀환

"당신의 진흙과 먼지가 온 몸에 묻었을 때 저는 삶을 축복이라고 생각했습니다."라는 타고르의 시구는 산티니케탄의 자연을 접하고 그 추억에서 비롯된 것으로 보인다. 그에게 대지는 생명을 주고 삶을 충만하게 해주는 절대적 경배의 대상이다. 그는 "대지에는 원래 울타리가 없지만 오직 인간만이 칸을 나누고 울타리를 친다. 더 넓은 세상으로 나아가려면 그 울타리를 부숴야만 한다."라고 했다. 타고르는《나의 소년 시절》이라는 책에서 아버지와 함께 떠난 순례 여행에 대해 언급할 때, 히말라야에서의 추억보다도 산티니케탄에서 아버지와 함께 지낸 시간에 대해 더욱 감동적으로 묘사한다. 캘커타에서 접할 수 없었던 무한한 자연에 대한 예찬과 거기서 살아가는 시골 사람들의 단순한 삶에 평화가 깃들여 있다는 것을.

그 순례 여행에서 아버지와 아들은 산티니케탄을 거쳐서 펀자브주의 암리차르로 갔다. 그곳에서 거의 한 달을 머물며 시크교(인도 펀자브 지방에서 15세기 말~18세기 초에 걸쳐 발생. 힌두교와 이슬람교의 핍박을 받아온 이들이 만든 평등의 종교)의 황금 사원을 여러 번 방문했다. 시크교도들에게 황금 사원은 가장 영적인 순례지다. 황금 사원에서 시크교 찬송가에 매료된 아버지와 아들은 그 후로도 황금 사원의 정기적인 순례객이 될 정도로 자주 방문했다. 타고르는 그 경험을 "암리차르의 황금 사원은 마치 꿈결처럼 다가왔다. 며칠 동안 계속 아버지와 함께 호수 한가운데 있는 황금 사원을 방문해서 몇 시간씩 머물다 오곤 했다. 영혼을 정화해주는 신성한 독경 소리와 찬송가 소리 때문이었다. 그 영적 에너지는 아버지와 나 같은 이방인마저 경배자로 만들어버렸다. 그렇게 몇 시간을 황금 사원에서 보내고 오후 무렵, 축성된 전병과 스위트를 가지고 숙소로 돌아왔다."라고 묘사했다. 훗날 타고르는 시크교와 연관된 시를 몇 편 쓰기도 했다.

그 후 히말라야 북쪽으로 이동해서 3개월 동안 머물며 타고르는 아버지에게서 산스크리트어 문법과 영어, 별자리 보는 법도 배웠다. 아버지와 아들은 그 여행을 통해 서로를 깊이 이해했다. 아버지는 막내아들이 푸른 하늘 아래서 얼마나 자유를 만끽하는지 알게 됐으며, 문학적 재능을 지닌 순수한 영혼의 소유자라는 것도 알아차렸다.

타고르는 이 여행에서 돌아올 때 마치 개선장군이 된 것 같았다고 했다. 비로소 성년이 되었다는 자부심을 느꼈고, 처음으로 담장 밖에서 자유를 마음껏 누렸기 때문이다. 도시 한가운데 자리 잡은 타쿠르바리에서는 꿈조차 꿀 수 없는 설레는 시간들이었다. 늘 멀리서 바라보던 아버지의 관심과 사랑을 온 몸으로 느끼며, 지금껏 경험하지 못한 우월감과 무엇이든 할 수 있을 것 같은 자신감마저 생겼다. 집에서는 가정 교사의 수업으로 늘 바빴으며, 곁에서 돌봐주는 유모의 허락 없이는 방 밖으로 나가는 것조차 자유롭지 못했다. 집안의 아이들은 학교 가는 시간을 제외하면 항상 울타리 안에서 생활해야 했다. 그래서 타고르에게 "바깥세상은 내가 도달하기 힘든 미지의 세계로만 여겨졌다". 그 여행을 통해 넓은 세상을 마음껏 느끼고 숨 쉬며 미지의 세계로 첫발을 내디딘 것이다. 타고르는 하늘 아래 자유로운 영혼으로 살아간다는 것이 얼마나 기적 같은 일인지 깨닫는다. 또 자신이 자연을 얼마나 사랑하는지 확실하게 알아차리는 순간이었다. 그 순례 여행에서 아버지와 아들은 기차에 나란히 앉아 끝없이 펼쳐지는 넓은 들판을 바라보았다. 땅거미가 내리고 어둠이 찾아오면, 아버지는 그저 말없이 아들에게 든든한 어깨를 내어주었다.

그 후 타고르에게 아버지는 두려움 없이 세상을 마주하도록 지켜주는 버팀목이자 존경의 대상이었다. 아버지는 아들이 울타리를 벗어나 맨발로 흙을 밟고 그 흙의 축복을 받으며 자유로운 영혼으로 살아가도록 충실한 안내자가 되어주었다. 훗날 타고르가 쓴 시에서 그날의 기억이 얼마나 강렬했는지 들여다볼 수 있다. "오! 어머니시여, 제가 당신의 발아래 엎드리면, 발아래 밟히는 흙먼지로 저를 축복하소서. 그것은 저를 보석으로 치장하시는 것과 같습니다."

변화와 개혁의 시대를 살다

19세기 중엽, 서벵골주를 중심으로 거센 개혁의 바람이 휘몰아쳤다. 타고르는 "나는 혁명적 변화의 시기에 태어났으며 우리 가족들은 그 시대의 어떤 사람들보다도 그 변화의 중심에 서 있었다."라고 말했다. 변화의 시기에는 늘 갈등과 충돌이 불가피했다. 정통 힌두교의 권위와 세력을 유지하려는 기득권 계층과 카스트 제도를 무너뜨리고 평등과 종교의 자유를 이끌어내려는 진보주의자들 간에 치열한 각축전이 벌어졌다. 물론 상황은 진보 쪽에 크게 불리했다. 하지만 누군가 선한 의지를 갖고 시작한 일은 생각보다 수월하게 상황이 바뀌기도 한다.

타고르는 자신이 살았던 그 시기를 인도의 운명을 결정하는 세 개의 거대한 흐름이 하나로 만나기 위한 격정의 시기였다고 했다. 인도에는 서로 다른 강이 만나는 지점을 성지로 여겨 순례하는 오랜 전통이 있다. 서로 다른 강이 한 지점에서 만나는 것은 서로 다른 영혼이 하나가 되는 합일을 상징한다. 타고르가 말하는 그 세 개의 흐름은 바로 종교 개혁, 계급이 없는 평등한 사회, 표현의 자유를 말한다. 그는 그 격동의 시대를 살며 인도의 운명을 바꾸기 위해 자신이 할 수 있는 일이 무엇인지 깊이 고민했다. 그가 찾아낸 방법은 두 가지였다. 하나는 인도의 오랜 지혜를 문학 작품에 담아내 세상에 알리는 것이고, 또 다른 하나는 세계의 젊은이들이 만나는 학교를 세우는 것이었다.

인도는 다양한 인종과 언어, 종교와 전통이 역사가들에 의해 선택적으로 모습을 드러내는 것이 아니라 현실에서 고스란히 그 알몸을 드러내고 있다. 흔히들 인도에는 과거와 현재가 공존하고 있다고 피상적으로 말한다. 인도의 다양한 전통은 아무리 끊어내도 죽지 않는 칡넝쿨처럼 서로 엉킨 채 질긴 목숨을 이어왔다. 모순적 계급 제도, 상위 계층의 횡포, 힌두 정통주의자들의 탐욕이 철옹성처럼 견고했음에도 인간 본연의 순수를 지켜낸 이들이 있다. 인도 인구의 절반을 차지하는 시골 사람들이 바로 그들이다. 그들은 거친 자연과 고난 속에서 지난한 삶을 살아오면서도 순리를 거스르지 않는 상생의 삶을 살아왔다. 더불어 소박하고 단순하게 살아간다.

타고르가 살았던 그 시대 사람들은 개인의 영적 자유보다 신의 권위를 대리하는 브라만의 축복을 절대적으로 맹신했다. 그 사고방식을 바꾸는 것은 거의 불가능해 보였다. 그러나 영국의 오랜 식민 통치와 억압은 인도인들에게 자유의 필요성에 대한 의지를 서서히 일깨워주었다. 그럼에도 불구하고 인도의 대중들은 자신의 의지와 생각을 밖으로 드러내 표현하는 방법을 알지 못했다. 관습과 종교의 권위에 맞서지 않고 체념하며 살아온 대중의 호응을 얻는 것은 쉽지 않았다. 그 일의 선두에 열린 사고를 가진 지식인들과 예술가들이 섰다.

그런 상황 속에서 인도의 변화를 위해서 합리적인 서구 문화를 적극적으로 받아들이자고 주장한 이가 있었다. 바로 인도의 종교 개혁과 벵골 르네상스의 선구자로 불리는 라자 람모한 로이(Raja Rammohan Roy, 1772~1833)이다. 그는 한동안 동인도 회사에서 일했으며, 1831년에 무굴 황제 아크바르 샤 2세에 의해 주영 인도 대사로 임명됐다. 그러나 1833년 영국의 브리스틀을 방문하던 중 뇌수막염에 걸려 갑자기 사망했다. 그로부터 10년이 지난 뒤 친구 드워카나트(타고르의 조부)의 주선으로 아르노스 베일(Arno's Vale) 공동묘지에 있는 람모한의 무덤 앞에 그의 넋을 기리는 힌두식의 작은 탑이 조성

영국 브리스틀 시청 앞의 람 모한 청동상.

됐다. 드워카나트는 영국 빅토리아 여왕과 친분을 유지할 정
도로 대단한 사업가였기에 가능한 일이었다. 1997년에는 람
모한의 청동 전신상이 브리스틀시의 시청 앞에 세워졌다.

람 모한은 인도 근대화의 아버지로 불릴 만큼 인도의 종교,
정치, 사회, 교육 분야의 개혁을 외쳤다. 그 실천을 위해 그는
1828년 '브라흐마 사마지(Brahmo Samaj)'라는 단체를 창설
했다. 영국인을 적으로 생각하는 인도의 대중과는 달리 람 모
한은 그들의 실용적 생각과 제도를 과감히 수용해 사회 개혁
을 하자고 주장했다. 그 대열의 선두에 타고르 집안이 있었다.
타고르의 할아버지 드워카나트는 브라흐마 사마지의 2대 회
장이었으며, 아버지 데벤드라나트는 3대 회장으로 활약하며
정통 힌두교에 반기를 들고 사회 개혁 운동에 앞장섰다.

브라흐마 사마지의 행동 강령에는 인도의 고대 힌두교 관습 가운데 하나였던 사티(Sati, 남편을 화장하는 불길 속으로 아내나 후실이 뛰어들도록 종용하는 관습)와 조혼 금지를 계몽하는 것이 포함됐다. 현재 사티는 거의 사라진 관습이지만 아주 가끔 잊을 만하면 신문에 오르내리기도 한다. 자살로 위장한 범죄를 사티로 둔갑시키는 경우다. 조혼은 불법이지만, 시골 사람들은 호적을 바꿔서라도 하루빨리 어린 딸의 혼사를 결정하고 싶어 한다. 그래야만 자신의 의무로부터 자유로워진다고 생각하기 때문이다. 람 모한은 조혼 금지와 함께 여아 교육의 필요성을 주장했으나, 대중의 생각이 바뀌기까지는 오랜 시간이 걸렸다.

인도에선 무엇이든 바뀌려면 오랜 시간이 걸린다. 하루아침에 되는 것은 거의 없다. 하지만 무엇이든 일단 뿌리가 내리면 질긴 생명력으로 오래 살아남는다. 브라흐마 사마지가 창설된 지 200년이 다 되어가는 오늘날까지 그 선한 영향력은 계속 이어진다. 어느 해 겨울 산티니케탄에서 친구 딸의 결혼식에 참석한 적이 있다. 초등학교 교사로 퇴임해서 역시 교사로 퇴임한 아내와 함께 시골 아이들을 위한 예술 아카데미(Children' s Theater Academy)를 운영하는 친구는 교사일 때보다 더 많은 시간을 아이들과 함께 보내고 있다. 브라흐마 사

람 모한의 초상. 19세기 벵골의 힌두교 남자들이 두른 터번을 쓴 모습이다. 1833년, 런던에서 만난 미국인 초상화가 렘브란트 필의 작품이다.

마지 식으로 결혼식이 진행된다는 말에 귀가 솔깃했다. 초대 장에는 축의금과 선물을 사절한다고 써 있었다. 500명 정도의 하객들을 초대했다. 결혼식은 전통 방식이었으나 식이 간단한 대신 춤과 노래로 이뤄진 축하 공연에 대부분의 시간을 할애 했다. 이어서 뷔페 피로연이 이어졌다. 인도의 전통 결혼식이 신랑과 신부가 지쳐서 파김치가 될 때까지 지루한 의식을 치 르는 것과는 달리 신랑과 신부가 혼인을 서약하는 메시지를 읽는 것이 신선했다. 화려한 장신구 대신 꽃으로 장식한 신부 도 아름다웠다.

람 모한은 성찰과 실천이 없는 종교는 모래성과 같다고 했다. 하지만 종교의 권위에 길들여진 사람들은 변화를 원치 않았으며, 그들에게 개혁과 변화는 곧 두려움으로 받아들여졌다. 그들은 순수한 영혼과 진실을 사랑하는 사람들을 불편하게 생각했으며, 심지어 그런 사람들이 자신들의 안전을 위협할 것이라고 믿었다. 그런 대립과 갈등의 소용돌이 속에서도 마음의 빗장을 열고 인도를 위해 헌신하려는 사람들이 늘어나기 시작했고, 그 선두에 인도 근대화의 아버지인 람 모한이 있었다.

람 모한의 인도 근대화 운동은 벵골어 소설가 반킴 찬드라 차토파디아야(Bankim Chandra Chattopadhyay, 1838~1894)에게로 이어졌다. 그는 서양 문화의 수용을 통해 인도의 전통을 새롭게 부활하자고 했다. 인도인의 의식을 개혁하는 데 문학의 역할을 강조했던 그는 인도 문학에 서양 문학처럼 자유로운 개인의 생각과 사상을 투영해내자고 외쳤다. 타고르는 차토파디아야를 인도 현대 문학의 시조로 여겼다. 차토파디아야는 인간은 평등하며 누구나 표현의 자유를 누릴 권리가 있다고 주장했다. 그러나 그 시대의 인도 사람들은 문학 표현의 자유를 쟁취하는 것이 왜 그렇게 중요한지 이해하지 못했다. 인도인들이 생각하는 최고의 문학 작품은 신화나 신을 위한 찬가와 기도문이거나 '라마야나'와 '마하바라타' 같은 서사시였다. 신화의 강을 건너 지식의 세계로 진입하기를 거부하

반킴 찬드라 차토파디아야.

는 이들이 바로 인도인들이다. 그 때문에 영적 세계와 인간 본
성에 관한 통찰력을 일깨워주는 《우파니샤드(Upanishad, 힌
두교의 경전이자 지혜서)》의 지혜는 그저 오래된 전통으로 남
아 깊은 잠에 빠져 있었다. 인도를 강점한 영국은 고대 인도의
지혜를 부활시키는 대신 고질적 계급 제도의 폐단과 우둔한
종교 지도자들을 통치의 수단으로 이용했다. 인도인들이 자유
의지를 가지고 깨어나는 순간 식민 통치를 벗어나 주권을 되
찾으려고 노력할 것이 뻔했기 때문이다.

　차토파디아야는 서양 문학의 자유롭고 개성적인 표현 방법
을 수용하는 것은 인도 문학의 전통을 거부하는 것이 아니라
오히려 새롭게 부활하는 문에 부흥이라고 설득했다. 종교와

관습으로 경직된 인도인의 마음의 빗장을 풀기 위해 문학의 역할을 강조했다. 그런 노력이 인도의 대중을 순식간에 변화시키지는 못했으나, 타고르가 말한 것처럼 "차토파디아야는 아주 오래 전 죽어서 생명력을 잃어버린 인도의 언어에 마법의 지팡이를 갖다 대서 생명을 불어넣었다. 고대 인도의 지혜가 침묵과 잠에서 깨어나도록 마법을 부린 셈이다".

타고르는 인도 전통 문화와 서양 현대 문화가 인도 내에서 충돌하는 격동의 세월을 살았다. 고질적 관습을 버리고 자유의지를 지닌 인간으로 살자는 람 모한과 문학 표현의 자유를 통해 상생과 평등의 지혜를 현실로 불러내자고 외쳤던 차토파디아야, 비폭력과 평등을 실천하며 한 올 한 올 실을 자아내는 낮은 자세로 인도의 영혼을 깨어나게 했던 간디의 사상은 타고르의 삶에 많은 영향을 끼쳤다. 타고르는 문학 창작과 교육 현장에서 인도 사람들을 평화와 상생의 길로 안내했고, 간디는 암흑 속에 소외된 계층을 빛 아래로 이끌어냈다. 타고르는 람 모한과 차토파디아야처럼 서양 문화를 음미하긴 했지만, 고대 인도의 전통과 문화를 사랑하는 만큼은 아니었다. 타고르는 동서양의 경계를 넘어서 빗장을 채우지 않은 너른 마음을 문학이라는 나룻배로 실어 나르며 세계 독자들에게 인도의 오랜 지혜를 보여주었다.

창작의 길에 들어서다

열세 살, 창작의 길에 들어서다

"비가 내린다. 나뭇잎이 살랑거린다."

소년 타고르가 벵골어로 쓴 최초의 시다. 벵골어 자모를 겨우 다 배우고 난 직후에 쓴 것으로 몇 개의 단어를 조합해서 만든 두 문장이었다. 타고르는 몇 개의 단어로 비가 내리는 풍경을 표현해냈다는 사실에 전율을 느꼈다고 당시를 회고했다. 각각의 고립된 단어를 합일된 의미로 태어나게 했다는 충만감 때문이었다. 타고르는 여덟 살 무렵부터 시를 쓰기 시작해, 열세 살이었던 1874년 첫 시 '아비라스(Abhilas, 욕망)'를 《타따 바보디 파트리카》라는 벵골어 잡지에 바뉴심하(Bhanusimha, Sun Lion, 태양 사자)라는 필명으로 발표했다. 1877년, 열여섯

영국 유학 시절 양복을 입은 타고르.

살이 되던 해부터 라빈드라나트라는 실명으로 등단한 이후 죽
음을 앞두고 병상에 누워서까지 구술로 시를 남겼다. 어린 시
절과 청년 시절, 그에게 문학은 무심한 단어에 시적 생명력을
부여하는 수단이었다. 그러나 삶과 죽음의 혹독한 시련을 통
과한 중년에 이르면 문학은 영적 존재에 대한 믿음이자, 우주
와 소통하는 일상의 기도였다. 타고르에게는 삶이 곧 시였고,
시는 곧 살아 있음의 증표였다.

어린 시절 타고르는 영어 문법과 읽고 쓰기를 가정 교사에

게 배우면서 셰익스피어의 〈맥베스〉를 벵골어로 번역하기도 했다. 그 작업은 문학 수업 과정 가운데 하나였으며, 그의 나이 열세 살 때였다. 훗날 그는 벵골어로 쓴 《기탄잘리》를 직접 영어로 번역할 만큼의 실력을 지니게 된다. 물론 정식으로 출간하기 전에 예이츠와 몇몇 영국 문인들의 도움을 받기는 했다. 열네 살이 되던 1875년에 형 조티린드라나트(Jyotirindranath)가 쓴 역사극 〈사로지니(Sarojini)〉를 위한 노래를 작곡했으며, 긴 서사시 '바나풀(Bana-phul, 야생화)'을 썼다. 그다음 해부터는 큰형 드위젠드라나트(Dwijendranath)가 출간한 월간 《바라티(Bharati)》에 지속적으로 문학 평론을 실었다. 문학 평론을 쓰기 시작한 것은 열다섯 살 때였다. 《바라티》는 타고르 가족이 발간하는 월간 잡지로, 1887년부터 타고르의 형제들이 돌아가며 편집장을 맡았다. 타고르도 5대 편집장으로 5년간 봉사했다. 1877년에는 형 조티린드라나트가 연출한 몰리에르의 〈서민 귀족〉 벵골어 공연에서 주인공 조르댕 역할을 맡아 타쿠르바리의 공연장 무대에 서기도 했다.

타고르는 조라상코 거리가 내려다보이는 창가에 걸터앉아 담장 밖 세상을 내다보며 언젠가 그 세상으로 나가는 날을 꿈꿨다. 그 희망은 열두 살 때 아버지와 함께한 순례 여행에서 현실로 이루어졌다. 푸른 하늘 아래 넓은 대지를 마음껏 뛰어

연극에서 열연하는 타고르.

다니며 흙먼지로 얼굴과 옷을 더럽히고, 야생화 숲을 헤매며 영원히 잊을 수 없는 추억을 만들었다. 바로 산티니케탄과의 만남이었다. 타고르가 상상했던 그 울타리 없는 세상이 현실에서 그대로 눈앞에 펼쳐진 곳이었다. 상상이 생명력을 갖고 현실에 그 모습을 드러낸 것이다. 타고르는 그 순례 여행에서 돌아온 이후부터 본격적으로 시를 쓰기 시작했다.

청년 타고르에게 가장 소중한 경험은 1878년에 떠난 영국 유학이었다. 책을 통해 막연히 상상했던 서구 문화를 직접 경험하면서 창작과 삶의 방식에 커다란 변화를 맞이했다. 또 영국에 살면서 서구 문화의 모순적 이중성을 목격하고 체험했다. 인간 욕망의 극대화를 부추기는 산업 사회의 모순과 진실을 외면하는 서구인들의 사고방식에 실망하며, 현대 문명이 처하게 될 위기를 예견하기도 했다. 차츰 그는 서구 문화를 선진이라 생각하며 무조건 동경하는 인도 지식인들의 편협한 행동을 안타까워했다. 타고르는 영국에서 그들의 문화와 사고방식에 매료되지 않고 오히려 하루 빨리 인도로 돌아오고 싶어했다. 모순투성이의 현실에서 오랜 전통과 더불어 살며 끈질긴 생명력을 이어가는 인도인의 삶이 더욱 진실하다는 믿음 때문이었다. 그 질긴 생명력의 원천은 종교의 구원도 철학의 사유도 예술의 환희도 아니며, 오직 자연과 친밀한 관계를 유지하며 살아가는 소박하고 단순한 삶이라고 확신했다. 가장 쉬운 듯 보이지만 가장 어려운 그 길이 바로 평화로 가는 지혜라고 믿었으며, 평생 그 생각에는 변함이 없었다.

자연과 조화를 이루고 살아가며 우주와 하나 되는 삶! 범아일여(梵我一如)! 《우파니샤드》에 담긴 오래된 지혜를 널리 알리고자 노력했던 것도 바로 그런 이유 때문이었다. 그는 홀로 고독하게 자신의 길을 가며 우주의 신비를 온몸으로 체험하고 그 경이로움을 시로 화답했다. 타고르는 평화는 내면의 고독한 터널을 통과하는 의례를 거친 후에 주어진다고 말한다. 삶에서 진정 소중한 것이 무엇인지 생각해보게 한다.

타고르는 "나의 가족들은 그 시대의 어떤 가족들보다도 자유롭게 살았다. 그런 가정 환경이 어린 시절부터 자유롭게 내 감정을 표현하게 해주었다. 내 생각과 경험으로 세상을 바라보고 평가하는 용기도 가졌다. 나는 정말 어린 나이에 문학 경력을 쌓기 시작했다. 그 표현의 수단은 당연히 고향 언어인 벵골어였다. 그 시대에 나처럼 어린 작가는 없었다. 나는 자신을 방어할 만한 나이도 아니었으며, 다른 이의 존중을 받을 만한 교육을 받은 적도 없었다. 하지만 나는 그 보잘것없는 이력과 무모한 용기를 가지고 계속해서 나의 주장을 펼쳤다. 그래서 사람들의 비웃음을 사기도 했지만, 내 생각을 인정해주는 이들의 격려도 받았다. 칭찬과 비난이 썰물과 밀물처럼 번갈아가며 밀려들어서 정신을 차리기조차 힘들 때도 많았다."라고 했다. 그처럼 그의 문학 여정에는 햇살과 그림자가 번갈아 드리웠다. 그러나 지치지 않는 불굴의 정신과 문학에 대한 헌신과 사랑으로 기꺼이 거친 파도와 한 몸이 되어 독자들을 새로운 항구로 데려가주었다.

어둠이 걷히고, 시가 다가오다

타고르는 한동안 증조부의 집 타쿠르바리를 떠나 학교가 가까운 서더 스트리트(Sudder Street, 콜카타 중심부)에 있는 둘째 형 사트엔드라나트(Satyendranath)의 집에서 살았다. 그 집에서의 어느 이른 아침, 창가에서 거리를 내려다보던 타고르는 신비로운 체험을 하게 된다. 그는 그날 아침의 신비한 체험 이후로 시가 샘물처럼 솟아나기 시작했으며, 문학 창작을 자신의 소명으로 받아들이게 됐다고 말했다. 며칠 동안 계속됐던 그 체험에 대해 타고르는 이렇게 묘사했다.

"형의 집 창가에서 일출을 보고 있을 때였다. 갑자기 어둠이 걷히며 모든 것이 빛나기 시작했다. 거리의 집들, 움직이는 사람들, 뛰어 노는 아이들, 그 모든 것이 환한 빛 속에서 마치

타고르가 매일 아침 명상하던 장소, 산티니케탄의 차팀탈라.

하나 된 것처럼 보였다. 말로 표현하기 어려울 만큼 아름다운
장면이었다. 그 장면이 끝났을 때도 그 아름다움과 기쁨의 시
각 위로 어둠이 드리우지 않았다. 나는 최고의 기쁨으로 충만
했고, 사랑이 넘쳤다. 모든 움직임이 마치 거대한 대양의 파도
처럼 보였으며, 음악과 신비로운 춤의 동작처럼 느껴졌다. 그
경험이 있고 나서 모든 것과의 진실된 만남은 오직 내면의 좁
은 길에서 신의 안내를 따라야 한다는 것을 깨닫게 되었다. 그
날 이후로 온전히 나만의 시각을 갖게 되었으며, 그 충만함과
아름다움을 표현해내는 것이 곧 내 삶의 목표가 되었다. 다시
는 어둠을 드리우지 않은 채로…."
　　타고르의 그날의 기억을 담은 시로 알려진 '샘 솟아나다'

청년 시절의 타고르.

를 보면 그 신비한 경험이 그의 창작에 어떤 영향을 끼쳤는지 알 수 있다. 그의 시들은 그렇게 샘 솟아나기 시작했다. 이 시는 넘쳐흐르는 열정으로 정상을 향해 최선을 다하겠다는 맹세이자 기도였다. (그의 모든 작품은 그 맹세를 실천하는 과정에서 태어난 진실된 고백의 조각들이다. 자신의 모든 작품을 참된 고백의 조각이라고 말했던 괴테처럼.)

　'샘 솟아나다(The Fountain' s Awakening)' *

　오, 햇살은 어떻게
　마음속으로 들어오는 길을 찾았을까요?
　이 새벽, 새들의 노래는 어떻게

마음속 어둡고 좁은 공간으로 비집고 들어올까요?

이 모든 것이 다 지나고, 왜 갑자기 마음이 요동칠까요?

마치 강물이 강변까지 넘실대는 것처럼

마음이 다시 요동치며

열정이 넘쳐흐릅니다.

산들을 떠받치는 초석이 흔들리며,

큰 바위들이 계속해서 튕겨져 나오고,

파도는 흰 거품을 일으키며 부서지고,

마치 광인의 춤처럼

큰 소리로 울부짖습니다.

느낌이 샘솟기 시작하지만

출구를 찾지 못합니다.

왜 신은 영원히 돌처럼 차가운 마음을 가질까요?

왜 온몸에 사슬을 감고 있을까요?

마음을 열고, 모든 사슬을 끊어내고,

오늘만은 당신의 욕망에 충실하세요.

＊ 타고르가 쓴 원시는 벵골어로 되어 있으며, 여기서는 파크룰 알람과 라다 차
크라바티가 편집한 영역본을 사용했다. 《The Essential Tagore》(Harvard
University Press, 2011), Edited by Fakrul Alam & Radha Chakrabarthy, p.223.

거친 파도가 넘실대는 것처럼

바람이 불고 또 불어대는 것처럼.

심장이 불길처럼 달아오르는데

왜 두려워하며 돌처럼 차가운 마음에 갇혀 있나요?

열정이 끓어오르는데

세상에 두려워할 그 무엇이 있나요?

저는 연민의 마음으로

그 돌로 만든 감옥을 부수고

강변을 넘치게 해서 온 세상이 물로 넘실대게 하고.

내 노래가 온 사방에 울려 퍼지도록

머리를 풀어 헤치고, 떨어진 꽃들을 모두 주워 모으며,

무지갯빛 날개를 펼치고,

햇살이 웃음 지을 때까지 계속해서 사랑을 쏟아부으며.

정상을 향해 다트를 던지며,

지금 이곳에서 끝까지 내 자신을 바치겠습니다.

그리고 큰 소리로 웃으며, 영혼의 노래를 부르고,

박수 칠 것입니다.

할 얘기는 너무나 많고, 부를 노래는 너무도 많으며,

너무나 많은 일들이 일어날 것이기에,

그런 축복의 느낌, 그런 열정으로—마음은 충만하고
자유로워집니다.
오늘, 내 마음을 요동치게 하는 것은 무엇인가?
멀리서 들려오는 대양의 음악 연주를 들으며
나를 가두려는 새장의 그 모든 기둥을 부수고,
심장이 요동치는 대로 흔들리겠습니다.
오늘 새가 어떤 노래를 부르던가요?
태양이 마침내 자신의 길을 발견했군요!*

---

* 여기서 태양은 타고르 자신을 말한다.

문학의 세상에서 신비적 삶을 시작하다

어린 시절 타고르는 학교생활에 잘 적응하지 못하는 아이였다. 하지만 학교에 적응하지 못했던 그 어린 시절이 그를 보다 더 넓은 세상으로 데려가주었다. "아이들은 누구나 각기 다른 재능을 갖고 태어나지만 획일적 교육이 그 재능을 빼앗는다."라는 아인슈타인의 말처럼 아이들은 타고난 재능을 발휘할 기회를 잃어버린 채 어른이 되어버리는 것은 아닐까. 하지만 소년 타고르는 자신의 재능을 지키기 위해 스스로 획일적 교육에 저항했다. 자신이 좋아하고 꿈꾸는 세상을 지키려는 외로운 투쟁에서 소년 타고르가 받은 상처는 훗날 자신이 만든 학교에서 어린이들과 함께 생활하면서 치유된다. 또 청년기에 겪은 사랑과 상실의 고통을 통해서 존재의 허상을 깨달

청소년 시절의 타고르.

게 되고 영적 존재에 더욱 가까이 다가가기 시작했다. 중년기의 가장 큰 고통은 사랑하는 이들과 헤어져야 하는 죽음과의 대면이었다. 어린 시절 어머니의 죽음, 결혼 직후 형수의 자살에 이어 젊은 아내의 죽음과 계속되는 자식들의 죽음, 아버지의 죽음 등 주변의 사랑하는 이들을 차례로 잃은 슬픔은 그로하여금 영성의 세계로 눈을 돌리게 했다. 그렇게 삶과 죽음 사이의 간극을 오가며 결국 그 둘이 하나임을 깨닫고 문학을 영혼의 동반자로 맞이한다.

그의 나이 23세, 형수의 갑작스러운 자살은 평생 지울 수 없는 상처로 마음속 깊숙이 자리 잡았다. "형수의 죽음 이후 모든 성공의 순간마다 기쁨과 함께 고통이 나를 쥐어짰다. 마치 평생 눈물로 엮은 목걸이를 걸고 살아야 하는 것처럼." 형수의 자살의 책임이 자신에게 있다는 죄책감이 가슴속에 주홍 글씨로 새겨져 영원히 지울 수 없었기 때문이다. 타고르는 평생 동안 주옥같은 문학 작품을 수도 없이 쏟아냈지만, 현실에서 다시는 누군가와 사랑에 빠질 수 없는 슬픈 운명을 견뎌야 했다.

타고르는 여성은 남성에게 잠시 행복을 주지만, 결국은 그의 피를 말려버릴 듯 달려들어 꼼짝달싹 못 하게 만든다고 했다. 또한 여성의 선택을 받은 남성은 가장으로서 자신의 삶을 담보로 잡히는 것과 같다고 말하기도 했다. 오직 시를 쓸 때만이 불멸의 자신과 하나 되며, 문학의 세계가 자신이 속할 곳이라고 믿었다. 말년에 아르헨티나의 여류 작가 빅토리아 오캄포(Victoria Ocampo, 1890~1979)와 염문설이 나돌긴 했으나, 그에게 인간적 사랑은 문학의 세계와 비교하면 물거품처럼 허망한 환상에 불과했다. 오캄포가 타고르의 그런 내면을 눈치챘는지는 알 수 없지만, 그녀는 영원한 그의 애독자로 남고자 했다. 사랑할수록 거리를 유지해야만 그 사랑이 깨지지 않는다는 것은 사랑을 해본 이들이라면 누구나 쉽게 알아차릴 수 있다. 사실 사랑은 실체가 없어서 깨지고 말 것도 없지만, 거리를 유지함으로써 그 신비를 유지한다고 느낄 수는 있다.

《기탄잘리》로 노벨 문학상을 받고 명성을 얻은 후에도 그의 삶은 변한 것이 거의 없었다. 고통과 슬픔이 그를 송두리째

말년의 타고르.

흔들어도 묵묵히 자신의 일을 했던 것처럼 기쁨의 순간이 자신의 감정을 방해하는 것 또한 용납하지 않았다. 그는 스스로를 "가난하고, 주권이 침해당해 비참한 현실에 처한 나라의 시인"으로 표현했으나, 어느 누구도 그 무엇도 자신의 영혼의 자유를 방해하도록 묵인하지 않았다. 타고르가 세계의 독자들의 마음을 사로잡을 수 있었던 것도 그가 부르는 노래가 자유로운 영혼의 노래여서일 것이다.

타고르는 청소년기부터 고대 인도와 세계의 고전 문학을 두루 섭렵했다. 그런 만큼 기교적인 측면에서 다른 작가들의 작품을 참고하고 비평하기도 했지만, 결코 거기에 오래 머무르지 않았다. 그보다는 오히려 고독하게 자연과 교감하며 자연의 소리에 귀 기울였다. 그러고 난 후 우주의 신비에 놀라며 주체할 길 없는 환희의 마음을 시로서 표현했다. 그에게 시는 영적 존재를 향한 기도였다. 그의 시상은 깊은 밤 벵골만의 파드마강 가에서 밤하늘의 별들을 올려다보던 고독했던 시절부터 빛을 발했다. 그 순간 그는 스스로 우주의 중심에 서 있다고 생각했을 만큼 충만함으로 넘쳤다. 또 그곳에서 살아가는 시골 사람들의 고단하지만 소박한 일상을 삶의 지혜로 승화시켰다. 온갖 부조리와 차별을 분노가 아닌 숙명으로 받아들이는 이들이 지닌 생명력의 근원은 무엇인가? 타고르는 그 해답을 자연과의 교감에서 오는 치유력 때문이라고 확신했다.

노벨상을 받은 이후 발발한 제1차 세계 대전으로 유럽 전역이 고통에 처하게 된 것을 본 타고르는 인류의 미래를 위해 자신이 무엇을 해야 할지 깊이 고민했다. 그리고 세계 여러 나라를 여행하며 인도의 지혜를 알리는 강연을 했다. 현대 문명이 인간성의 상실과 함께 이기적 유전자를 더욱 널리 퍼트릴 것을 예상했기 때문이다. 인도의 지성인들이 인도 밖 서구 문화로 눈길을 보내던 그 시대에 타고르는 인도의 오래된 지혜를 현실로 불러내 세계 사람들에게 알리기 시작했다.

타고르는 삶의 후반기 30년 동안 두 개의 전혀 다른 모습으로 인식되었다. 인도인들에게는 낯선 이방인으로, 외국인에게는 신비로운 인도인으로. 그가 인도 사람들에게 이방인의 이

미지로 비쳤던 것은 현실이 아닌 시인의 세상에 사는 것처럼 묵묵히 자신의 길을 걸어갔기 때문이다. 그러나 외국에서는 그런 모습 때문에 신비로운 인도인으로 받아들여졌다.

인도의 노벨 경제학상 수상자 아마르티아 센(Amartya Sen, 1933~)이 말한 것처럼 "타고르는 영혼의 자유를 획득한 챔피언"이었다. 타고르는 늘 진실이라고 생각한 길을 선택했다. 어린 시절부터 줄곧 읽었던 《우파니샤드》의 지혜에서부터, 자연과의 교감, 초월적 존재와의 만남, 영적 무지로부터의 해방과 영혼의 자유를 통한 창의성의 발현! 이 모든 진실이 그에게 아름다운 영혼의 노래를 부르게 했다. 그 노래는 한 줄기 빛으로 온 세상을 비추고, 그 빛을 따라가다 보면 우리도 그 빛의 일부가 될 수 있다는 희망의 메시지를 발견하게 된다. 문학 작품을 통해 독자들에게 초월적 세계로 가는 길을 보여주었으며, 고독과 고통을 통하지 않고는 그 길로 들어설 수 없다는 것도 알려준다. 인도인들에게 이방인으로, 서구인들에게는 동양의 성자로 알려졌지만, 정작 그 자신은 이쪽도 저쪽도 아닌 바로 우주의 중심에 서 있고자 했다. 홀로 고독하게. 그렇게 생애 내내 자신이 펼칠 수 있는 꽃잎을 낱낱이 펼쳐 향기로운 꽃을 피워냈다. 이제 그 꽃은 시들어 흙으로 돌아갔으나 그 향기는 독자들의 가슴에 영원히 남았다.

선과 악의 여신 헤카테와 카담바리의 죽음

　타고르의 어린 시절에서 빼놓을 수 없는 소중한 추억은 카담바리 데비(Kadambari Devi, 1858~1884)가 가족이 되면서부터 시작됐다. 1868년, 열 살인 그녀가 타쿠르바리에 처음 왔을 때 타고르는 겨우 일곱 살이었다. 타고르의 다섯째 형 조티린드라나트와 결혼한 카담바리는 비극적으로 생을 마감하기 전까지 타고르의 뮤즈였다. 타고르보다 세 살 더 많았던 그녀는 타고르를 친동생처럼 보살펴주었으며, 그의 문학적 재능을 가족들 가운데 가장 먼저 알아보고 늘 글을 쓰라고 부추기곤 했다. 그 뮤즈의 죽음으로 타고르는 남은 이들의 삶을 산산조각 내려고 덤벼드는 죽음의 민낯을 마주하게 된다. 타고르는 그 고통의 어두운 터널을 빠져나오기 위해 더욱 창작에 몰입하기 시작했다.

카담바리는 총명하고 아름다워서 가족들의 사랑을 독차지했다. 반면에 타고르는 소극적인 성격 탓에 별로 눈에 띄지 않는 아이였다. 그런 타고르의 외로움을 알아차린 카담바리는 타고르에게 무한정의 관심과 사랑을 주었다. 타고르에게 그녀는 형수 이전에 친구이자 누이였다. 타고르가 열네 살 되던 해에 어머니가 돌아가신 다음에는 어머니의 역할까지 해주었다. 형수와 어린 시동생 사이엔 특별한 격식이 없었으며, 카담바리는 타고르가 원하는 것은 무엇이든 다 들어주려고 노력했다. 타고르에게 그녀는 수호천사나 마찬가지였다. 카담바리는 타쿠르바리의 테라스를 문학 토론의 장소로 만들어 타고르의 창작에 도움을 주었다. 그녀 역시 문학을 사랑해서 타고르와 문학의 동지이기도 했다. 서로에게 좋은 책을 추천하고 읽은 후에 함께 토론을 하곤 했다. 타고르가 자작시를 낭송하면 주변 사람들은 늘 감탄했으나 카담바리는 칭찬보다는 언제나 새로운 방향을 제시해주곤 했다. 타고르는 "형수의 날카로운 지적은 내게 늘 새로운 시상을 떠오르게 했다."라고 말할 정도였다.

카담바리는 1883년 영국에서 돌아온 스물두 살의 타고르가 열한 살 난 므리날리니 데비(Mrinalini Devi)와 결혼하고 난 후, 몇 달 뒤에 자살했다. 그 비극적 사건으로 타고르는 평생 지울 수 없는 상처를 안고 살아야만 했다. 당시의 심경을 표현한 글을 보면 그가 형수의 자살에 대해 얼마나 괴로워했는지 알 수 있다. "나는 스물세 살이 되던 해 죽음에 대해 알게 됐고, 그 상처는 평생 지워지지 않았다. 죽음은 갑자기 다가와 모든 것을 앗아가버린다. 주변의 대지, 나무들, 강물, 태양, 별빛은 변함없는데, 아직도 생생히 살아 있는 그녀의 모습, 눈길과 마음은 마치 한 줄기 빛처럼 영영 사라져버렸다." 하지만 그녀는 사라진 것이 아니라 타고르의 마음속 깊은 곳에 영원히 살아남았다.

타고르는 형수 카담바리에게 '헤카테'라는 별명을 붙여주었다. 헤카테는 선과 악을 관장하는 그리스 신화의 여신으로, 세 개의 얼굴을 가졌으며 세 개의 길을 상징한다. 또 밤과 달의 여신이며 마녀들의 여왕이기도 하다. 남아 있는 사진 속 카담바리는 어딘지 몽환적 분위기를 자아내는 모습이다. 그런데 타고르는 왜 형수에게 그런 별명을 붙여주었을까.

카담바리는 타고르를 시동생 이상으로 사랑한 것이 분명하다. 그래서 타고르가 결혼한 지 1년이 채 되기 전에 자살했다. 죽어서라도 그의 영혼을 지배하려고 한 것을 보면 헤카테라는 별명이 그녀에게 무척 잘 어울린다는 생각이 든다. 어쩌면 타

타고르와 형수 카담바리.

고르도 그녀의 숨겨진 본성을 알아차렸기에 그런 별명을 붙여
준 것은 아닐까. 그녀의 사인(死因)은 아편 과다 복용이었다.
다른 여인과 결혼한 타고르를 바라보며 그 고통을 잊기 위해
조금씩 아편을 복용했던 것이었을까. 분명 카담바리는 죽음으
로써 타고르의 마음 한구석을 영원히 차지했다. 반면에 타고
르는 영원히 지울 수 없는 주홍 글씨를 가슴에 새긴 채 살며,
그녀를 그리워하는 만큼 더욱 창작에 몰입했다. 카담바리는

아름답고 열정이 넘치던 젊은 시절의 모습 그대로 타고르의 가슴에 각인됐고, 타고르는 자신의 열정을 인간적 사랑이 아닌 영적 존재와의 사랑으로 소진했다.

훗날 영국인 친구 앤드루스에게 보낸 편지에서 타고르는 카담바리에 대한 애절한 사랑과 그리움을 "나의 어린 시절의 유일한 친구였던 그녀가 어디로 사라졌단 말인가요? 그녀는 내게 꿈과 활력을 불어넣고, 신비한 세상으로 모험을 떠나게 해주었지요. 나의 여왕, 그녀의 죽음으로 나의 왕국이 무너져 버렸어요. 이제 그녀가 보여주었던 세상의 문이 닫혀버렸어요."라고 표현했다.

그러나 카담바리의 죽음 이후 타고르는 그 상처를 간직한 채 홀로 그 닫힌 세상의 문을 열었다. 타고르에게 문학적 재능을 발휘하도록 재촉한 것은 카담바리였으나, 그녀의 비극적 죽음 후에 그 고통의 시간을 견뎌내며 시의 성자라는 열매를 거둔 것은 타고르 자신이다. 그 치열한 창작의 여정에서 언제든 자유롭게 그녀를 만날 수 있었기에 가능한 일이기도 했다. 사실 타고르는 여성에 대해 또 가정을 꾸리는 일에 대해 그리 호의적인 생각을 갖고 있지 않았다. 다행스럽게도 타고르의 마음속 카담바리는 하루 종일 글을 쓰며 눈길 한 번 주지 않아도 그가 하고 싶은 일을 마음껏 해도 불평 한마디 하지 않고,

아무리 그리워해도 상관없는 저세상 사람이었다. 타고르는 문학에게 한없이 다정하고 섬세하고 배려 깊은 사람이었지만, 정작 아내나 주변 사람들에게는 쉽사리 마음을 열어주지 않았다.

1884년 카담바리가 세상을 떠나고 며칠이 지난 후 쓴 시에 그의 비통한 심정이 고스란히 담겨 있다. 자신조차도 알아채지 못했던 카담바리의 심정을 공감하고 그녀의 영혼을 위로하는 시다.

'충분해, 충분해!(Enough, Enough)' *

이제 그만. 조용히 해주시겠어요?
나의 사랑하는 이가 잠들어 있어요.
그녀가 울면서 잠에서 깨어나면
그 눈물이 나를 울어버리게 할 거예요!

그녀가 사랑했던 연극도 끝나고
그녀의 심장은 차갑게 굳어져

---

* 앞의 책, p.224. (79쪽 각주 참조)

한없이 흐느끼다가, 이제 잠들었네요.
제발 더는 그녀가 울지 않게 해주세요.

그녀의 울음소리가 들리지 않나요?
견딜 수 없는 고통을 가슴에 품은 채
할 수 있는 일이라곤 오직 달을 쳐다보는 것,
그것 말고 어디서 위안을 얻었을까요?
그녀가 모두에게 준 그 사랑,
이제 어디서 그런 부드러운 보살핌을 받을 수 있을까요?
그녀가 누군가의 슬픔에 흘린 눈물,
이제 누가 그녀를 위해 울어줄까요?
그녀가 물을 준,
그 나무의 가시가 그녀의 발을 찔러도,
어디 불평 한 번 한 적이 있었던가요?
알라시여, 아무도 그녀의 눈빛을 이해하지 못했단 말인가요?

아! 오늘 그녀가 잠들어 있네요.
그녀가 이토록 깊은 잠에 빠진 적은 없었는데,
온밤을 고통으로 잠 못 이루며 지새웠군요!
수많은 밤을 그렇게 뜬눈으로 지새웠단 말인가요!

봄바람이 불어오고,

동쪽 창문으로 스며든

달빛이 그녀를 휘감았겠지요.

수많은 밤을 그렇게 지새운 것인가요!

멀리서 들려오는 피리 소리의

그 슬픈 멜로디는

그녀의 침상 주위를 맴돌았겠지요.

수많은 밤을 그렇게 지새웠군요.

그녀는 무릎에 놓인 바쿨* 꽃을

슬픈 눈으로 만지작거리며,

한없이 한숨을 쉬었겠지요.

그렇게 슬픈 밤들은 다 지나고,

마음의 고통도 모두 사라져서,

그녀가 평화롭게 잠들게 하소서.

사랑하는 이여, 이제 더는 눈물 흘리지 말고, 슬퍼하지도 마세요.

---

* bakul, 힌두 신화에서 사랑, 애정과 헌신을 상징.

타고르는 카담바리의 죽음을 애도하기 위해 3권의 시집을 헌정했다. 그 가운데 한 권이 《사이삽 상기트(Saisab Sangeet, 어린 시절의 노래)》로 그가 13~16세에 쓴 시들로 엮은 시집이다.

실라이다하에서 《기탄잘리》의 영감을 얻다

 1890년, 타고르의 아버지는 아들에게 벵골 동부 실라이다하(Shiladaha, 방글라데시가 인도로부터 독립하기 이전에는 인도에 속함)로 가서 가문의 토지를 돌보라고 했다. 실라이다하는 캘커타에서 약 250㎞ 떨어져 있다. 당시 도로 사정은 알수 없지만 자동차도 없던 시절이었다.* 타고르는 기차보다는 주로 배를 타고 캘커타의 후글리강을 출발해 파드마강으로 이

---

 * 인도는 1948년 자동차를 생산하기 시작했고 증기 기관차는 1853년에 처음 개통됐다. 봄베이('뭄바이'의 전 이름), 마드라스('첸나이'의 전 이름), 캘커타의 주요 거점 도시를 연결하는 철로였다. 동인도 회사 인도가 문을 닫고 영국 정부가 주도적으로 철로 건설에 집중하면서 지형이 나쁜 지역을 제외하고는 거의 대부분의 작은 마을까지 철로가 놓였다. 영국인들이 목화와 면직물 수송의 효율성을 높이고 자국의 생산품을 인도에 손쉽게 판매하는 것이 주목적이었다. 설계와 자금은 영국이, 노동력은 인도가 제공한 합작품이었다.

동했다. 실라이다하를 관리했던 조티린드라나트 형이 새로 산 가족 전용 배도 있었다. 그곳에는 할아버지 드워카나트가 지은 집과 넓은 농지가 있었다. 소작농들을 관리하는 직원들이 따로 있었기에 타고르는 가끔씩 소작인들을 만나 그들의 고충을 듣고 문제를 해결하는 데 도움을 주는 일을 도맡아 하면 됐다.

그렇게 10년간 실라이다하에서 살면서 타고르는 삶의 커다란 변화를 맞는다. 무엇보다도 형수 카담바리 데비의 죽음으로 받았던 상처가 치유됐으며, 도시에 살면서 몰랐던 시골 사람들의 가난과 슬픔을 직접 보고 자신이 무엇을 해야 할지 깨닫게 되었다. 타고르는 시간이 날 때마다 하우스 보트(배를 개조해서 만든 숙식이 가능한 배)를 타고 실라이다하 주변의 작은 마을들을 찾아다녔다. 그러면서 차츰 마음을 굳히게 된다. "자민다르(Zamindar, 무굴 제국의 통치기에 막대한 영토를 지닌 지주를 뜻함)의 아들로 여유롭게 살아왔던 나의 삶이 부끄럽게 생각되기 시작했다. 마치 목적지를 모른 채 안갯속을 헤매던 사람이 드디어 자신의 집을 발견한 것처럼 내가 무엇을 해야 할지 깨닫게 되었다. 그저 막연한 감정이 아니라 인간에 대한 사랑과 헌신을 하겠다는 결심을 하게 됐다. 그렇게 나는 사람을 섬기기로 결심했다." 실라이다하에서 몇몇 청년들과

실라이다하에 있는 타고르 할아버지의 집

함께 마을 아이들의 교육과 시골 사람들의 주거 환경 개선을 위해 노력하기도 했으나 많은 결실을 거두지는 못했다. 훗날 산티니케탄에 정착하면서 본격적으로 주변 마을 사람들의 교육과 복지를 위한 프로젝트가 시작돼 큰 성과를 거두게 된다.

타고르의 아버지 데벤드라나트는 아들이 자연을 얼마나 사랑하는지 알고 있었기에 자연에서 상처를 치유하고 위안과 평화를 얻기를 바랐다. 카담바리가 자살하고 몇 년이 지나긴 했지만 아들의 상처가 치유되지 않은 것을 눈치챈 아버지의 배려였다. 그런 아버지의 소망대로 타고르는 실라이다하에서 원시의 자연과 소박한 시골 사람들의 삶을 들여다보며 차츰 위안과 평화를 얻었다. 그뿐 아니라 그곳의 자연이 전해주는 우주의 신비에 대한 찬사는 곧 시가 되었으며, 시골 사람들의 삶은 소설로 태어났다.

그에게 노벨 문학상을 안겨준 《기탄잘리》의 영감도 실라이다하에서 시작됐다. "저녁이면 밤하늘의 별을 보며 우주의 신비와 마주하고, 이른 아침에는 강에 서리는 안개와 침묵 속에서 명상했습니다. 한낮에는 작은 나룻배에서 아주 오래된 방식으로 물고기를 잡는 어부들의 느린 몸짓을 지켜봤습니다. 가끔은 거친 바람이 불어와 파도를 모래사장으로 데려가기도 했지요. 해 질 무렵, 강변에서 장난치던 아이들의 목소리가 희미해지고, 뱃사공도 집으로 돌아가고 나면 강은 다시 침묵으로 밤을 맞이하며 저를 평화로운 세상으로 데려가주었습니다." 타고르는 그 내면의 고요와 평화를 시와 소설로 써서 다른 이들과 공유하고 싶어졌다. 그래서 틈틈이 쓴 글을 캘커타의 잡지사로 보내곤 했다. 그 시절 타고르는 이름이 거의 알려지지 않았다. 그는 그 시절을 어둠 속에서 홀로 만족을 느꼈던 시절이었다고 말하곤 했다.

1893년 3월, 실라이다하에서 하우스 보트로 유랑하던 시절에 쓴 편지에서는 자신을 괴롭힌 과거로부터 자유로워진 심정을 유머러스하게 쓰고 있다. "내가 타고 다니는 배는 아주 작

실라이다하의 파드마강 풍경.

다. 선장은 소박한 성품을 지녔으며 키가 나만큼 컸다. 선실의
천장이 아주 낮아서 부주의하게 머리를 쳐들면 그 천장의 널
빤지가 잠시 나를 기절하게 만들어버릴 수도 있다. 그래서 선
실 안에서 서 있으려면 고개를 수그리고 절하는 자세로 있어
야만 했다. 그 무렵 나는 내 기억에 저장된 수많은 고통과 상
처로 얼룩진 운명에서 이제 그만 벗어나야 한다고 생각했다.
물론 또 다른 고통이 언제 찾아올지 모르지만… 어쨌든 이제
지난 고통은 모두 잊고 싶다. 그런데 웬걸, 지난밤 모기들이
나를 잠 못 이루게 했다. 이게 뭐람! 이제 겨우 나의 고통에서
빠져나오나 했더니 이제는 모기들이!"
  1894년 8월 10일, 실라이다하에서 조카 인디라에게 보낸 다
음 편지에는 동양과 서양 문화의 다름에 대한 성찰과 인도의
정신을 마음속 깊이 사랑하는 심정이 담겨 있다. 그 편지는 그
가 실라이다하의 자연을 얼마나 사랑하는지, 또 그곳의 자연

이 전해주는 비밀이 무엇인지 알게 해준다.

"지난밤, 그리 깊은 밤은 아니었지. 나는 물결 소리에 잠이 깼단다. 힘찬 물결이 큰 소리를 내며 강으로 흘러드는 소리였어. 이곳에선 거의 매일 밤 이런 일이 벌어진다. 그런 으르렁 철썩거리는 소리가 들려오면 잠시 일어나 밖을 내다보곤 한다. 거기선 늘 대단한 축제가 열리고 있지. 만약 네가 배의 난간 아래 물속으로 발을 담그면 지칠 줄 모르는 물살의 놀라운 움직임을 느낄 수 있을 텐데. 어떤 때는 다리가 떨리고, 때로는 쓰러질 것 같고, 다리가 물살 위로 팅겨 오르는가 하면, 어떤 때는 강물로 추락할 것처럼 몸이 요동친다. 마치 땅이 요동치는데 그 위에 손가락을 대고 있는 것 같다니까. 그러다가 자정 무렵 갑자기 벅찬 느낌이 몰려왔단다. 어둠 속에서 창가의 의자에 한동안 앉아 있었지. 아주 뿌연 빛이 온 강을 휘감아서 꼭두서닛빛을 연출하고 하늘에는 가끔씩 구름이 몰려왔다 빠르게 스쳐 지나가곤 했단다. 밝게 빛나는 카노푸스(Canopus, 노인성)의 그림자가 물 위에 드리워서 퍼지면, 온몸이 떨리면서 머리끝이 쭈뼛쭈뼛하고 알 수 없는 슬픔이 몰려오기도 하지. 강변의 양쪽은 어슴푸레한 빛과 무의식의 깊은 잠에 빠져 있고, 그 한가운데서 잠들지 못하고 광기에 차 멈추지 않고 밀려드는 파도는 거칠게 다가오며 지칠 줄 모른다.

만약 네가 이곳에서 한밤중에 깨어나 이 광경을 본다면 온 세상이 새롭게 느껴질 텐데. 장삿속이 밝은 사람들이 살아가는 한낮의 세상이 진실된 것이 아니라는 것도 금세 알 수 있을 텐데. 다시 아침이 오면 이런 밤의 세상은 멀어져버리고 생각나지도 않아. 사람들은 모두 진실되게 보이려 하지만 때로는 예상치 못할 만큼 서로 다르단다. 낮의 세상은 마치 서양 음악 같아. 음색이 풍부하고 다양하고, 세부와 전체가 어우러져 아주 힘차고 강하며 서로 얽히면서 조화를 이루지. 밤의 세상은 인도 음악과 같아. 순수하고 부드럽고 깊고 본성을 잃어버리지 않는, 마치 인도 전통 음악의 멜로디 라기니(ragini, 라가의 여성 짝) 같거든. 동양과 서양은 그렇듯 서로 다르지만 그 둘다 우리의 감정을 움직이게 하지. 그 다름 때문에 신경 쓸 필요는 없어. 그저 다를 뿐이니까. 자연의 뿌리가 다르니까 그렇겠지. 모든 것이 둘로 나뉘듯이. 낮과 밤으로, 부분과 전체로, 순간과 영원으로, 왕과 왕비로 나눠지듯이. 우리 인도인들은 밤의 왕국에서 살기를 원해. 우리는 시간을 초월한 영원한 전체와 하나 되는 세상에 압도당하고 말았거든. 인도의 노래가 개별적 고독의 노래라면 서양은 요란한 동행이야. 인도의 음악은 현실의 우여곡절로부터 벗어나 우주의 근원에 자리 잡은 비움, 공(空)이라는 고독한 세상으로 우리를 안내하지. 반면에 서양 음악과 춤은 다양한 음색으로 인간의 감정을 행복으로 끌어올리는가 하면 또 고통으로 떨어뜨리기도 해."

실라이다하에서 머무는 동안 타고르는 벵골의 자연에 대한 깊은 사랑을 넘어 자연이 전해주는 우주의 신비를 깨닫고, 우주의 중심에 서 있는 자신을 만나게 된다. 훗날 그는 실라이다하에서의 시간을 인생에서 황금처럼 빛나던 시절로 기억했다. 그처럼 타고르는 자연을 몹시 사랑했지만 그렇다고 해서 도시를 싫어한 것은 아니었다. 다만 그는 도시에서 멀리 떨어진 외딴 곳에서의 고독을 내면의 고요로 승화시키는 지혜를 지녔다. 그는 아이들은 햇살에 얼굴을 그을리며 맨발로 흙을 밟고 마음껏 뛰어놀아야 한다고 했다. 하지만 막상 자신은 그렇게 활발하게 놀며 흙먼지를 뒤집어쓰는 유년 시절을 보내지 못했다. 그 대신 마음을 활짝 열고 세상의 진실을 받아들였다. 그는 진실과 평화는 거저 주어지는 것이 아니라 고독하게 자신과 마주할 때 비로소 그 모습을 드러낸다고 했다. 헤세가 말했듯이 "타고르는 세계로부터 멀리 떨어져 시적 경배를 통해 조용히 꿈꾸는 작가"였다.

우파니샤드 어린이

타고르는 어렸을 때부터 《우파니샤드》 읽는 것을 좋아해서 가족들은 그를 '우파니샤드 어린이'라고 불렀다. 《우파니샤드》는 어린아이가 읽기에 쉽지 않은 책이다. 물론 늘 《우파니샤드》를 가까이 두고 읽었던 아버지의 영향도 있었지만, 소년 타고르가 평범한 아이가 아니었음을 알 수 있다.

우파니샤드(Upanisad)는 산스크리트어로 '가까이에 모여 앉는다'라는 의미다. 제자들은 스승으로부터 우주의 지혜를 배우기 위해 그의 발아래로 모인다. 스승은 제자들에게 지혜를 전수하는 것을 경건한 소명으로 받아들인다. 그 지혜는 유한한 삶을 넘어 무한한 우주와 접속해서 영원으로 나아가는 길을 말한다. 즉, 《우파니샤드》는 인간과 신 그리고 우주의 관계 속에서 나의 존재에 대한 성찰이자 인간의 본성에 관한 이해와 관련된 의문에 해답을 제시해준다. 우주는 무엇이며 우주 속의 나는 누구인가? 인간의 몸과 마음의 관계, 생각과 행위의 관계, 자아란 무엇인가? 삶과 죽음의 관계는? 삶의 궁극의 목적은 무엇인가? 사람이 살아가면서 마주하게 되는 수많은 의문과 그 해답을 제시하는 대화로 이어지는 내용이다. 사람은 우주라는 전체에서 떨어져 나왔다가 죽음을 통해 다시 전체와 하나가 된다. 《우파니샤드》는 인간의 역사가 시작된 이래 쓰인 가장 오래된 지혜서인 셈이다. 모래알처럼 작은 존재인 인간이 이 무한한 우주에서 어떻게 살아야 할 것인가에 대한 행동 지침서이다. 그래서《우파니샤드》는 힌두교의 경전으로 분류하기보다는 철학서로 보는 것이 더 타당하다. 서양 학자들은 초기《우파니샤드》를 인간과 우주 사이의 접속과 소통을 다룬 철학 논문으로 분류한다.

《우파니샤드》는 힌두교와 불교, 자이나교 교리의 토대를 이루는 철학적, 종교적 문헌의 결정체다. 베다의 결정판, 지식의 결정체라는 뜻에서 '베단타(Vedanta)'라고도 부른다. 대략 180~200편의 《우파니샤드》가 있는데 그 가운데 열한 편이 가장 잘 알려졌으며, 그것들이 4개의 베다로 정리됐다. 베다는 기원전 1~2세기에 걸쳐 쓰인 것으로 알려졌으나, 기본 내용은 기원전 8세기경으로 올라가기도 한다. 그 시기와 내용에 대해서는 의견이 분분하다. 오랜 세월 구전으로 전수되어오며 시대에 따라 새로운 내용이 추가되거나 삭제되기도 했을 것이다.

힌두교에서 말하는 시간의 개념에서 인간의 역사는 그저 찰나에 불과하다. 대체로 인도 사람들은 역사라는 이름으로 전후 관계를 짜맞추는 방식의 문자 기록을 신뢰하지 않는다. 역사가에 의해 기록된 역사는 역사가의 시각에 따라 얼마든지 달라질 수 있기에, 가장 중요한 것은 각자 마음으로 알아차리는 것이라고 믿는다. 모든 감정의 변화는 곧 자신의 에고(ego, 자아)가 지어낸 결과이다. 일체유심조(一切唯心造)! 《우파니샤드》는 수많은 종교가와 철학자가 한없이 퍼내고 또 퍼내서 인용하고 해설해도 마르지 않는 지혜의 샘이다.

《우파니샤드》에서 지혜의 원석을 발견한 타고르는 일반적인 개념을 다루는 학문과 심리학에는 그다지 관심이 없었다. 다만 그 지혜의 원석을 갈고 닦는 과정에서 거둔 문학과 예술 작품은 그가 모두와 공유하고자 했던 진리의 조각들이다. 그에게 창작은 우주와 하나가 되어가는 과정이자 전체와 하나 되는 삶이었다. (전체는 신(神) 혹은 본성을 의미한다.)《우파니샤드》에서 말하는 아트만(Artman, 나의 자아)과 브라흐만

(Brahman, 전체 혹은 신)이 하나 되는 것이다. 그처럼 타고르는 전체에서 떨어져 나와 다시 전체와 합일을 이루는 우파니샤드적 삶을 살았다.

이런 우파니샤드적 삶이 현실에 모습을 드러낸 장소가 바로 산티니케탄이다. 타고르는 아버지 데벤드라나트가 영혼의 쉼터로 지어둔 작은 집에서 다섯 명의 아이들을 가르치며 학교를 열었다. 산티니케탄은 캘커타와는 달리 자연의 신비와 아름다움을 마음껏 누릴 수 있어서 타고르가 원했던 숲속 학교(아슈람)를 열기에 더할 나위 없는 장소였다. 그는 아이들이 푸른 하늘과 맑은 공기를 호흡하며 드넓은 대지를 마음껏 뛰어다니게 해주고 싶었다. 이 세상의 수많은 생명체 가운데 사람으로 태어난 것은 가장 기적 같은 일이며, 그 기적을 즐기기에 가장 완벽한 장소는 자연이다.

타고르는 주권을 잃어버린 인도인들이 비탄에 빠져 있을 때 《우파니샤드》의 지혜를 현대 인도 문화로 부활시켜, 그 정신을 국가 이념의 우수성으로 부각시켰다. 인도의 개혁을 외쳤던 반킴 찬드라 차토파디아야는 과거의 비합리적인 전통을 청산하고 새로운 시대를 열자고 했다. 그러기 위해서 광신적 종파주의와 국수주의에서 깨어나라고 했다. 반면에 타고르는 고대 인도 문화의 영적 지혜에서 미래의 희망을 찾아냈다. 이

산티니케탄의 초등학교 교정. ©하진희

런 시인의 생각을 비현실적이라고 치부하는 이들도 많았으나, 그들과 논쟁하기보다는 자신만의 방법으로 그것을 실천했다. 영국인들이 인도의 정신과 전통을 산산조각 내는 식민 정책을 펼쳤으나 인도 사람들은 끈질기게 살아남았다. 영국인들이 무너뜨리려고 하면 할수록 강해지는 묘한 저력으로 200년이 넘는 오랜 강점기에도 자신들의 전통을 지켜냈다. 그래서 인도인들을 '기이한 승리자'로 부르기도 한다. 타고르의 말처럼 "인도는 모든 정치적 격변기에도 스스로의 영혼과 정신을 잃어버리지 않고 지켜냈다".

  타고르는 정규 교육을 받은 기간이 길지 않다. 기초 교육과 영어는 가정 교사에게 배웠고, 나머지 다양한 분야의 지식은 독서로 보충했다. 또 문학과 연극, 전통 음악과 춤 공연을 수시로 접할 수 있었던 집안 분위기는 훗날 타고르가 세운 산티니케탄 학교에 그대로 적용됐다. 그는 어린 시절부터 읽은 《우파니샤드》에서 발견한 지혜를 바탕으로 젊은 날 실라이다하에서 자연의 신비를 깨달았고, 그곳에서 사는 시골 사람들의 단순한 삶을 통해 진리의 길을 찾아냈다. 그가 《우파니샤드》에 얼마나 깊숙이 빠져들었는지는 그가 살았던 삶이 증명해 보여준다. 시인이자 철학자 카비르(Kabir, 1440~1518)가 말했던 것처럼 종교가들이 경전을 읽고 또 읽으라고 허송세월하는 동안 타고르는 《우파니샤드》의 지혜를 체화하고 그 지혜로 세계인의 마음에 다가갔다. 한편으로는 아이들이 두려움 없이 세상을 마주하도록 울타리 없는 평화의 학교를 세웠다. 그렇게 타고르는 《우파니샤드》의 지혜를 인간애로 실현했으며, 《우파니샤드》 또한 타고르에게 그 지혜를 발현하도록 허락해 주었다.

  산티니케탄의 초등학교 교정에서는 학생들이 커다란 나무 그늘 아래서 교사를 중심으로 모여 앉아 공부한다. 우파니샤

산티니케탄의 초등학교 교정 나무 아래에서 교사를 중심으로 모여 앉아서 공부하는 아이들. ©하진희

드식 교육이다. 어린 시절부터 타고르가 늘 가까이했던《우파니샤드》의 지혜가 현실에 그 모습을 드러낸 것이다. 아침에는 떠오르는 태양을 마주하고 밤이면 달빛과 별빛에 의지하며 스승으로부터 지혜를 배우면 이 세상에 두려울 것이 없다는 것을 가르쳐주는 것이다.

노래하지 못하게 된 새

타고르는 획일적인 교육 방식이 아이들의 개성과 창의력을 빼앗는다고 했다. 그는 '앵무새 길들이기'라는 옛이야기를 통해 주입식 교육이 어떤 결과를 낳는지 들려준다.

어느 왕국의 정원에 아름다운 목소리로 하루 종일 노래를 부르는 새가 있었다. 그러나 그 새는 경전을 외우지 못했다. 왕은 신하들에게 새가 노래 대신 경전을 외우도록 가르치라고 명령했다. 신하들은 즉시 회의를 소집했다. 오랜 토론 끝에 새의 무지는 그가 허름한 둥지에 살고 교육을 받지 않아서라는 결론을 내렸다. 그래서 왕의 장신구를 제작하는 최고의 장인을 불러서 세상에서 가장 멋진 황금 새장을 만들라고 지시했다. 그런 다음 서기를 불러 수많은 경전을 복사하게 했다. 드디어 새를 가르치기 위한 경전 필사본이 손이 닿지 않을 만큼 높이 쌓이자 신하들은 대단한 성과를 이룬 것처럼 우쭐했다. 마침내 화려한 황금 새장도 완성되어 새는 그 안에서 살며 매일같이 학자들이 읽어주는 경전을 따라 외웠다.

어느 날 문득 왕은 학자들이 새를 잘 가르치고 있는지 궁금해졌다. 왕은 군악대를 앞세우고 신하들과 함께 새장이 있는 정원으로 갔다. 학자들은 왕의 방문을 환영하며 박수와 찬사를 보냈다. 왕은 그들의 환영 행사에 너무나 만족하여 잠시 새의 존재에 대해 까맣게 잊고 만다. 그때 한 신하가 머리를 조아리며 왕에게 물었다.

"전하! 이제는 새가 경전을 외우옵니까?"

왕은 학자들에게 어서 새에게 경전을 외우게 하라고 지시했다. 황금 새장 안의 새는 매일같이 학자들이 읽어주는 경전을 따라 외우다 보니 불평을 할 수도 없을 만큼 목이 쉬고 몸은 너무나 쇠약해졌다. 한 신하가 새장 문을 여는 순간 한 줄기 햇살이 비치자 새는 너무나 행복해하며 잠시 날개를 퍼드덕거리더니 그만 바닥에 쓰러지고 말았다. 놀란 신하가 재빨리 새를 꺼냈으나 새는 숨을 거두고 말았다. 그 새에게 가장 필요한 것은 화려한 황금 새장이나 훌륭한 학자들의 교육이 아니라 오직 푸른 하늘과 햇살과 자유였다.

타고르는 지나친 교육의 도구나 설비들이 오히려 아이들의
성장과 교육에 방해가 된다고 말했다. 아이들은 새처럼 자유
롭게 노래 부르며 살 권리가 있는데 획일적 교육이 아이들의
자유를 빼앗는다. 그래서 산티니케탄 학교의 교육 목표는 단
순하고 역동적이며, 무엇보다도 아이들의 자유를 존중한다.

타고르의 이러한 교육관은 《기탄잘리》에서 잘 드러난다.

'기탄잘리 8

아이에게 왕자처럼 비단옷을 입히고
번쩍이는 보석 목걸이를 걸어주면
걸음마다 옷이 거추장스러워
놀이의 즐거움은 사라집니다.
부딪히면 닳을까 흙먼지로 더럽혀질까 걱정스러워
놀지도 못하고 세상과 멀어집니다.

어머니시여,
화려한 치장으로 꾸며놓아도

아무 소용이 없습니다.

대지의 생명력을 품은 흙먼지로부터 멀어져

소박한 삶의 잔치 마당에 입장할 자격을 잃게 된다면.

타고르가의 열린 교육

타고르의 아버지 데벤드라나트, 열린 교육의 선구자

　데벤드라나트는 선조들처럼 사업을 확장하기보다는 명상으로 하루를 시작하고 시간 날 때마다 《우파니샤드》를 읽었다. 그는 긴 순례 여행을 좋아하고 사람들과 토론하기를 즐기며 예술을 사랑했다. 자손이 귀했던 선조들과는 달리 열네 명이나 되는 자식들을 낳아서 훌륭하게 키웠다. 그는 자식들에게 직접 체험하고 표현하는 기회를 많이 주어, 스스로 자신의 재능을 찾아내게 해주었다. 오늘날로 말하자면 비형식적인 교육인 열린 교육의 선구자였다. 물론 그의 열린 교육이 성과를 거둘 수 있었던 데는 여러 가지 요인이 작용했다. 첫째, 각자 개성이 다른 자녀들이 열네 명이나 되다 보니 그 안에서 자연스럽게 소통과 공감의 언어를 배울 수 있었다. 둘째, 선조들이

타고르의 아버지 데벤드라나트.

구축해놓은 지적 자산과 경제력을 활용해 다양한 분야의 전문
가들이 수시로 드나들도록 응접실을 토론과 대화의 장소로 개
방했다. 셋째, 문학과 연극, 음악과 춤 공연이 가능한 공연장
을 만들어서 집 전체를 인문학의 산실로 만들었다. 또 자식들
이 벵골어 자모를 다 배우고 나면 곧바로 영어를 배우게 해서,

서구 문화 체험에 필요한 언어 습득에도 관심을 기울였다.

열린 교육은 19세기 영국에서 처음으로 시작됐다. 형식적 교육이 성장하는 아이들의 개성과 창의성을 발휘하는 데 비효율적이라는 생각에서였다. 그리고 미국으로 건너간 열린 교육은 아이들이 자유롭게 상상력을 발휘하도록 다양한 체험의 기회를 제공하고, 답을 가르쳐주는 것이 아니라 답을 찾아내도록 안내하는 교육으로 정착했다. 즉, 학생들이 능동적으로 참여하는 자율적 교육을 하자는 취지였다. 하지만 그 과정에서 가장 중요한 것 한 가지가 빠졌다. 어른이 되어서는 절대 배울 수 없고 어린 시절에 꼭 배워야 하는, 생명 존중과 공감의 언어를 먼저 배우게 하는 것이다. 아이들은 모든 생명체와 관계 맺는 방법을 배워야 한다. 그러려면 모든 생명체가 각각 존귀하며 필요한 존재라는 것을 알고, 우리 모두가 서로 연결되어 있다는 것을 깨달아야 한다. 그것은 교실이 아니라 야외에서 놀면서 체험해야 한다. 모든 아이들은 자연에서 행복해한다. 그 행복을 마음껏 누리며 성장해야 한다.

타고르는 내성적인 성격이었지만 자신이 좋아하는 것과 싫어하는 것이 무엇인지 정확히 알고 있었다. 좋아하는 것을 얻기 위해 투쟁하는 굳은 의지도 갖고 있었다. 형제가 많은 집안에서 자란 아이들의 성격이 대체로 원만한 것은 형제들과의

타쿠르바리에서 자작시를 낭송하는 타고르(오른쪽).

관계를 통해 소통과 공감의 언어를 온몸으로 체득하기 때문이다. 그 언어는 절대 가르쳐줄 수 없다. 아이들 스스로 좌충우돌하면서 배워야 한다. 사랑과 이해, 용서와 관용의 언어가 차지하는 공간을 넉넉하게 확보해두는 것이다. 그것은 건강한 생존 전략 같은 것이다. 어린 시절은 평생을 안전하게 살아가기 위한 지혜의 곳간을 채우는 시간이어야 한다. 나이가 들어 어른이 된다고 해서 저절로 지혜로워지는 것이 아니다. 지식을 많이 가지면 가질수록 오만과 편견에 사로잡히기 쉽다. 아이들이 자연에서 소리치며 뛰어다니며 노는 것은 그저 노는 것이 아니라 세상을 알아가는 것이다. 아이들 각자가 자신의 능력과 재능을 발휘하게 하려면 획일적인 교육으로는 불가능하다. 만약 타고르처럼 학교를 싫어하는 아이를 억지로 계속학교로 돌려보냈다면 시인 타고르는 없었을 것이다. 데벤드라나트의 열린 교육은 지나친 관심과 강요가 아니라 아이들을위한 환경과 분위기를 만들어주는 것에서 시작됐다. 나머지는모두 자식들이 주체가 되어 알아서 하게 했다.

타고르의 형제와 사촌들은 각기 다양한 분야에서 두각을나타내며 뱅골 문화의 선구자로서 당대 사람들의 존경과 사랑을 받았다. 그 초석을 다진 이가 바로 데벤드라나트였다. 사람들은 그를 '마하리시(Maharishi, great sage, 위대한 성자)'와'리시 자나카(Rishi Janaka)'로 불렀다. 리시 자나카는 기원전7~8세기 미틸라 왕국의 힌두 왕이자 시타(라마의 아내)의 아버지였다. 리시는 왕이면서 성자처럼 살았다. 데벤드라나트는현실적 영예보다는 내면의 평화와 영성을 따르는 삶을 살고자했으며, 인도가 처한 상황을 개선하려는 의지를 지닌 종교 개혁가이기도 했다. 깨달음을 향해 홀로 가는 성자의 삶과 대중과 더불어 살아가려는 상생의 마음이 늘 함께했다. 아들 타고르가 시인이자 행동하는 지성으로 살아가도록 안내해준 멘토는 바로 아버지였다. 아들은 아버지의 삶을 보고 자신이 갈 길을 발견한 셈이다.

데벤드라나트는 아홉 살 때부터 산스크리트어, 페르시아어, 영어를 배워 인도와 서양의 철학과 문학 서적들을 자유롭게 읽을 수 있었다. 그는 자신보다 젊은 종교 개혁가 케슈브 찬드라 센(Keshub Chandra Sen, 1838~1884, 힌두 철학자이자 사회 개혁가)과 의기투합하여 힌두교와 이슬람교의 모순과 문제점에 대해 많은 토론을 했다. 두 사람 모두 '브라흐마 사마지'에서 활동했다. 인도가 깨어나기 위해서 가장 필요한 것은 평등한 교육의 기회라는 것을 계몽했다. 센은 훗날 기독교로 개종한 반면 데벤드라나트는 융통성 있는 힌두교도로 남았다. 데벤드라나트는 상위 힌두교도들이 낮은 계층의 힌두교도들을 착취하고 신을 우상으로 숭배하라고 강요하는 것은 바람직하지 않다고 했다. 인간이 인간의 행위를 징벌하고 모든 행위를 지시하는 관습을 버리자고 했다. 그는 인간이 누려야 할 자유와 진실된 삶을 위해 무엇이 필요한지 깨닫게 해주었다. 그는 죽음을 눈앞에 둔 병상에서도 지리책을 들여다볼 만큼 책을 손에서 놓지 않았다. 자식들에게 독서의 중요성을 말하는 대신 늘 책을 가까이하는 모습을 보여주었다. 말이 아닌 솔선수범으로 열네 명의 자식들을 키웠다. 또 사회의 불의에 대해서 맹목적인 굴종과 인내가 아니라 뜻과 의지를 담은 행동과 투쟁이 필요하다는 것도 가르쳐주었다. 타고르가 학교를 거부하며 자신이 원하는 것을 얻게 해준 용기도 바로 거기서 나온 것일지 모른다. 하고 싶은 일을 하려면 행동하는 용기가 필요하다는 것을.

데벤드라나트는 자식들이 명상과 요가로 정신을, 운동으로 몸을 단련하게 했다. 체력 단련을 강조했던 아버지 덕분에 타고르는 한여름에도 창문을 그대로 열어둔 채로 하루 종일 글쓰기를 해도 지치지 않는 체력을 유지했다. (인도의 한여름에는 낮 시간 내내 나무로 된 덧문을 닫는 것이 실내를 덜 덥게 유지하는 방법이다. 그래야만 뜨거운 열기가 실내로 들어오는 것을 막을 수 있기 때문이다.) 그 시대는 여성 교육의 필요성에 대해 거의 무지한 상황이었다. 그러나 데벤드라나트는 며느리들도 집에서 아들들과 똑같이 교육을 받게 했다. 타고르 집안 여성들이 활발한 사회 활동을 할 수 있었던 것도 모두 교육과 자유로운 가정 환경 덕분이었다. 그는 학교를 싫어했던 막내아들 타고르를 억지로 학교로 돌려보내지 않고 늘 아들의 편에 서주었다. 데벤드라나트는 자유로운 영혼이 아름다운 꽃을 피울 수 있다는 교육의 성과를 보여준 지혜로운 아버지이자 진정한 스승이었다.

타고르 가문의 여성들

타고르의 형제들은 모두 예술 창작과 감상을 즐겼으며, 제각기 다른 분야에서 그 재능을 마음껏 발휘했다. 특히 둘째 형 사티엔드라나트(Satyendranath)는 영국 유학에서 돌아온 직후인 1863년부터 인도 최초의 공무원으로 일하며 작가, 작곡가, 언어학자, 화가, 잡지 편집자로도 활동했다. 그는 타쿠르바리의 대가족에서 분가해 캘커타의 시내 한가운데 집을 빌려서 살았다. 그런 남편의 개방적 생활 방식 덕분에 아내 즈나나다난디니(Jnanadanandini, '야나나다난디니'로도 표기함)는 문학적 재능을 발휘한 것은 물론이고 영어도 유창하게 구사하며, 가부장적 가족 제도의 울타리 안에서 숨죽이며 살았던 당시 인도 여성들의 우상이 될 수 있었다. 둘째 형과 형수는 내

성적인 성격의 타고르에게도 많은 영향을 끼쳐 그의 영국 유학을 주선하고 세계로 눈을 향하게 도와주었다.

브라만 가문에서 태어난 즈나나다난디니는 아홉 살 때 여덟 살 더 많은 사티엔드라나트와 결혼했다. 당시는 여아의 조혼이 전통이었다. 한창 부모의 사랑을 받으며 교육을 받아야 할 나이에 결혼을 하고 아이를 낳는 것이 여자의 운명이었다. 타고르의 집안에서는 딸과 아들, 며느리 모두에게 평등한 교육의 기회가 주어졌으나, 여자아이들은 학교가 아닌 집에서 가정 교사에게 배워야만 했다. 사티엔드라나트는 아내가 될 즈나나다난디니에게 직접 공부를 가르쳐주었다. 학교에서 배우는 일반 과목과 특히 문학과 영어에는 더 많은 시간을 할애했다. 즈나나다난디니가 소질이 있는 문학적 재능을 발휘하도록 해주기 위해서였다.

즈나나다난디니는 실명으로 잡지에 글을 기고하는가 하면, 여성들이 전통 의상 사리를 품위 있게 입는 새로운 방식을 널리 유행시켰다. 그녀는 남편의 영국 유학 기간 동안 함께 영국에서 살았으며, 그 후에도 여러 차례 영국을 방문했다. 즈나나다난디니는 서양 여성들이 코르셋과 페티코트를 입는 데서 착안해, 사리 안에 블라우스를 입고 긴 속치마를 입는 방법을 고안해냈다. 인도에 거주하는 페르시아 계통의 조로아스터교도

타고르의 형수 즈나나다난디니.

인 파르시(Parsi)계 여성 의상에서 사리 안에 블라우스를 입는 아이디어를 얻었을 것이라는 의견도 있다.

사리는 박음질이 없는 5~7m의 천을 허리에 감고 어깨에 두르거나 머리에 덮어씌워 입는다. 고대 인도의 마누 법전에 의하면 바느질하지 않은 옷이 정결하고 그렇지 않은 옷은 부정하다. 남자들의 전통 의상 도티(Dhoti)도 바느질하지 않은 한 장의 긴 천을 허리에 두른 후 앞에서 가랑이 사이를 통과시켜 뒤 허리춤에 넣어 입는다. 사리와 도티는 모두 바느질하지 않은 천을 걸치거나 두른다는 표현이 맞다. 그래서 키가 크든 작든 살이 있든 없든 다 걸칠 수 있어서 그야말로 프리 사이즈인 셈이다. 또 바느질하지 않아서 접히는 부분이나 솔기가 없어 빨기도 쉽고, 빨아서 어디든 펼쳐놓으면 금세 마르는 장점이 있다. 원래 전통 의상 사리 안에는 속옷을 입지 않았다. 즈나나다난디니가 소개한 사리 안에 블라우스와 속치마를 입는 방법은 여성의 신체를 보호하고 블라우스 디자인에 따라 여성들이 미적 감각을 발휘할 수 있어서 여성들에게 선풍적인 인기를 끌었다. 더 이상 사리 안의 알몸이 쉽게 드러날 일도 없게 됐다. 사진 속에서 사리를 입은 즈나나다난디니의 모습은 신체를 단단히 감싸고 있다는 생각이 들 정도다.

신여성 즈나나다난디니는 사리 대신 쿠르타(kurta, 인도의 이슬람교도와 힌두교 남자들이 옆으로 여며 입는 엉덩이 길이의 긴팔 셔츠)를 입기도 했다. 가풍을 중시하는 집안의 여성이 사리 대신 쿠르타를 입는 것은 주변 사람들의 눈살을 찌푸리게 했다. 하지만 그녀는 자신이 하고 싶으면 무엇이든 할 수 있는 용기를 지녔다. 남편과 부부 동반으로 영국인이 여는 파티에 참석하기도 했다. 또 남편을 인도에 두고 임신한 몸으로 세 명의 아이들을 데리고 배를 타고 영국으로 건너가기도 했다. 영국에서 캘커타로 돌아온 그녀는 벵골어로 발간되는 잡지에 글을 투고하기 시작했으며, "영국의 강제 점령과 애국주의에 관한 비평"이라는 기사가 실리기도 했다. 1885년에는 어린이를 위한 문학잡지 《발락(Balak)》을 발간했으며, 종종 타고르의 시와 짧은 이야기를 싣기도 했다. 남편에게서 받은 교육

타고르의 형수 카담바리 데비.

의 힘과 시아버지 데벤드라나트의 지지가 있었기에 가능한 일
이었다. 그처럼 그녀는 가족들의 전폭적인 지지를 받으며 독
립적인 여성의 삶을 살았다.

　타고르의 인생에 영향을 끼친 세 명의 여성을 꼽자면 둘째
형수 즈나나다난디니와 다섯째 형수 카담바리, 아내 므리날리
니(Mrinalini)를 꼽을 수 있다. 이 세 명의 여성들은 타고르의

인생에서 가장 중요한 시기에 영향을 끼쳤다.

즈나나다난디니는 타고르가 세계로 안목을 넓히도록 용기를 북돋아주었으며, 실제로 영국 유학 시 한동안 타고르에게 많은 도움을 주었다. 반면에 카담바리는 타고르의 문학적 재능을 알아보고 문학의 세계로 이끌어주었으나, 타고르를 시동생 이상으로 사랑하고 결혼을 방해하려고까지 했다고 한다. 결혼 생활이 타고르가 재능을 발휘할 기회를 앗아갈 수도 있다는 생각 때문이었을까. 하지만 카담바리의 타고르에 대한 집착은 가족 모두가 눈치챌 만큼 눈에 띄어서 타고르는 어쩔 수 없이 결혼을 해야 했는지도 모른다. 타고르가 쓴 단편 소설 〈부서진 둥지〉에는 신붓감을 보지도 않고 결혼을 결정하는 주인공이 나온다. (타고르 자신의 이야기이기도 하다.) 타고르의 결혼으로 카담바리를 향한 집안 어른들의 불편한 심기를 누그러뜨리게 했을 테니까. 이런 상황으로 미루어 타고르의 아내 므리날리니의 결혼 생활은 쉽지 않았을 것이다. 남편에게서 카담바리의 흔적을 지우기는 불가능했을 뿐 아니라, 결혼해서 가장이 되는 것은 곧 삶을 가족에게 저당 잡히는 것이라고 생각하는 사람과 결혼했으니 말이다.

즈나나다난디니는 가족은 물론 주변 사람들에게 인기가 아주 많았다. 특히 시아버지 데벤드라나트는 말년에 타쿠르바리

타고르의 아내 므리날리니 데비.

를 떠나 그녀의 바로 옆집으로 이사를 갔다. 가까이에서 며느리의 보살핌을 받고 싶어서였다. 당시 그녀가 살았던 파크 거리는 영국인들이 주로 살았다. 한때는 인도인이 그 지역을 마음대로 통과할 수 없도록 통제해서 외곽으로 돌아서 다녀야만 했다. 지금도 그곳에는 영국인들이 거주했던 오래되고 낡은 건물이 많이 남아 있다. 한때 위용을 과시했던 영국인들의 영화도 잡풀이 무성해져 폐허처럼 보이는 시간의 잔해로 전락해 버렸다.

그 세 여성들의 성격은 각기 달랐다. 즈나나다난디니는 외향적이고 활발한 성격이었던 반면 카담바리는 감수성이 예민하고 내성적이었기에 두 사람이 시동생을 대하는 자세도 달랐다. 한 사람은 타고르를 문학적 재능을 지닌 어린 시동생으로, 또 한 사람은 문학의 동지이자 연인으로 생각했다. 므리날리니는 이처럼 마음껏 개성을 발휘하는 두 동서들과는 달리 조용히 남편을 내조하는 아내로 만족했다. 타고르가 사망하던 그해, 신여성으로 한 시대를 풍미했던 즈나나다난디니는 91세로 세상과 작별했다. 반면 카담바리는 26세에 자살했으며, 므리날리니는 29세에 병으로 세상을 떠났다.

인도의 주권을 되찾기 위한 시인의 노력

19세기 인도에서는 개혁과 변화를 원하는 민중의 목소리가 차츰 거세지기 시작했다. 물론 그 배경의 핵심에는 독립을 향한 염원이 깊이 뿌리내려 있었다. 당시 캘커타는 인도의 다른 지역과 달리 문화적, 경제적 측면에서 역동성을 지닌 도시였다. 그것은 벵골 지역의 오랜 철학적, 문화적 전통과도 깊은 관련이 있다. 또한 1772년 영국인들이 캘커타를 수도로 지정한 이래 1911년까지 수도로서 외래문화를 수용할 기회가 많았던 것이 오히려 전통문화에 대한 가치를 재조명하게 만들어주었다.

캘커타는 서벵골주의 주도로 154km에 달하는 후글리(Hooghly)강을 따라 형성됐으며, 땅 면적에 비해 인구 밀집도가 높은데 인도에서 세 번째로 인구가 많은 1억 명이 넘는 사람이 살고 있다. 힌두교도 70%와 이슬람교도 27%로 다른 주보다 이슬람교도가 많은 지역이다. 무굴 제국 시대의 후손들이 많이 남아 있어서일 것이다. 서벵골주는 한때 쌀 생산이 풍부한 곡창 지대로 인도 쌀 생산의 3분의 1을 수확하기도 했으나 현재는 산업이 몹시 낙후된 지역이다. 캘커타가 오랫동안 인도의 수도였다는 사실이 의심스러울 정도다.

영국인들이 캘커타를 수도로 삼은 데는 여러 가지 이유가 있었다. 먼저 곡창 지대로 무역의 거점으로 삼을 만했고, 목화솜 생산이 풍부해서였다. 또한 차의 주요 생산지인 다르질링 및 아삼주와 인접한 지역이며, 해상 무역이 용이했기 때문이다. 수도 캘커타는 영국인을 비롯해 유럽 사람들이 자유롭게 드나드는 문화와 경제의 허브 역할을 했다. 그러나 백 년이 넘는 영국인들의 통치는 벵골 사람들의 삶의 질을 더욱 떨어뜨리는 결과를 낳았다. 수도로서 영국인들의 탄압을 더욱 가까이에서 받아야 했기에 인도인들끼리 서로 분열되는 상황까지도 초래했다. 반면 일찍부터 접한 서양 문화의 결과로 자유와 평등에 대한 열망은 다른 주와는 비교도 안 될 만큼 컸다. 그래서 영국으로부터 주권을 되찾으려는 움직임이 벵골 르네상스를 시작으로 들불처럼 번져나갔다.

고대로부터 힌두교는 인도 문화의 구심점 역할을 했다. 힌두교도들에게 계급 제도는 다르마*를 실천하는 방편으로 인식되어 숙명으로 받아들여졌다. 그러나 수천 년 동안 그런 인식이 사회에 정착되는 과정에서 상위 계층의 하위 계층에 대한 인권 유린과 핍박은 인간의 존엄성을 말살시키는 지경에 이르게 됐다. 물론 지금도 대부분의 인도인들은 불평등과 빈곤과 차별을 사회적 문제로 이슈화시키려고 하지 않는다. 타인의 고통에 눈길조차 주지 않으며 살아가는 법을 터득한 것처럼. 그것은 비단 인도만의 문제는 아니다. 인간의 이기심으로 자연이 훼손되고 주변에서 무고한 이들이 고통을 받아도 그것은 그저 타인의 일에 불과하다. 빛보다도 빠른 속도로 자비심을 내는 인간의 마음자리에 물질에 대한 욕망이 들어앉아 있기 때문이다. 멈추지 않고 소유하려는 현대인의 일그러진 자화상이다.

영국인들의 도를 넘은 탄압과 착취는 갈수록 심해졌다. 불행하게도 당시 인도 사람들은 독립과 사회 개혁을 위해 어떻게 힘을 모아 행동해야 하는지 몰랐다. 고대로부터 그들은 종

---

* dharma, 힌두교에서는 우주의 법칙, 인간의 참된 본질로, 불교에서는 '법'으로 통용됨.

교 행사가 아닌 일로 대중적 모임을 갖는 데 익숙하지 않았다. 각기 다른 계급이 한자리에 모이는 일도 낯설었고, 하위 계층 사람들은 자유롭게 자신의 의견을 말하는 방법도 몰랐다. 오직 각자에게 주어진 일을 잘 해내는 것이 현생의 임무라고 믿도록 길들여졌다. 이처럼 계급 제도가 낳은 병폐는 다 열거할 수 없을 만큼 많다. 또한 다양한 언어와 종교 때문에 그들을 한 장소에 모이도록 설득하는 것조차도 쉽지 않았다. 영국의 강점기 때 각 주에서 독립 투쟁을 위해 대표들을 한자리에 모이게 하는 데만도 수십 년이 걸렸다는 말이 그저 우스갯소리가 아님은 인도에 살다 보면 알게 된다.

인도는 28개 주와 8개 연방 직할지로 구성되어 각 주마다 언어와 문화가 완전히 다르다. 헌법에서 인정한 언어만도 18개나 된다. 그 외에 191가지 언어가 일상에서 사용된다(1991년의 조사). 가장 영향력 있는 언어는 공용어인 힌디어와 영어다. 이처럼 다양한 언어와 전통을 지닌 그들에게 가장 부족했던 것은 지역과 계층 간에 제대로 된 소통과 공감의 언어가 없었다는 점이다. 물론 인도 인구의 80%가 믿는 힌두교라는 강력한 종교적 연결 고리가 있기는 하지만, 현실적 문제를 종교로 풀어내기에는 문제가 많았다. 인간의 생을 찰나라고 생각하는 그들을 소통의 장으로 불러내는 것은 쉬운 일이 아니었다. 소통을 위해 필요한 공감과 설득의 언어를 하루아침에 습득하기는 더더욱 어려웠다. 더구나 오랜 세월 동안 계급 제도에 익숙해져서 지시를 내리는 계층과 지시를 받는 이들 사이에는 공감과 설득의 언어가 필요치 않았다.

타고르는 그처럼 오랫동안 누적된 병폐가 영국에 강점되는 비극적 상황으로 이어졌다고 생각했다. 그러면 어떻게 해야 할까? 타고르는 그 해답을 인도 전통문화에서 찾으려 했다. 바로《우파니샤드》의 지혜와 평등과 상생을 통해 깨달음에 이르는 부처의 가르침이었다. 《우파니샤드》와 불교의 지혜가 오래전 인도인의 삶에 등불이 되었던 것처럼 그 지혜를 다시 현실로 소환해내고자 했다.

닫혀버린 인도인들의 마음을 열기 위해 두 가지 방법을 실천하려고 노력했다. 하나는 인도인들의 삶에서 가장 친밀한 자연의 지혜를 담은 문학 작품으로 다가가는 것이었고, 다른 하나는 스승과 제자가 지혜와 지식을 함께 나누는 고대의 숲속 학교, 아슈람 교육을 통해서였다. 또 대중의 삶에 더욱 가까이 다가가기 위해 노래와 연극으로 그 영역을 확장해나갔다. 지금도 인도 전역에서 타고르가 작사 작곡한 노래가 사랑받고 있다. 인도인들이 서로 화합하고 평화로 나아가기 위해서 무엇이 필요한지 타고르는 잘 알고 있었다. 소통과 공감의 시어를 통해 상처받은 마음을 위로하고 지혜롭게 살아가는 방법을 알려주는 것이었다.

역사학자 아서 르웰린 바샴(Arthur Llewellyn Basham, 1914~1986)은 아리안들이 처음 인도로 들어왔을 때 이미 인도에는 떠돌며 수행하는 성자들이 많았다고 한다. 인도 사람들은 고대로부터 삶과 죽음을 초월해 영적 세상에 이르고자 하는 강렬한 의식을 갖고 있었던 것이 분명하다. 특히 상위 계층은 신의 직계 후손이기에 그 내면에 영성의 씨앗을 지녔다고 믿었으며, 그 씨앗을 발아하기 위한 다양한 방편들이 생겨났다. 즉, 신과의 만남을 위한 다양한 제식과 수행, 요가와 명상, 고행 등 다양한 방편이 있었다. 그처럼 인도는 신화의 시대로부터 현재까지 현실을 초월해 자신의 내면으로 관통해 들어가려는 성자들의 수행이 계속 이어진다.

하지만 인도의 겉모습은 모순과 부조리로 가득 차서 혼란스럽다. 그런 혼돈과 모순 속에서 인도의 오랜 정신을 지켜온 생명력은 과연 어디서 오는 것인지 의아하다. 헤겔이 말한 대로 "모순은 모든 운동과 생명의 뿌리"이기 때문인가? 아니면 그들이 믿는 신화와 종교의 힘인지, 혼돈과 모순의 역설인지 알 수 없다. 그래서 우리가 안다고 생각하는 인도는 그저 해변의 수많은 모래알 가운데 하나에 불과하다. 물론 그 모래알 하

축제를 위해 마당을 아름다운 문양으로 장식하는 여인. ⓒ사마란 난디

나가 전체 인도를 대변할 수도 있고 아닐 수도 있다.

인도에는 거친 원시의 혼돈과 비정하고 모순적인 계급 제도의 부조리한 현실을 떠나 내면으로의 여행을 떠나는 성자들의 영적 세상이 오묘하게 공존하고 있다. 하지만 그 다름이 충돌하지 않고 균형을 유지하는 것도 놀랍다. 모순과 부조리의 늪에서 오히려 지혜의 원석을 찾아낸 수많은 현자들이 넘치는 세상이 바로 인도다. 인도사람들이 눈에 보이지 않는 신을 숭배하는 것처럼 현대인들은 상상력과 과학의 힘을 숭배한다. 신화의 탄생과 과학의 발전은 모두 인간의 상상력에서 기인하며 실체가 없기는 둘 다 마찬가지이다.

격동의 시대를 살았던 타고르는 인도의 독립을 위해 자신이 할 수 있는 일이 무엇인지 오랫동안 고민했다. 간디는 실을 잣는 낮은 자세로 민중에게 다가갔고, 수입품을 거부하며 인도의 경제적 자립을 강조했으며, 사회의 고질적 관습 철폐를 주장하며 평등과 자유를 외치고 있었다. 하지만 타고르는 대중 캠페인에 동참하는 일보다는 묵묵히 홀로 할 수 있는 방법을 선택했다. 타고르는 인도가 어떤 정치적 격변기에도 순수한 영혼을 지킬 수 있었던 것은 인도의 농경 문화와 모든 생명체와 더불어 살아가는 시골 사람들의 상생의 삶이 있었기에 가능하다고 말하곤 했다. 그들은 성스러운 경전의 명령에 복종하지도, 교육을 통해 당대의 지성에게 영향을 받지도 않았다. 오직 순수한 영혼만으로 인도의 전통을 온전히 지켜냈다. 그것이 바로 타고르가 영국의 강제 점령으로 신음하는 인도를 위해 현실로 소환하고자 했던 오래된 지혜였다. 타고르는 인도의 그 정신을 사랑했으며, 문학과 사람에 대한 헌신으로 그것을 실천했다.

나의 아버지 타고르

　스물두 살에 결혼한 타고르는 2남 3녀의 자식을 두었으나, 자식들과 함께 시간을 보내는 자상한 아버지는 아니었다. 큰 아들 라딘드라나트는 "아버지는 자식들보다 문학을 더 사랑한다고 생각할 만큼 많은 시간을 글쓰기로 보내셨다. 그러나 성장하면서 차츰 아버지의 그 열정이 아버지 자신만을 위한 것이 아니라는 생각을 하게 됐다. 아버지는 우여곡절이 많은 인생을 사셨지만 자신의 소명을 완전히 실현하신 분"이라고 했다.

　타고르는 자식들에게 애정을 표현하는 살가운 아버지는 아니었지만 자식들의 교육을 위해서는 헌신적이었다. 자식들을 학교에 보내지 않고 홈스쿨링으로 교육하기 위해 가족 모두 실라이다하로 이주한 것을 보면 알 수 있다. 물론 실리이다하는 그가 가장 좋아하는 장소인 만큼 자식들도 그곳을 좋아하길 바라는 마음도 있었을 것이다. 또 어린 시절 학교 교육에 대한 불행한 기억을 자식들에게 대물림하고 싶지 않아서였다. 자식들이 실라이다하의 자연과 더불어 마음껏 뛰어놀며 성장하기를 원했다.

그런 기대와 달리 아이들은 아버지와 가정 교사로부터 배우는 것을 지루하게 여겼다. 아이들의 마음을 알아차린 타고르는 1901년, 실라이다하를 떠나 산티니케탄으로 이사한다. 아이들은 또래의 친구를 필요로 했고 홈스쿨링을 재미없어 했기 때문이다. 아버지 데벤드라나트가 그랬던 것처럼 타고르 또한 자식들이 원치 않는 교육 방법을 강요하지 않았다.

그렇게 산티니케탄에 정착한 후 다섯 명의 학생으로 학교를 열었다. 그 무렵 자식들에게 더 많은 관심과 사랑을 줘야 할 시련이 찾아왔다. 1902년, 그의 나이 41세 때 아내가 29세의 나이로 세상을 떠났다. 그때 막내아들은 겨우 여섯 살이었다. 그 당시 열네 살이었던 큰아들 라딘드라나트는 어머니가 돌아가시던 날의 슬픔을 이렇게 묘사했다. "어머니가 돌아가신 그날 밤 아버지는 어머니가 생전에 신었던 자수가 잔뜩 놓인 슬리퍼 한 쌍을 내게 주시며 잘 간직하라고 하셨다. 우리 모두는 너무 슬퍼서 흐느꼈지만 아버지는 그 슬픈 순간에도 감정의 동요를 보이지 않으셨다. 하지만 어머니가 돌아가신 후 아버지는 그 슬픔을 이겨내기 위해 그랬는지 더욱 헌신적으로 산티니케탄의 학교 일에 집중하셨다. 아버지는 어떤 육체적, 정신적 고통이 찾아와도 불평 한 번 하지 않고 묵묵히 견디셨다. 그렇다고 해서 아버지가 완벽하다는 것은 아니다. 아버지는 한 장소나 같은 공간에 쉽게 싫증을 내셨다." 그래서 산티니케탄에서 타고르가 살았던 우타라얀 정원에는 흙으로 지은 작은 집이 다섯 채나 있다. 말년에 아들이 타고르를 위해 지은 집을 빼고는 모두 작은 흙집이다. 그는 기분에 따라 이 집에서 저 집으로, 이 방에서 저 방으로 옮겨 다니며 글을 썼다. 장소를 바꿀 수 없는 상황에서는 칸막이를 설치하고 또 그것이 싫증나면 칸막이를 치웠다. 기분에 따라 밤사이에 실내의 가구 배치와 장식을 바꾸기도 해서 주변 사람들이 놀란 적도 많았을 정도다.

라딘드라나트는 아버지가 이유도 없이 계획을 바꾸곤 해서 당황스러울 때도 많았다고 털어놓는다. "한번은 우리가 영국에 머물 때였는데, 노르웨이에서 초대장이 왔다. 그 당시 아버지의 비서였던 피어슨과 함께 방문 일정을 잡았다. 노르웨이로 출발하기 며칠 전 선편으로 가는 표를 사기 위해 여행사에

타고르의 아들 라딘드라나트.

갔다. 매표소의 직원은 나와 안면이 있어서 늘 친절하게 대해 주었다. 그날 그 직원이 웃으며 말했다. '이번에는 표 환불하지 않을 거죠!' 아니나 다를까, 그날 저녁 아버지는 외출에서 돌아오셔서 이렇다 할 설명도 없이 통보하듯 말했다. '노르웨이 일정을 취소하고 파리에 가야겠다.' 라고 말이다. 나는 아버지의 그런 예측하기 힘든 변덕에 길들여져 있었으나 그 매표소 직원의 얼굴이 떠올라서 난감했던 적도 있었다."

아들이 바라본 타고르는 친하게 지내는 이들이나 가족에게도 자신의 감정을 드러내지 않아서 어떤 경우에도 그의 생각이나 기분을 눈치챌 수 없었다. 특히 자신의 고독이나 주변 사람들에 대한 사적인 감정을 드러내지 않아서 사람들은 그에게 가까이 다가가지도 못했다. 그랬기 때문에 대부분의 시간을 창작에 집중할 수 있었을 것이다. 라딘드라나트는 아버지가 가장 평화롭게 보였던 시간은 글을 쓰고 있을 때였다고 했다. 가족들과 함께 실라이다하에서 머물던 시절에는 아침부터 늦은 밤까지 하루 종일 글을 쓰거나 독서로 시간을 보냈다고 기억했다. 아들은 아버지가 "실라이다하 주변의 향긋한 풀숲과 멀리 대나무 숲에서 들려오는 바람 소리와 야생 거위 떼의 시끄러운 노랫소리를 아주 좋아하셨다."라고 했다. 그러나 자식들은 아버지의 그런 기분을 이해하지 못했으며 오히려 캘커타의 소란스러움을 그리워했다.

아들은 아버지가 어떻게 한꺼번에 시, 소설, 노래, 에세이 등 다양한 장르를 오가며 글을 쓸 수 있는지 의아했다. 또 찾아오는 손님들을 만나는 등 사적, 공적 일을 보면서 하루 5시간의 수면 시간을 빼고는 거의 휴식을 취하지 않는 것도 놀라웠다. 심지어 한여름에도 휴식 없이 계속해서 글을 쓰고 밤에는 항상 독서를 했으나 전혀 피곤해 보이지 않았다. 이 세상에 그의 글쓰기를 방해할 수 있는 것은 아무것도 없었다. 라딘드라나트는 "때로는 시를 쓰는 도중 손님이 찾아와서 한참 동안 얘기를 나누다가도, 손님이 떠난 후 즉시 책상에 앉으면 곧바로 글을 쓰는 데 몰입해서서 우리는 조용히 아버지의 방에서 나오곤 했다."라고 말했다.

라딘드라나트가 기억하는 아버지는 신체적, 정신적 강인함을 지녀서 어떤 일이나 사람에 의해 흔들리는 일은 결코 없었다. "아버지는 천부적인 예술적 재능과 강인한 체질을 선물로 받고 태어났으며, 어린 시절부터 운동과 명상으로 신체와 정신을 단련시켰다고 삼촌들이 말해주었다. 나는 아버지가 갠지스강에서 수영하시는 것도 봤으며, 매일 아침을 명상과 요가로 시작하시는 것을 지켜봤다."

타고르가 자신의 속마음을 내보이지 않았다고 해서 가족에 대해 무심하거나 애정이 없었던 것은 아니다. 라딘드라나트가 "아버지는 가족 중 누군가 병에 걸리면 그 곁에서 정성껏 병간호를 하셨다. 어머니가 돌아가시기 전 몇 주 동안 아버지는 줄곧 어머니의 병석을 지키셨다. 누이 레누카가 결핵에 걸리자 공기 좋은 곳을 찾아 함께 요양을 떠나시기도 했다. 알모라에서 카타고담까지 70㎞를 레누카를 태운 단디(dandi, 어깨에 메고 나르는 들것) 곁에서 함께 걸어가신 적도 있었다."라고 한 것을 보면 타고르는 헌신적인 아버지이기도 했다. 하지만 어떤 순간에도 글쓰기를 멈추지 않았다. 타고르는 레누카와 함께 하늘의 별을 바라보며 직접 만든 노래를 불러주곤 했다. 그는 공기 좋은 휴양지에서 요양을 하면 레누카의 병이 나을 것이라 생각했지만 끝내 회복하지 못하고 열세 살에 죽었다.

라딘드라나트는 산티니케탄 학교의 일을 도우면서 아버지와 더 가까워졌다.

"나의 할아버지는 산티니케탄 지역의 넓은 땅을 29세인 아버지에게 유산으로 남기셨다. 할아버지가 왜 시인인 아버지에게 그 넓은 지역을 관리하도록 했는지 의아해하는 이들이 많았다. 그러나 차츰 그들은 할아버지가 왜 그런 결정을 하셨는지 이해하게 됐다. 아버지는 학교 설립과 운영 과정에서 어떤 위기의 순간에도 흔들림 없이 최선의 선택과 노력을 하셨다. 아버지는 그 땅에 새로운 교육의 이상을 실현할 학교를 세우고 자신이 할 수 있는 모든 일을 다 하셨다. 아버지는 인도의 시골이 깨어나기 위해서는 영농 방법의 개선이 필요하다고 생각하셨다. 그래서 1906년 나와 내 친구 산토쉬 마줌다와 매형 나겐 강글리를 미국의 일리노이 주립 대학으로 유학 보내 선진 농법을 배워 오게 하셨다. 처음 학교 설립 당시에는 아버지가 시인이어서 그 학교의 행정이나 운영이 제대로 될지 걱정하는 이들이 많았으나 오히려 아버지의 빠른 추진력 때문에 주위 사람들은 어떤 반론을 제기할 새도 없이 따라가야만 했다. 그러나 그것이 올바른 선택이었다는 것은 그 결과가 늘 증명해주었다."

아들 라딘드라나트가 바라본 타고르는 무슨 일을 하든 그 순간에 최선을 다하는 모습이었다. 시를 쓸 때는 시인이었으며, 드라마를 연출할 때는 연출가였고, 그림을 그릴 때는 화가였으며, 산티니케탄의 교정에서는 선생님이었고, 아이들에게는 친절한 어른이었으며, 이른 아침 떠오르는 태양을 마주할 때는 그저 자연 앞에 한없이 겸허한 한 사람이었다.

문학의 등불이 되었던 형 조티린드라나트

타고르의 다섯째 형 조티린드라나트는 타고르가 문학 창작의 길로 들어설 때부터 지속적으로 그의 멘토였다. 그는 인도 프레지던시 대학에서 미술을 공부했으나 졸업을 하지는 못했다. 특히 연극에 관심이 많았던 그는 타쿠르바리의 공연장을 무대 삼아 여러 편의 연극을 기획하고 연출해 선보이고, 직접 희곡을 쓰기도 했다. 그는 아홉 살에 시집온 아내 카담바리에게 영어와 문학 등을 직접 가르쳐주었다. 그는 문학 창작과 번역, 연극 기획과 연출, 잡지 편집과 출판 관련 일뿐 아니라 음악에도 재능이 많아, 인도 전통 악기를 능숙하게 다루며 피아노와 바이올린 연주도 뛰어났다. 타고난 예술적 재능을 마음껏 발휘하며 자유로운 영혼으로 살았지만, 결혼생활은 그리 행복하지 않았다.

막내였던 타고르는 조티린드라나트 형의 영향과 도움을 가장 많이 받았다. 조티린드라나트와 타고르는 열두 살의 나이 차이에도 불구하고 서로를 문학의 동지로 여길 정도였다. 그는 타고르의 글이 대중에게 다가가는 길을 터줌으로써 어린 동생이 문학적 재능을 마음껏 발휘하게 했다. 조티린드라나트가 당대의 문학가들과 교류하며 그들에게 작품을 발표할 지면을 제공해주는 잡지 편집자였기에 가능한 일이었다. 또 문학가들을 집으로 초대해 문학 토론을 하거나 잡지에 발표되기 전에 시를 낭송하는 자리를 마련하기도 했다. 그렇게 타고르는 형의 도움을 받으며 두려움 없이 창작의 세계로 성큼 걸어 들어갔다.

조티린드라나트는 1867년 캘커타에서 처음 개최된 힌두 축제를 기획하고 '우드보단(Udbodhan, 깨어남의 의미)'이라는 축시를 썼다. 그 후 다양한 문학 행사를 개최했으나 가장 열정적으로 참여했던 분야는 역시 연극이었다. 1872년부터 본격적으로 희곡을 쓰고 기획해서 그 연극들을 타쿠르바리의 무대에서 빠짐없이 공연했다. 형제와 사촌과 조카들까지 총출동하면 굳이 따로 배우들을 섭외할 필요가 없는 가족 공연단이었다. 그 연극의 배경은 늘 인도 역사와 연관됐다. 또 시간 날 때마다 산스크리트어, 프랑스어, 영어로 된 드라마를 벵골어로 번역했다. 음악을 사랑해서 작곡과 녹음을 직접 할 만큼 열정적이기도 했다. 인도 전통 음악과 서양 음악의 융합을 시도하기도 했고, 어린이를 위한 음악책을 여러 권 썼다. 훗날 타고르는 자신이 이룬 음악적 성과는 모두 조티린드라나트 형의 영향이라고 말했을 정도다. 또 다양한 감정을 담은 인물화를 그리는 데도 뛰어난 재능을 지녔다.

하지만 그는 아내인 카담바리의 갑작스러운 자살 이후 어두운 그림자를 드리운 채로 남은 생을 살았다. 그는 자유로운 사회 활동과 사교 생활을 좋아해서 정작 아내의 외로움을 눈여겨보지 못했던 모양이다. 카담바리가 자살할 무렵 남편 조티린드라나트는 배를 사서 개조하고 진수식을 하면서도 그 행사에 아내를 초대하지 않았다고 한다. 그 무렵 카담바리는 문학의 동지였던 시동생 타고르가 결혼을 해서 더욱 외로웠을 텐데도, 남편 조티린드라나트는 그런 아내의 마음을 눈치채지 못했다.

타고르는 단편 소설 〈부서진 둥지〉에서 조티린드라나트 형에 대해, 거의 대부분의 시간을 사회 활동으로 보내며 신문 출간에 푹 빠져서 아내에게 무심한 남편으로 묘사했다. 반면에 형수 카담바리는 시동생을 사랑해서 불행한 여인으로 묘사했

타고르(왼쪽)와 형 조티린드라나트.

다. 〈부서진 둥지〉의 내용은 카담바리의 자살로 끝난 조티린
드라나트와 카담바리 그리고 타고르의 삼각관계가 세간에 떠
도는 스캔들이 아니었음을 말해준다. 카담바리의 자살 이후
타고르와 형 조티린드라나트의 관계에 대해서는 잘 알려지지
않았다. 타고르는 조카들과 친구들에게 수많은 편지를 썼다.
하지만 정작 자신의 멘토였던 형에게 쓴 편지는 찾아보기 어
렵다. 말이나 글로 표현하기 힘든 고통의 세월을 공유한 형제
에게는 침묵이 가장 큰 위안이었던 것일까. 타고르의 유명세
에 비하면 형 조티린드라나트가 얻은 명성은 빈약했다. 하지
만 그의 예술적 재능과 열정이 등불이 되어 동생 타고르를 문
학과 예술의 길로 안내해주었던 것은 확실하다. 등불은 스스
로 자신을 태우며 어둠을 밝힌다.

나의 삼촌 타고르

인디라 데비는 타고르의 둘째 형 사티엔드라나트의 딸이다. 타고르는 조카들 가운데 유난히 인디라를 사랑했다. 인디라에게 타고르는 아이들을 몹시 사랑하는 친절한 삼촌이자 스승이었다. 그녀는 신여성의 상징인 어머니의 영향으로 재능을 마음껏 발휘하며 성장했다. 특히 음악에 재능이 많아서 시타르(Sitar)와 피아노, 바이올린 연주에 뛰어났으며 타고르가 작사·작곡한 노래 200여 곡을 취입했다. 타고르의 시, 소설과 수필을 영어로 번역해 출간하기도 했다. 그녀는 1892년, 캘커타 대학 최초의 여성 입학생이었다. 타고르는 실라이다하에 머무는 동안 인디라에게 주옥같은 편지를 보내곤 했다. 인디라는 그 편지들을 노트 2권에 베껴 적어 타고르에게 선물로 주

조카 인디라 데비와 타고르.

었다. 그 노트를 받은 타고르는 내용을 약간 수정해서, 1912년
에 《찐나 파트라(Chhinna patra, 찢어진 나뭇잎)》를 출간했다.

인디라는 삼촌 타고르의 외모에 대해 "삼촌은 키가 크고 잘
생겨서 어디서든 사람들의 주목을 받았다. 하지만 내가 생각
하기에 삼촌은 젊었을 때보다 나이가 들면서 점점 더 멋있어
졌다. 젊은 시절에는 머리를 길렀으며 피부색은 보통 인도 사
람들보다 흰 편이었으나 다른 삼촌들만큼 희지는 않았다. 나
이 들면서 얼굴색이 보기 좋게 붉어졌으며, 백발의 곱슬머리
와 턱수염을 기른 모습은 마치 리시(Rishi, 성자)나 예언자처럼
보였다."라고 했다. 인디라의 말처럼 사진 속 타고르는 키가
크고 수려한 외모를 지녔다. 또 젊은 시절의 그는 헤어스타일
이나 옷차림에 꽤나 신경을 쓴 것처럼 보인다. 인디라는 옷 입

는 데 유독 고집스러웠던 타고르에 대해 "우리 집 남자 어른들은 이슬람교도의 의상 아츠칸(Achkan, 무릎 길이 재킷)이나 집바(Jibba, 긴 외투)를 입고 외출했다. 하지만 타고르 삼촌은 항상 도티와 차데르(Chadder, 어깨를 감싸는 숄)를 걸치고 다녔다. 그 당시 남자들이 즐겨 입었던 아츠칸이나 집바는 절대로 입지 않았다."라고 했다.

타고르 집안 남자들의 패션은 전통 의상에서 크게 벗어나지 않았지만 때로 서양 양복을 입는 형제들도 있었다. 인디라는 "나의 할아버지는 머리에 파그리(Pagri, 인도 남성이 사용하는 터번으로 존경과 명예를 상징)를 두르는 것을 좋아했다. 어머니는 집안의 남자들에게 직접 수를 놓은 천으로 멋진 파그리를 접어주었다. 집안 남자들 가운데 영국식 신사 모자를 쓰는 사람은 한 명도 없었지만, 신발은 인도 슬리퍼 대신 영국 신사 구두를 자주 신었다."라고 했다.

젊은 시절의 타고르는 잘생기고 지적인 외모에 부유한 가문의 막내아들로 별로 부족할 것이 없어 보였다. 어려서부터 시작한 요가와 명상으로 체력을 관리해서 하루 종일 글을 쓰고 많은 사람들을 만나면서도 지치지 않는 체력을 지녔다. 하지만 자식들은 하나같이 모두 병약해서 다섯 명의 자식 가운데 큰아들 라딘드라나트를 빼면 모두 단명했다.

타고르의 조카 인디라 데비.

　인디라는 타고르가 숙모 카담바리를 무척 따랐다고 기억했
다. "유모의 손에서 자란 삼촌은 어머니의 사랑을 받지 못해서
카담바리 숙모에게 의지했다. 삼촌이 자신에게 사랑과 친절을
베푼 첫 번째 여성이 바로 카담바리라고 했다는 얘기를 들었
다. 카담바리 숙모가 죽고 난 후 삼촌이 또다시 누군가와 사랑
에 빠지게 될 거라고는 상상조차 할 수 없었다. 삼촌이 카담바
리 숙모를 얼마나 좋아했는지 가족들 모두 잘 알고 있었기 때
문이다. 숙모의 갑작스러운 자살로 삼촌이 받은 충격과 상심
은 어린 내게도 걱정스러울 정도였다." 어린 조카가 그렇게 느

낄 만큼 타고르의 삶에서 카담바리는 소중한 존재였다. "조티린드라나트 삼촌과 카담바리 숙모는 자식이 없었으며 애완동물을 무척 좋아했다. 아직도 기억하는데 조티린드라나트 삼촌 방 베란다에는 커다란 새장이 여러 개 있었으며, 그 안에는 이름 모를 새들이 아주 많았다. 심지어 아주 작은 원숭이도 키웠는데, 녀석은 나랑 눈이 마주치면 얼굴을 찌푸리며 겁주는 표정을 지어 보였다. 카담바리 숙모는 말이 없는 편이었으나 늘 다른 사람에게 잘해주려고 애썼다."

인디라는 "삼촌은 어린 조카들을 즐겁게 해주려고 힌디 노래를 아주 우스꽝스럽게 불러주곤 했다. 삼촌은 우리가 깔깔거리며 웃을 때까지 빠른 템포로 노래를 불러서, 나중에는 삼촌의 입술이 그저 떨리는 것처럼 보였다. 또 부드러운 고음으로 영어 노래를 불러준 적도 많았다. 삼촌과 함께 가장 즐거웠던 기억은 피아노를 치며 함께 노래를 부르던 시간이었다."라고 기억했다. 그처럼 타고르의 음악 사랑은 평생 계속됐다. 그는 문학을 사랑했던 만큼 노래를 사랑했다. 문학이 집중을 요하는 작업이었다면 노래는 휴식이었다. 그래서 시간이 날 때마다 가족들에게 직접 만든 노래를 부르게 하고 다시 수정했다. 가족들은 모두 곁에서 도와주었다. 타고르는 말년에 자신이 만든 노래를 음반으로 취입하기도 했다.

타고르 삼촌과 함께한 잊히지 않는 추억에 대해 인디라는 "어린 시절 할아버지의 집 타쿠르바리에서 열렸던 다양한 문화 행사에 대한 기억은 선명하지 않다. 하지만 사촌들이 모두 한자리에 모이는 것은 늘 신나는 일이었다. 지금도 잊히지 않는 설레던 순간은 바로 타고르 삼촌이 쓴 오페라 〈발미키-프라티바(Valmiki-Pratibha, 천재 발미키)〉(1881년 타고르의 첫 오페라)에서 내가 락슈미(Lakshmi, 고대 인도 신화에 나오는 행운의 여신) 역할을 맡아 공연하는 날이었다. 내 연기는 형편없었지만 주인공 발미키 역할을 한 삼촌이 부른 람프라사디(Ramprasadi, 18세기 벵골의 성자 시인)의 노래는 정말 대단했다. 모두가 숨죽이며 삼촌의 노래를 들었다."라고 했다. 또 인디라는 그 오페라를 위해 삼촌들이 긴 막대기 칼을 들고 싸우는 연습 장면을 구경하려고 유모 몰래 방을 빠져나가서 혼이 났던 추억도 잊을 수 없다고 했다.

당시 벵골의 시인 치타라냔 다스(Chittaranjan Das, 1870~1925)는 타고르가 친구들과 함께 술집을 드나들지 않아 천만다행이라고 농담처럼 말하곤 했다. 왜냐하면 타고르는 무엇이든 한번 빠지면 끝장을 볼 만큼 열심이었기 때문이다. 인디라는 삼촌은 무슨 일을 하든 늘 최선을 다했다고 말한다. "나는 어려서는 삼촌이 친구처럼 가깝게 느껴졌다. 하지만 내가 성장하면서 바라본 삼촌은 마치 딴 세상을 살아가는 사람 같았다. 때로는 거친 비바람에도 흔들림이 없는 큰 나무 같았고, 때로는 아주 향기로운 꽃향기처럼 매력적이었으며, 때로는 어린아이처럼 천진난만하다가 가끔은 가까이 다가가기조차 어려운 성자의 모습으로 변했다. 하지만 그의 모든 말과 행동은 진실한 삶의 노래였다."

《기탄잘리》의 탄생

여행으로 세계와 만나다

타고르에게 여행은 상상의 세상을 현실에서 만나는 환희의 순간이자 그가 세계인으로 살아가도록 사고의 지평을 확장해 주는 배움의 시간이었다. 또 새로운 문화와의 접촉은 세계의 독자들에게 좀 더 가까이 다가가는 계기가 되었다. 해외여행이 힘든 때였음에도 그는 무려 일곱 차례나 세계 일주 여행을 떠났다. 한 번 떠날 때마다 몇 나라를 묶어서 여행하곤 했다. 때로는 반년 또는 거의 1년 가까이 인도를 떠나 선박으로 이동하는 긴 여행을 하기도 했다.

《나의 어린 시절》이라는 책에서 타고르는 부모의 사랑을 받지 못한 어린 시절 무척 외로웠다고 회고했다. 담장 밖 세상을 상상하는 것이 큰 즐거움이었으며, 그 상상이 실현된 것이 바로 아버지와 단둘이 떠난 히말라야 순례 여행이었다. 그 첫 여행에서 소년 타고르는 비로소 넓은 세상에 두려움 없이 첫 발을 내딛게 된다. 그 여행의 첫 방문지는 산티니케탄이었다. 소년기의 외로움을 떨쳐내고 넓은 세상을 만나기 위한 모험의 첫 동반자는 바로 아버지였다.

첫 번째 해외여행은 열일곱에 떠난 영국 유학이었다. 1878년 9월 20일 인도를 출발해서, 파리를 거쳐 10월 10일 런던에 도착했다. 두어 시간 런던에 머문 뒤 곧바로 브라이턴(Brighton, 런던에서 76Km 떨어진 이스트서식스주의 도시)으로 출발했다. 둘째 형수 즈나나다난디니와 조카 슈렌드라나트, 인디라가 이스트서식주의 바닷가 근처에 살고 있었다. 타고르는 "브라이턴의 형 집은 바닷가 근처였다. 25채가량의 집들이 줄지어 서 있었다. 내가 맨 처음 그 '빌라'라는 이름을 들었을 때는 넓은 정원과 큰 나무들, 아름다운 꽃들과 과일나무들, 호수 풍경이 있는 장면을 상상했다. 그러나 막상 그곳에 도착하자 거리와 집들, 자동차만 보였으며 빌라의 흔적은 어디에도 없었다."라고 했다. 브라이턴에서 단기 수업 과정 학교에 등록했으나 잘 적응하지 못했다. 학교에 적응하지 못하는 것은 영국에서도 마찬가지였다.

타고르는 그다음 해인 1879년 1월 런던으로 돌아가 리젠츠

파크(Regent's Park) 근처의 하숙집에서 생활하기 시작했다. 런던에서의 생활은 늘 동경했던 서구 문화에 대한 호기심이 실현되는 기회였지만, 인도와는 전혀 다른 환경에 적응하는 데 많은 어려움이 있었다. 아버지 데벤드라나트는 아들이 영국에서 법을 공부해서 변호사가 되어 돌아오길 바랐다. 타고르는 아버지의 소원대로 유니버시티 칼리지 런던(University College London) 법학과에 등록했다. 타고르는 등록은 했지만 법학 강의에는 전혀 흥미가 없었으며 출석도 거의 하지 않았다. 법학 강의보다는 영문학자 헨리 몰리(Henry Morley, 1822~1894) 교수의 셰익스피어 문학, 스코틀랜드와 아일랜드 문학 강의를 주로 들었다. 타고르는 아버지의 뜻에 따라 영국 유학을 떠나기는 했지만, 그곳에서 자신이 하고 싶은 대로 했다. 물론 신사 정장을 입고 사교춤을 배워서 댄스파티에 참석하는 등 서구 문화를 체험하려는 노력을 하긴 했다.

그렇게 2년 가까이 런던에서 살다가 1880년 2월 졸업장 하나 없이 빈손으로 인도로 돌아왔다. 겉으로는 영국 유학의 성과가 전혀 없는 것처럼 보였다. 그러나 사실은 졸업장보다도 더 소중한 안목을 가슴에 품고 돌아왔다. 서구 문화를 직접 체험한 후 인도 고대 문화의 가치를 새삼 알게 된 것이었다. 정작 인도에서는 느끼지 못했던 것을 먼 나라 영국에서 깨닫고 돌아왔다. 영국 유학에서 서구 현대 문명의 음영을 간파한 타고르는 인도의 고대 문화와 정신에 더욱 집중하기 시작했다. 노벨상 수상 이후에는 인도의 정신을 알리는 강연을 하기 위해 지루한 뱃길도 마다하지 않았다.

인도로 돌아온 타고르는 결혼해 가정을 꾸린 후 본격적으로 문학 창작에 몰두한다. 그러나 그 새로운 시작과 함께 평생 떠안아야 할 고통스러운 일이 일어났다. 어린 시절부터 의지하고 따랐던 형수가 갑자기 자살하는 사건이 벌어진 것이다. 그 상처를 치유하기 위해 실라이다하로 떠나 방랑하던 시절, 그는 인도의 자연과 시골 사람들의 단순한 삶 속에서 우주의 신비와 영원한 진실을 깨닫게 된다. 문학 평론가 이태동의 말처럼 여행길에서 마음의 섬을 발견한다는 것은 영원한 진실과 만나는 현현(顯現, epiphany)의 순간을 갖는 것이다. 빈 마음으로 사물을 바라볼 때 느끼는 초월적인 환희는 그렇게 타고르에게 찾아왔다. 책이나 경전이 아닌 자연과 사람들 속에서 찾아낸 경이로움의 순간이었다.

타고르는 말년에 학교 일로 지칠 때마다 실라이다하를 그리워했지만, 다시는 그 젊은 시절로 되돌아갈 수 없었다. 물론 몇 차례 실라이다하를 방문하기는 했으나 젊은 시절처럼 고독을 즐길 여유는 없었다. 학교와 관련된 현실적 일들이 그를 놓아주지 않았다. 젊은 날의 실라이다하 여행은 벵골의 자연과 인도 시골 사람들과 깊은 사랑에 빠지게 했으며, 평생 그의 문학 창작의 근간이 되었다. 실라이다하에서 마음의 섬을 발견한 것이다.

타고르가 홍해를 가로지르는 선박에서 쓴 수필에는 여행에 대한 그의 생각이 잘 담겨 있다. 여행은 아주 오래 전 야생에서 살았던 인간이 달리는 말의 속도를 동경하면서부터 시작됐다. 인간은 오랜 시행착오를 거쳐 드디어 말을 길들인다. 말등에 올라타 말의 속도를 자신의 것으로 강탈하고 대륙을 횡단하기 시작했다. 말의 속도를 자신의 것으로 만든 인간은 거기서 멈추지 않았다. 대륙을 가로지른 인간은 마침내 바다와 마주하게 됐다. 깊이조차 가늠하기 힘든 바다의 건너편 해안은 눈에 들어오지도 않는다. 파도는 거칠게 몰아치며 인간에게 한 걸음 뒤로 물러서라는 경고를 수도 없이 보낸다. 하지만 이미 육로를 정복한 경험이 있는 인간은 바다를 정복해 저 멀리 수평선에 가 닿고자 하는 욕망을 갖게 된다. 거친 파도가 해안을 약탈하는 것처럼 인간은 대양을 건너려는 욕망에 사로잡힌다. 그리고 거친 바람과 파도의 힘을 이용한 돛단배를 만들어 바다를 가로지른다. 먼 옛날 조상들이 그랬던 것처럼 타고르 또한 선박에 몸과 마음을 맡긴 채 인도양을 가로질러 세계로 향했다.

1912년, 타고르는 영어로 번역한 《기탄잘리》를 들고 두 번째로 영국행 여행길에 올랐다. 1880년 영국 유학에서 돌아온 지 32년 뒤였다. 당시 인도에서 런던으로 가려면 뭄바이에서 증기선을 타고 수에즈 운하를 거쳐 템스강까지 가는 항로가 1만㎞를 넘었다고 하니 긴 여행길이었다. 그는 선박 안에서도 평상시처럼 하루 종일 글을 쓰고 독서로 시간을 보냈기에 지루할 틈이 없었다. 1913년 여름 노벨 문학상을 수상하고 그다음 해인 1914년, 제1차 세계 대전이 터지자 타고르는 산티니케탄 학교 일에 더욱 매진했다. 1916년에는 일본 선박 '토사 마루(Tosha Maru)'를 타고 일본에 가서 4개월 동안 머물렀다. 일본의 제국주의 정책에는 반대했지만, 일본 사회에 깊숙이 뿌리내린 불교문화와 그들의 정적인 삶의 방식을 부러워했다. 그는 일본을 방문하기 전 이미 일본 문화에 호감을 갖고 있었다. 특히 일본인들의 청결과 예절을 중시하는 생활 방식을 보고 인도의 현실이 그렇지 못한 것을 아쉬워했다. 인도에서 관심을 받지 못하는 불교 수행과 명상이 일본 문화 전반에 깊이 뿌리내려 있는 것에 대해서도 큰 감명을 받고 놀라워했다.

타고르가 일본 문화에 호감을 갖기 시작한 것은 일본의 미술사학자이자 문인 오카쿠라 가쿠조(岡倉覺三, 1863~1913)와 친분을 쌓고부터였다. 1902년 캘커타에서 처음 만난 두 사람은 나이가 비슷했으며, 서로 상대방 문화에 대한 호기심과 관심이 많아 대화가 잘 통했다. 타고르는 오카쿠라에게서 일본의 메이지 유신의 성과에 대해 듣고 그 방법을 벵골 스와데시 운동에 적용할 수 없을까 고민했다. 물론 당시 인도는 일본과 비교할 수 없을 만큼 정치적 상황이 복잡했고, 독립이 최우선의 목표였다. 어쨌든 두 사람은 서로 의기투합하여 시대정신과 미학적 견해를 나누며 금세 친구가 되었다.

같은 해에 오카쿠라의 제자였던 호리가 산티니케탄으로 산스크리트어를 공부하러 왔다. 1901년에 학교가 세워져서 모든 것이 엉성하고 자리가 잡히지 않은 상황이었다. 호리를 산티니케탄으로 데려온 것은 타고르의 조카 슈렌드라나트였다. 원래 호리는 캘커타의 라마크리슈나 학교에서 산스크리트어를 공부할 계획이었으나, 갑자기 건강이 나빠져 공기가 좋은 산티니케탄으로 요양 겸 오게 됐다. 그렇게 우연히 호리는 산티니케탄 최초의 유학생이 되었다. 호리는 성실하고 예의 바른 학생으로 학교생활에 잘 적응했다. 타고르는 호리에게 숙소는 편한지 음식은 입에 맞는지 물어보며 자상하게 챙겨주었다. 호리를 시작으로 산티니케탄에는 일본어학과도 생기고 일본 유학생들이 많이 거쳐 갔다. 지금으로부터 34년 전, 필자가 공부하던 시절에도 일본 유학생은 20~30명 정도로 많았다. 한국

베를린 교외의 아인슈타인 집에서 타고르. 1930년.

유학생은 3명이던 때였다.

타고르는 인도와 그 주변 나라를 여행하며 문화 교류의 흔적을 들여다보곤 했다. 1927년에 자바, 발리, 시암(Siam, '타이'의 전 이름), 중국, 싱가포르, 말레이시아 등지를 방문했다. 그 여행에 동행한 맏며느리 프라티마 데비(Pratima Devi)는 바틱 염색 기법을 인도에 처음으로 소개했다. 타고르는 그의 춤극 〈라빈드라 느리티야 나티야(Rabindra Nritya Natya)〉에 발리 춤을 추가하기도 했다. 자바에서 자와할랄 네루에게 쓴 편지에서 타고르는 인도 문화가 널리 퍼져 아시아가 하나로 뭉쳐야 한다는 필연성에 대해 "인도가 깨어나서 사막과 산을 가로질러, 고대 인도 문화의 영광된 메아리가 아시아의 먼 바닷가에 가 닿을 수 있으면 좋겠습니다. 특히나 이번 여행길에서 아시아의 다른 나라와 달리 인도 문화가 지켜온 고유성이 무엇인가를 깊이 깨달았습니다."라고 썼다.

타고르는 유럽, 미국과 라틴 아메리카를 여러 차례 방문했다. 미국에서는 거의 1년 가까이 머물기도 해서 산업 사회의 허와 실을 직접 체험했다. 그 부분에 대해서는 그가 뉴욕에서 쓴 편지를 통해 따로 소개하려고 한다. 그는 보통 여행객들이 취하는 피상적인 여행을 싫어했다. 그는 항상 여행하는 지역을 면밀히 탐사하고, 자신이 관찰한 것에 대해 다양한 방법으로 비평하곤 했다. 독자들과의 만남과 강의, 공식적 · 비공식적 초대, 비스바바라티 대학의 후원회 활동 등 다양한 목적을 가진 여행이었다. 작가로서 명성이 높아지면서 세상의 진실을 보다 많은 사람들과 공유하려고 노력했다. 타고르의 여행 관련 글은 일기나 편지, 수필 형식의 글이 가장 많다. 그가 여행지에서 쓴 글은 인도로 보내져 잡지에 연재되고 2~3년 뒤 책으로 출간됐다.

그의 첫 해외여행지였던 영국에서의 경험을 출간한 1881년 《유럽 프라바시르 파트라(Europe Prabasir Patra)》에는 훗날 타고르가 그 책의 내용을 수정하고 싶다고 느꼈을 정도로 설익은 내용이 담겨 있었다. 그 후 수십 권의 여행 관련 저서를

미국에서 헬렌 켈러를 만난 타고르.

벵골어로 출간했다. 1930년에는 러시아를 2주간 여행하며 농부들의 지위와 다양한 제도를 관찰하고, 1931년에《러시아로부터 온 편지》를 벵골어로 출간했다. 그는 러시아(구소련)의 교육과 경제 발전 정책에 대해 우호적이었으나, 자유를 통제하는 사회 분위기에 대해서는 비판했다. 당시 영국령 인도에서는 이 책의 영문판 출간을 불법으로 간주했다. 그 이유는 타고르가 러시아의 교육 정책을 칭찬하는 것이 영국의 인도 내 교육 정책을 우회적으로 비난하는 것이라 판단했기 때문이다. 타고르는 여행을 통해 경계 없는 세상의 진실과 만났으며, 인도의 정신을 세계에 널리 알려야 한다는 사명감을 실천했다.

'브라마차리야 아슈람'의 개교

타고르는 1901년 12월 22일 산티니케탄에 '브라마차리야 아슈람'을 열었다. '브라마차리야(Brahma-chariya, 힌두교의 가장 오래된 경전 베다를 공부하는 미혼의 학생) 아슈람'의 개교 연설에서 타고르는 말했다. "여러분들이 이 한적하고 작은 아슈람(숲속 학교)에서 위대하고 지혜로웠던 인도인의 길을 따르기를 바랍니다. 우리의 선배들은 어떤 규칙을 따르며 교육을 받았을까요? 그들은 어린 나이에 집을 떠나 숲속에 있는 스승의 집에 가서 살았습니다. 스승의 가르침에 따라 규칙을 잘 지키면서 절제된 생활을 했습니다. 여러분도 이곳 산티니케탄을 스승의 집으로 여기고 생활하길 바랍니다. 자신을 최대한 낮추면서 주변의 자연과 친구들과 함께 조화를 이루며

초기의 산티니케탄 건물. 현재 유치원으로 사용하고 있다.

살아야 합니다."

아들 라딘드라나트를 포함해 다섯 명의 학생과 다섯 명의 교사로 이뤄진 학교였다. 교사들 중 세 사람은 기독교인이었고, 한 사람은 아들의 가정 교사였던 영국인이었으며, 타고르만이 중립적인 힌두교도였다. 그런 이유만으로도 정통 힌두교도들은 타고르의 학교를 곱지 않은 시선으로 바라봤다. 당시에는 학교 운영에 필요한 운영 방침이나 규칙은 마련되지 않았다. 1902년 타고르가 쿤자랄 고슈에게 보낸 편지에 학교의 설립 취지와 세부적인 규칙들이 들어 있었다. 타고르는 고슈를 교장으로 초빙하기 위해 20장에 달하는 장문의 편지를 보내 설득했다.

학생들은 노란색의 길고 품이 큰 옷을 교복으로 입었다. 학생들은 매일 아침 태양이 뜨기 전에 일어나서 밖으로 나가 떠오르는 태양을 맞이한다. 방으로 돌아와서는 침대를 정리하고 20분 동안 요가를 한 후 목욕을 한다. 그리고 15분 동안 앉아서 기도와 명상을 한다. 그 기도문은 타고르의 아버지가 《우파니샤드》에서 발췌한 내용이었다.

"아버지시여! 우리가 진실로 당신을 알게 하시고, 시험에 들지 말게 하시고, 진심으로 당신을 경배하게 하소서.

오! 아버지시여. 우리의 죄를 사하여주시고, 선한 길로 안내하소서. 행복의 신이신 당신께 기도합니다. 선이신 당신께 기도합니다. 지고지순한 선이신 당신을 경배합니다. 산티, 산티, 산티, 하리, 옴."

학생들은 하루 일과를 마치고 잠자리에 들기 전에 다시 저녁 기도를 바친다.

"불 속에 존재하고 물속에도 존재하는 신이시여, 이 세상의 모든 것을 주관하는 분이시여, 약초 속에도 존재하고 나무 속에도 존재하는 분이시여, 당신께 머리 숙여 경배합니다. 오늘 하루도 평화롭게 보낼 수 있어서 감사드립니다."

달밤에 교사와 친구들과 함께 행진하는 브라마차리야 아슈람의 학생들. ⓒ고탐 다스

　　초기의 학교는 학생들에게 근검과 극기를 강조하는 분위기
에서 시작했다 그러나 차츰 학생 수가 많아지고 규칙이 정해
지면서 학생들의 자율을 강조하는 운영 방침이 만들어졌다.
타고르가 생각했던 학교는 아이들이 평화롭고 행복한 분위기
에서 성장하는 커다란 공동체였다. 아이들이 행복하려면 무엇
이 필요할까. 아이들은 각자 좋아하는 일에 더 많은 시간을 보
내고, 선후배는 서로 도우며 누군가를 돕는 일이 얼마나 기분
좋은 일인지 알아간다. 아이들은 달밤에 함께 걸으며 달빛과
별빛만으로도 길을 잃지 않는다는 것을 경험한다. 책보다 자
연과 일상에서 더 많은 것을 체험한다. 농부가 곡식을 수확하

기 위해 얼마나 정성을 들이는지, 직조공이 천을 짜기 위해 얼마나 인내심을 발휘하는지, 도공이 흙으로 만든 그릇이 불 속에서 어떻게 단단해지는지, 우리가 먹고 입고 사용하는 모든 것들이 누군가의 노력과 인내로 얻어지는 것을 알고 감사하는 마음을 갖게 한다.

아이들이 매일 아침 찬란하게 떠오르는 태양을 보고 그 기적 같은 순간을 맞이하며 그 경이로움을 온몸과 마음으로 느껴야 한다. 아침에 떠오르는 태양을 직접 마주해야만 체험할 수 있는 경험! 책은 태양 에너지와 그 순환 원리를 가르쳐줄 수는 있지만, 떠오르는 태양을 마주할 때의 감동은 가르쳐줄 수 없다. 과학적 원리와 적용을 배우기는 쉽지만, 자연의 순환과 순리에 대한 경험은 직접 체험해야 한다. 수학의 공식을 배우면 문제를 풀 수 있지만, 언제 어떻게 감동하고 감사해야 하는지는 가르쳐서 되지 않는다. 살아가면서 크고 작은 일에 좌절하지 않으려면 삶을 기쁨과 감사로 받아들이는 면역력을 키워야 한다. 하나의 주체로 태어나 우리라는 공동체로 살아가는 삶의 방식은 동양의 오랜 지혜다. 아이들은 어른이 노래하는 대로 지저귄다는 속담이 있다. 그렇다면 어른은 아이들에게 어떤 노래를 들려주어야 할까? 타고르는 아이들에게 자유와 평화의 노래를 들려주었다.

학생들과 문학 수업 중인 타고르.

타고르는 아들 라딘드라나트에게 문학을 가르칠 문학 교사 찬드라 로이에게 이런 편지를 썼다. "로이 선생님, 당신은 라딘드라나트에게 문학을 가르치기에 가장 좋은 분이십니다. 문학 수업이 왜 그렇게 중요하냐고 물으실지 모르겠습니다만. 문학 수업이 라딘드라나트를 성숙한 사람으로 만들어주었으면 좋겠습니다. 저는 한동안 라딘드라나트에게 문학을 가르치기 위해 많은 노력을 했습니다. 다양한 책을 읽게 하고 함께 시를 외우며 시간을 보냈습니다. 하지만 라딘드라나트는 아버지인 제게 배우는 것을 지루하고 재미없어 했습니다. 저는 라딘드라나트가 문학 수업을 통해 자신의 등 뒤로 펼쳐진 푸른 하늘 아래 넓은 대지를 느끼고, 그것이 신의 창조물임을 깨닫게 되길 바랍니다."

타고르가 아이들의 교육에서 가장 중요하게 생각했던 것은 자연과의 교감과 신의 존재를 깨닫는 것이었다. 나무를 심고 꽃을 가꾸면 새들과 벌들이 날아든다. 하지만 새들이 길을 잃어 숲으로 찾아들지 않고, 꿀벌이 감각을 잃어 더 이상 꽃을 찾아오지 않는다면, 그 작은 녀석들에게 어떤 언어로 길을 가르쳐줄 수 있을까. 타고르는 나무를 심는 것은 사람이지만 그다음은 신의 뜻이라는 것을 아이들에게 깨닫게 해주려고 했다. 아이들이 새들과 벌들처럼 길을 잃지 않고 자신의 길을 찾아가도록 해주기 위해서.

1901년 다섯 명의 학생들로 문을 열었던 브라마차리야 아슈람은 1951년 비스바바라티 국립 대학으로 거듭났다. 타고르가 세상을 떠나고 10년이 지난 후였다. 영국으로부터 독립한 인도에서는 많은 일들이 일어났다. 1947년 인도 독립 후 초대 법무장관으로 임명된 암베드카르(Ambedkar, 1891~1956)는 1950년 계급 제도와 불가촉천민 차별을 불법으로 규정하는 법률을 국회에서 통과시켰다. 계급이 사라진 평등한 사회를 꿈꿨던 수많은 이들의 염원이 이뤄진 순간이었다. 하지만 그조차도 오랜 계급 제도의 흔적을 지워버릴 수 없었다. 1956년 암베드카르는 그 법이 현실에서 그다지 실효성이 없다는 사실을 실감하고 법부장관직을 사임한 후 수십만 명의 달리트(dalit, 천민)와 함께 힌두교도에서 불교도로 개종했다.

타고르는 "나무를 심는 사람은 자신이 그 나무 그늘에 앉지 못할 것을 안다. 하지만 그가 삶의 의미를 이해한 것은 맞다."
고 했다. 그 말처럼 그는 인도의 독립을 맛보지 못했고, 주권
을 빼앗긴 가난한 나라의 시인으로 세상과 작별했다. 말년에
는 학교의 재정적 문제로 몹시 힘겨웠지만 마지막 순간까지
그 무거운 짐을 내려놓지 않았다. 그의 표현대로라면 신의 품
에 안기는 순간까지 평생의 연인이 되어준 시 또한 끌어안았
다. 이제 그는 떠나고 남은 사람들은 곡식이 익어가는 들녘에
서 그가 만든 평화의 노래를 부른다.

산티니케탄에서 가장 큰 아이로 태어난 타고르

아름드리나무 사라쌍수 나무들에 둘러싸인 나지막한 학교 건물이 군데군데 모습을 드러낸다. 큰 나무 아래에는 손님을 기다리는 릭샤 왈라(릭샤를 모는 사람, 즉 운전수)가 태평한 자세로 졸고 있고, 우체국 옆에는 제철 과일과 야채 들을 보기 좋게 진열해둔 과일 가게와 야채 가게 들이 있고, 그 옆에는 웬만한 생활용품은 다 판매하는 협동조합이 자리 잡고 있다. 차와 함께 간단한 요기를 할 수 있는 초라한 찻집도 몇 군데 보인다. 내가 산책길에 자주 들르는 작은 서점도 있다. 미술 재료를 파는 오래된 화방, 란자니도 있다. 화방 주인은 아예 가게 앞에 작은 의자를 내놓고 앉아서 오가는 이들에게 말을 건넨다. 점원이었던 소년은 벌써 아저씨가 되었다.

조겐 초두리의 펜화.

　한번은 그 화방의 유리 진열장 안에 진열된 펜촉이 눈에 들
어왔다. 요즘은 거의 사용하지 않는 펜촉들이 작은 상자에 담
겨 있었다. 누가 사가는지 물어보니 미술 대학 학생들이 가끔
씩 사간다는 것이다. 그 순간 번뜩 떠오른 화가가 있었다. 펜
으로 그리는 화가 조겐 초두리였다. 그는 인도의 피카소라고
불릴 정도로 잘 알려진 화가다. 동시에 타고르의 낙서 그림까
지 떠올랐다. 한국에 돌아가서 그 펜촉으로 타고르처럼 낙서
를 하거나 조겐 초두리처럼 그림을 그려보면 어떨까 하는 생

181

각이 들었다. 그 상상을 하고 나서 망설임 없이 펜촉 몇 개와 핑크색 펜대를 사고 말았다. 크기가 나중에 짐을 쌀 때도 전혀 부담이 되지 않을 것이기에. 그 후 한국으로 돌아와 책상 서랍 속에 놓아둔 펜촉을 볼 때면 볼펜과는 비교할 수 없는 멋진 자태에 감탄하곤 한다. 처음에는 서너 번 그 펜촉에 잉크를 찍어서 낙서도 해보려고 했는데, 그 날렵하고 앙증맞은 자태에 비해서 불편하기 짝이 없었다. 낙서는커녕 손에 온통 잉크가 묻고 책상에 잉크가 떨어져 닦아내야 하는 번거로움에 더는 사용하기를 포기했다.

산티니케탄 학교는 아이들이 사방이 탁 트인 커다란 나무 그늘 아래서 공부한다. 계절의 변화, 햇살과 바람, 새들의 지저귐, 나무들의 성장과 열매 맺음, 작은 곤충들이나 벌레들의 움직임조차 느낄 수 있도록. 아이들은 의자에 앉는 대신 흙바닥에 손으로 짠 매트를 깔고 앉아서 공부한다. 쉬는 시간에는 나무 위로 기어오르거나 주변을 마음껏 뛰어다닌다. 때때로 밤하늘의 별자리를 관찰하고, 보름날 저녁에는 아이들이 모여 함께 걷기도 한다. 수업은 날씨에 따라 야외나 교실에서 이뤄지고, 우기를 제외하면 거의 야외에서 한다. 아이들은 자연의 변화를 따르며 살아가는 방법을 배운다. 아이들의 몸도 한 알의 씨앗이 튼실한 싹을 틔우는 것처럼 자연과 더불어 건강하게 자란다는 것이 타고르의 믿음이었다.

아이들은 아침과 오후에 각각 15분씩 명상하며 스스로를 자제하는 방법도 배운다. 그러나 명상 대신 나무 위를 기어오르거나 주변을 지나치는 다람쥐를 지켜봐도 괜찮다. 아이들이 훌륭한 어른으로 성장하기 위해서 지식이 가장 중요하다고 생각하는 어른들이 많았다. 그들은 타고르의 학교가 아이들을 그저 자연에서 놀게 해서 현실에서 뒤처지는 것이 아닌가 우려했다. 반면에 획일적인 교육의 문제점을 알고 있는 부모들은 어린 자식을 데리고 먼 곳에서부터 찾아오기도 했다. 타고르는 "현실적인 사람들은 나의 생각을 신비적이고 비현실적이라고 생각할지 모른다. 그러나 푸른 하늘과 맑은 공기, 햇살과 나무와 꽃 들은 자라나는 아이들을 건강하고 행복하게 해준다. 이것은 교실에서 학습을 통해 얻어질 수 없고 직접 체험해야 한다."라고 했다.

타고르는 어른이 되어서도 어린 시절의 동심을 간직하고 있었다. 그는 보통의 아이들이 그런 것처럼 일요일을 무척 싫어했다. 그래서 초기 타고르 학교는 수요일을 일요일로 변경했다. 화요일이 토요일인 셈이고. (나는 거기서 공부하는 동안 그 규칙에 익숙해지는 데 꽤나 많은 시간이 걸렸다.) 어쩌면 서양인들이 정해놓은 기준을 그대로 따르고 싶지 않았던 것인

지도 모르지만. 최근 몇 년 전에야 비로소 여러 가지 행정적
문제로 인해 원상으로 복귀했다. '일요일' 은 타고르의 그런
마음이 담긴 시다.

   '일요일' *

   왜 월요일, 화요일, 수요일은
   자동차 경주라도 하듯이
   그리 빠르게 오는 거야?
   사랑하는 어머니, 왜 일요일은 항상 늦나요?
   집이 멀어서?
   집이 저 멀리 멀리, 별들 너머여서?
   사랑하는 어머니, 일요일은 당신처럼 가난한 집에 사나요?

   왜 월요일, 화요일, 수요일은
   떠날 마음도 없고, 빨리 집에도 안 가고,
   여기저기 헤매고 다닐까!
   하지만 왜 일요일은 항상 30분 일찍 떠나는 거지?

---

* 앞의 책, p.271~272. (79쪽 각주 참고)

집이 하늘의 끝자락이라, 멀리 날아가야 해서?
사랑하는 어머니, 일요일은 당신처럼 초라한 곳에서 오나요?

왜 월요일, 화요일, 수요일은
어린아이처럼 즐거워할 줄도 모르고 심각하기만 한지.
하지만 토요일이 지나면
일요일은 신나게 웃으며 반짝이는 하루를 보내다가
떠날 때 눈물을 글썽이면,
저는 당황해서 어쩔 줄 몰라요.
사랑하는 어머니, 일요일은 당신처럼 초라한 곳에서 오나요?

인도의 전통 교육의 배경에는 늘 숲속 학교가 등장한다. 숲은 치유와 상생의 지혜를 깨닫게 해준다. 숲이 사라지면 인간의 마음도 황폐해진다. 자연의 파괴는 곧 인간 본성을 파괴하는 것과 마찬가지다. 타고르는 산티니케탄에서 아이들과 함께 자연에 깃들여 살아가며 기쁜 마음으로 감사의 기도를 바쳤다. 아이들을 위해 세운 그 학교에서 그는 가장 큰 아이로 거듭 태어났다. 아이들이 행복해하는 것을 보면서 사람도 나무와 꽃처럼 아름답게 피어날 수 있다는 것을 깨닫는다.

산티니케탄을 방문한 간디

1915년 3월 6일, 산티니케탄에서 간디와 타고르가 영국인 신부 앤드루스의 주선으로 처음 만났다. 타고르는 간디보다 여덟 살이 더 많았다. 그때 이미 두 사람은 각자 자신의 분야에서 두각을 나타내고 있었다. 타고르는 1913년에 노벨상을 수상했고, 간디는 남아프리카 공화국에서 변호사로 활동하며 30만km²가 넘는 땅을 사서 자급자족하는 공동체를 만들어 헌신하다 1914년 인도로 돌아왔을 무렵이었다. 두 사람은 만나자마자 서로를 신뢰했다. 그 후로 타고르와 간디, 앤드루스는 인도의 독립을 위해서 서로의 생각을 솔직하게 교환하는 편지를 주고받았다. 그들은 그 목표를 위해서 힌두교도와 이슬람교도를 포함한 모든 계층의 사람들이 동참해야 하며, 특히 불

타고르의 초대로 산티니케탄을 방문한 간디.

가촉천민과 화합해야 한다는 데 의기투합했다.

하지만 교육에 대해서만은 서로 의견이 많이 달랐다. 영국식 교육의 문제점에 대해서는 서로 공감했지만, 간디는 타고르의 교육 방식에 그다지 찬성하지 않았다. 간디가 남아프리카 공화국에서 실제로 운영했던 피닉스 학교는 학생과 교사가 솔선수범해서 자율적으로 운영했다. 반면 타고르의 학교는 처음 학교를 세울 때와는 달리 규율보다 학생들의 자유를 존중하는 분위기였다. 학생들이 자유롭게 참여하는 예술 창작과 체험 학습을 늘리고 전문 인력의 도움을 받아 학교가 운영됐다.

간디가 맨 처음 산티니케탄에 온 날 타고르는 그곳에 없었다. 간디는 아프리카에서 산티니케탄에 임시로 와 있는 피닉스 학교 학생들의 생활을 돌아보기 위해 방문했다. 간디는 피닉스 학교 학생들이 산티니케탄 학교 운영에 모범이 되어줄 것을 기대해 그들을 인도로 불러들였다. 당시 학교에는 간디가 잘 아는 영국인 피어슨(William Pearson, 1881~1923)이 기다리고 있었다. 목사이자 교사인 피어슨은 케임브리지 대학을 졸업하고 1907년부터 캘커타 바바니푸르의 기독교 대학에서 식물학을 가르치다가 산티니케탄으로 옮겨왔다. 영국에서 타고르를 처음 만난 피어슨은 그의 교육 이념에 깊이 공감하고, 산티니케탄에서 교사로 오랫동안 헌신했다. 피어슨은 "어린 학생들과 하루 종일 들로 뛰어다니며 그들의 얼굴에서 기쁨에 넘치는 환희를 느꼈으며, 비로소 아이들에게 무엇이 필요한지 알게 됐다."라고 했다. 타고르의 비서로 여러 차례 해외여행에 동행했던 피어슨은 1923년 이탈리아를 여행하던 중 갑자기 사망했다. 피어슨은 전 재산을 학교에 기부했으며, 그 기부금으로 1927년 세워진 대학 병원을 '피어슨 병원'으로 명명하여

산티니케탄 미술 대학 캠퍼스의 간디상.

그를 기리고 있다.

간디는 산티니케탄에 도착하자마자 교사들과 회의를 했다. 간디는 타고르의 학교가 피닉스 학교의 운영 방식을 적용하기를 원했다. 피어슨은 그 회의에 대해 "그가 도착한 날부터 우리 모두는 자연스럽게 그의 의견을 따르게 되었다. 간디처럼 카리스마 넘치는 지도자를 전에는 결코 만나본 적이 없었다."라고 회고했다. 간디는 산티니케탄 학교 운영 방식에 대해 여러 가지를 지적했다. 학교에서 하층민들을 고용해 청소와 요리 등의 일을 시키는 것은 계급 제도의 잔재라고 못마땅하게 여겼다. 학생들이 자신의 몸을 깨끗이 하듯 학교를 청소하고, 교사도 솔선수범해야 한다고 주장했다. 타고르도 간디의 의견에 공감했으나, 그는 교사와 학생은 가르치고 배우는 일에 더 많은 시간을 보내야 한다고 생각했다. 교사는 학생들을 가족처럼 가까이에서 돌보고 학생은 학교를 집으로 여기고 주변과 조화를 이루는 생활 방식을 배우고, 요리사는 음식을 만들고, 정원은 정원사에게 맡기는 것이 더 효율적이라고 생각했기 때문이다.

타고르는 학생들이 유연하게 규칙을 따르도록 한 반면, 간디는 엄격한 규칙과 규율이 더 중요하다고 믿었다. 하지만 차츰 간디도 엄격한 규칙과 규율이 어린 학생들의 상상력을 억제하고, 계속해서 그것을 강요하는 것이 학생들에게 도움이 되지 않는다는 것을 깨닫게 된다. 아프리카에서 온 간디의 피닉스 학교 학생들은 4주 동안 산티니케탄에 머물렀으나, 산티니케탄 학교에 변화의 바람을 일으키지는 못했다. 간디가 떠난 후 학생과 교사 들은 학교의 모든 일을 스스로 하는 자율성에 대한 실험을 한동안 했으나 오래가지 못했다. 그래서 다시 타고르의 방식대로 학교가 운영됐다. 다만 매년 3월 10일을 '간디의 날'로 지정해서, 그날 하루는 학교 고용인 전원에게

매년 3월 10일 '간디의 날'에는 학교 고용인 전원에게 휴가를 주고 교사와 학생이 협력해서 청소와 취사를 한다.

휴가를 주고 교사와 학생이 협력해서 청소와 취사를 담당한다.

간디는 산티니케탄 학교가 재정적으로 어려울 때마다 타고르를 도와주었다. 타고르는 오랫동안 재정적인 문제로 시달리면서도 정부의 도움을 거부했다. 영국의 강점기였던 상황에서 영국인들의 간섭을 받지 않기 위한 최선의 선택이었다. 교사와 고용인 들은 최소한의 임금을 받으면서도 묵묵히 견뎌냈고, 다른 도시에서 교사들이 자청해서 객원 교사로 오기도 했다. 월급의 일부를 후원금으로 내는 교사들도 많았다. 타고르는 후원금을 모으기 위해 학생들로 구성된 연극단과 함께 캘커타를 시작으로 여러 도시로 순회공연을 다니기도 했다. 그는 고령에도 불구하고 연출자로 학생들의 공연에 동참했다.

1936년에는 간디의 주선으로 델리에서 연극 공연을 했다. 타고르의 나이 75세였다. 캘커타에서 델리까지 36시간의 기차 여행도 마다하지 않았다. 공연이 끝난 후 무대 뒤로 타고르를 찾아간 간디는 급하게 필요한 금액이 얼마인가 물었다. 그리고 다음 날 타고르가 떠나기 전에 다시 찾아와 6만 루피의 돈을 수표로 전달해주었다. 물론 간디가 찾아낸 독지가가 낸 후원금이었다. 그 대신 간디는 타고르에게서 한 가지 약속을 받아냈다. 다시는 공연 일정을 위해 무리한 여행을 하지 않기로. 간디는 타고르가 재정 문제로 고민하는 것을 늘 마음 아파했다. 타고르는 자신의 사후에 학교를 맡아줄 적임자로 간디를 선택했고, 간디는 1948년 1월 암살당하기 전까지 그 약속을 충실히 지켰다.

산티니케탄 졸업생, 노벨 경제학상을 탄 아마르티아 센

산티니케탄은 학교를 중심으로 형성된 공동체 마을이다. 유치원에서부터 대학까지 합쳐서 학생은 약 7천 명이고, 교직원까지 다 합쳐도 만 명을 넘지 않는다. 학생들은 산티니케탄 인근이 아닌 경우 거의 기숙사에서 산다. 산티니케탄에서 공부하기 위해 멀리서 어린 나이에 집을 떠나온 아이들도 초등학생 기숙사에서 산다. 기숙사는 키 큰 야자나무들과 식물들의 덩굴에 둘러싸인 퇴락한 건물로, 아이들이 들락거리지 않으면 영락없이 정글 탐험 영화에 나오는 폐가다. 건물 외벽은 보수를 하지 않아서 색이 바래고 낡았다. 그렇지만 아이들의 왁자지껄한 목소리가 그곳에서 새어 나오는 순간 그 낡은 건물은 순식간에 생명력을 지닌 보금자리로 탈바꿈한다. '사람은 집을 짓고 집은 사람은 바꾼다' 고 하지만, 집의 분위기와 기운을 바꾸는 것은 사람이다. 아이들의 웃음소리가 그 낡은 기숙사를 빛나게 만들어주는 것처럼.

아이들의 기숙사 방은 정말 어린이의 방이 맞을까 싶을 정도로 단순하다. 집에서 가져온 인형과 동화책 몇 권이 놓여 있는 것을 빼면 거의 수도승의 방처럼 소박하고 깔끔하게 정돈되어 있다. 모기장이 매달린 작은 침대와 작은 책상과 의자, 벽에는 아이들이 그린 그림이 걸려 있다. 아이들은 정리 정돈의 달인처럼 자기 물건을 잘 보관한다. 대개 고학년 아이들이 어린 후배들을 동생처럼 돌봐주도록 짝이 정해져 있다.

산티니케탄 초등학교 학생들의 생활은 단조롭다. 수업을 시작하기 전 운동장에 모여 짧은 아침 기도를 하고 아침 7시에 수업을 시작한다. 초등학교는 대개 12시경 모든 수업이 끝난다. 대부분의 학생은 집이나 기숙사로 돌아가 점심 식사를 한다. 일부 학생들은 교무실 한편에 놓인 책장에서 보고 싶은 책을 읽거나 친구와 교정에서 잠시 놀다가 돌아간다. 스마트폰을 가지고 다니는 초등학생은 한 명도 없다. 옛날 일이 아니라 2023년 1월의 장면이다. 고학년은 자전거로 등하교 한다. 점심 식사 후에는 낮잠을 자거나 책을 읽기도 한다. 오후에는 미술이나 음악, 춤 수업을 받기도 하고 부족한 과목을 개인 교습 받는다. 그 이외 시간에는 운동장에서 태권도를 배우거나 친구들과 배드민턴을 치거나 원하는 놀이를 하면서 마음껏 논다.

아이들은 공부하는 시간보다 노는 시간이 훨씬 더 많다. 나무 그늘 아래서 공부가 제대로 될까 하는 의문이 드는가 하면, 학습 도구가 너무 초라해 보이기도 한다. 겉으로 드러난 산티니케탄의 교육 환경은 열악하다. 하지만 이런 교육 환경에서도 아이들은 각기 제자리를 찾아가며, 두각을 나타내는 아이도 있다. 산티니케탄에서 태어나 고등학교까지 졸업한 아마르티아 센(Amartya Sen, 1933~)은 1998년 아시아인 최초로 노벨 경제학상을 수상했다. 그는 1953년 캘커타 대학을 졸업한 후 영국 케임브리지 대학에서 박사 학위를 받았다. 그 후 영국의 케임브리지, 옥스퍼드 대학을 비롯해 미국의 하버드에서 교수로 재직했으며, 지금까지 빈곤 퇴치를 위한 연구를 계속하고 있다.

아마르티아 센의 조상들은 방글라데시에서 이주해왔다. 그 당시는 종교적 이유로 이주를 결정하는 이들이 많았다. 이슬람교도들은 파키스탄이나 방글라데시로, 힌두교도들은 인도로 이주해왔다. 어린 시절 센은 외조부모로부터 많은 영향을 받았다. 특히 산스크리트어 학자인 외조부에게 산스크리트어를 배우며 카비르의 시를 읽고, 고대 인도 문화와 철학을 배웠다. 외조부인 크시티모한 셴(Kshitimohan Sen, 1880~1960)은 1908년 타고르의 요청으로 산티니케탄에 와서 초등학교 교장으로 부임했고, 1953~1954년에는 비스바바라티 대학 부총장으로 재직했다. 셴이 경제학자이자 철학자인 것은 이처럼 어린 시절의 영향이 컸을 것이다. 그는 교수인 아버지를 따라서 세 살에서 여섯 살까지 미얀마의 만달레이에서 살다가 방글라데시의 다카에서 잠시 초등학교를 다녔으며, 다시 산티니케탄으로 돌아와 고등학교까지 졸업했다.

셴은 산티니케탄 학교의 교육 방침이 여러 가지 면에서 획기적이었다고 기억한다. 교사들은 학생들에게 호기심을 불어넣어주기 위해 노력했으며, 시험이나 성적 등급에 의미를 두지 않았다. 학생들은 수업 이외에 자율적으로 공부하는 시간을 충분히 가졌으며, 교사들은 늘 친절했다. 셴은 "교사들은 학생의 성적보다 그 학생이 얼마나 진지하게 생각하고 집중하는지를 더 중요하게 생각했다. 교사들은 성적이 뛰어난 학생에게 칭찬이나 관심을 보이지 않았다. 오히려 어떤 분야에 대해 창의적으로 생각하거나 뛰어난 관찰력을 가지는 것을 칭찬했다. 그래서 학생들은 성적에 경쟁적일 필요가 전혀 없었다. 심지어 시험 성적을 공개적으로 벽에 붙여도 학생들은 별로 마음 상할 일이 없었다. 그 때문에 나는 열심히 공부했고 성적

산티니케탄을 방문한 센이 타고르의 집 우타라얀에서 학생들과의 만남을 기다리고 있다.

도 좋았지만, 눈에 띄지 않는 그저 평범한 학생이었다."라고 회고했다.

아마르티아 센이 말하는 타고르의 교육 철학은 간단하다. 아이들은 자연과 교육을 통해 세계를 만나고, 우리는 서로 돕고 사랑하며 살아가야 하는 존재라는 것을 가르쳐주는 것이다. 타고르는 학생들에게 "인간이 만들어낸 그 무엇이든, 또 그것의 근원이 어디든, 그것을 이해하고 즐기는 것은 바로 여러분들의 몫입니다. 그 영광을 진심으로 즐길 수 있는 사람이

197

되도록 노력하십시오."라고 말했다. 센은 훗날 어른이 되어서
야 타고르의 학교가 자신에게 어떤 영향을 끼쳤는지 알게 됐
다고 했다. 진정한 교육은 아이들에게 경쟁심을 길러주는 것
이 아니라, 좋아하는 일을 찾아내고 집중하도록 시간과 자유
를 주면서 기다리는 것이라고 말이다.

센은 평생 동안 불평등과 빈곤과 기근 퇴치를 위한 경제를
연구했다. 그 배경에는 그의 어린 시절의 영향이 가장 컸다.
1943년 센의 나이 열 살 무렵 서벵골주에서 발생한 기근으로
수백만 명의 사람들이 굶주림과 말라리아로 목숨을 잃었다.
대부분의 희생자는 농사지을 땅을 소유하지 못한 빈곤층이었
다. 그 기근의 원인은 쌀 수확량의 감소, 쌀 수입 억제 정책, 행
동해야 할 이들의 무관심, 제2차 세계 대전이라는 전시 상황
등 여러 가지가 얽혀 있었다. 1943년과 1944년 사이에 그 기근
으로 300만 명 이상의 사람들이 사망했다. (사망자가 700만 명
이라고 주장하는 이들도 있다.)

2010년, 역사학자 루드랑슈 무케르지(Rudrangshu Mukherjee,
1952~)는 그의 저서 《처칠의 비밀전쟁》에서 그 참사는 영국
군의 쌀 수탈 정책 때문이라고 폭로했다. 물론 홍수와 그에 따
른 쌀 수확량의 감소 및 질병으로 발생한 측면도 있지만, 버마
('미얀마'의 전 이름)에서 일본군에 패한 연합군이 벵골로 밀

아마르티아 센의 집, 산티니케탄.

러들자 영국군이 대량으로 쌀을 수탈하면서 쌀 수입 정책을 펼치지 않은 것이 치명적 결과를 가져왔다. 영국군의 비밀문서에 의하면 군량미를 위해 쌀 수탈을 지시한 것은 영국의 지도자 처칠이었다. 영국은 그 정책을 담은 공식 서류들을 모두 폐기하고 벵골 대기근을 자연재해로 인정했다. 그러나 진실은 전시 식민주의가 위기를 악화시켜 발생한 인재로 규정하고 있다.

센은 경제학자가 되어 참혹했던 기근의 원인과 배경을 분석하고, 안타까운 죽음을 막을 수 있었음에도 행동하지 않은 이들에 대해 항의했다. 그리고 다시는 같은 실수를 반복하지 않기 위해 어떤 노력을 해야 하는지 알려주었다. 그가 해답으로 내놓은 경제 정책은 경제학적 분석과 정책 관행이 서로 협력하며 토론을 통해 대중의 목소리를 경청하는 개방성을 유지하는 것이다.

산티니케탄의 중심부에는 타고르와 아마르티아 센의 집이 있다. 두 사람의 집은 걸어서 2~3분 정도 떨어져 있다. 센은 미국과 영국을 오가며 연구를 하면서 매년 겨울이면 산티니케탄을 방문한다. 산티니케탄에 사는 어머니를 만나고 모교에서 후배들을 위한 특강을 하기 위해서다. 몇 년 전에 어머니는 돌아가셨지만 그래도 매년 산티니케탄을 찾아온다. 센의 집 정원에는 여러 가지 색깔의 글라디올러스가 참 아름답게 핀다. 하지만 센이 노벨상을 타고 나서는 상황이 많이 달라졌다. 겨울이면 글라디올러스는 여전히 아름답게 피지만, 더 이상 그 집 앞에서 서성이며 꽃을 바라볼 수 없게 됐다. 호기심 많은 인도 관광객들이 무작정 문을 열고 들어가 사진을 찍어대는 바람에 군인 한 사람이 마당에 텐트를 치고 늘 상주해 있기 때문이다.

산티니케탄이라는 작은 마을에 살았던 두 사람이 각각 아시아인 최초로 노벨 문학상과 노벨 경제학상을 수상했다. 타고르는 아이들의 웃음소리를 들으며 《기탄잘리》를 썼고, 센은 어린 시절 경험한 사회 빈곤층의 기아와 질병 퇴치를 위한 경제 이론을 펼쳤다. 두 사람 모두 사람을 위해 헌신하며, 사람이 가장 아름답다는 것을 보여주었다.

《기탄잘리》의 탄생

실라이다하의 파드마강에서 작은 배를 집 삼아 유랑하던 시절, 타고르는 태고의 자연에서 살아가는 시골 사람들의 삶을 순례하는 순례자였다. 그리고 자연과 사람이 하나가 되어 살아가는 평화로운 모습에서 경이로움을 느끼며 자연의 언어를 이해하기 시작했다. 도시에서 막연히 상상했던 자연의 신비와 장엄함과는 무관하게 그저 자연의 일부로 살아가는 사람들, 그들을 만나며 영원의 의미를 깨닫고 새삼 인도의 오랜 지혜를 발견해낸다. 그의 창작의 영감은 그렇게 자연과 마주하며 시작됐다. 그를 영원으로 이끌어준 것은 위대한 책이나 경전의 글귀가 아니라, 고독하게 마주한 자기 자신과 자연의 일부로 살아가는 시골 사람들의 무심함이었다. 온 세상의 슬픔을 껴안은 듯 신음하던 그가 고통의 심연에서 빠져나와 드디어 빛의 세상을 마주하게 된다. 《기탄잘리》의 영감은 그렇게 자연과 사람에 대한 사랑으로부터 시작되어 신께 바치는 감사의 기도로 태어났다.

타고르는 달빛이 좋은 밤이면 선실 위에 놓인 평상에 누워 밤하늘의 별을 쳐다보곤 했다. 그런 날은 늙은 선장도 일찍 잠들지 않고 곁에 앉아서 세상 돌아가는 이야기를 들려주었다. 그렇게 몇 년을 고독하게 지내며 글쓰기를 시작했다. 아니 어쩌면 자연이 들려주는 비밀을 마음껏 받아 적었다고 하는 편이 더 맞을 듯하다. 그때부터 그는 고향 벵골의 자연과 깊은 사랑에 빠졌다. 이때 쓴 그의 단편들이 그 이전의 서정시들보다 훨씬 더 깊은 정감과 호소력을 가지게 된 것도 그 때문일 것이다.

그는 실라이다하에서 인도라는 물리적 울타리를 벗어나 우주의 신비를 경험한다. 타고르는 "실라이다하에서 어촌 사람들의 삶 한가운데 머물며 영혼을 뒤흔드는 사랑의 감정이 뿜어져 나오는 느낌이었다."라고 했다. 인도의 운명에 대한 그의 흔들림 없는 사랑이 우주적 사랑으로 확장되는 순간이었다. 그 이후 밀려들어오는 서구 문화의 거친 조류에도 두려워하지 않는 확고한 신념을 갖게 된다. 벵골의 자연과 시골 사람

파드마강의 일출. ⓒ하진희

들이 오랫동안 지켜온 전통이야말로 가장 위대한 유산이라고
믿었다. 그들이 지닌 인내와 소박함, 친절과 공감이 바로 삶의
자양분이라고 생각했다. 그 후 타고르는 작은 칸으로 나뉜 세
상이 아니라 우주라는 무한한 세상에서 세계인이 함께 만나는
것을 꿈꾸기 시작했다.

실라이다하에서 자연의 언어와 우주의 신비를 깨닫고 산티
니케탄에 정착하면서부터 감사의 기도는 더욱 간절해졌다. 그
는 학교 설립 초기의 어려운 상황에 대해 이렇게 말했다. "가
진 것을 모두 팔아 학교를 열었지요. 나중에는 내가 쓴 책의
저작권과 가지고 있던 책들까지 다 팔아서 운영 자금을 마련
해야 했지요. 그것이 얼마나 고통스러운 일이었는지 말로 다
표현할 수도 없네요. 어려운 일을 많이 겪었지요. 처음에는 애
국의 마음으로 이겨냈고 차츰 제 안에서 영성이 자라기 시작

했습니다. 그런 어려움과 고통스러운 상황을 견뎌내고 나니 제 삶이 통째로 바뀌는 위대한 순간이 찾아왔습니다."

그를 괴롭힌 것은 경제적 어려움뿐만 아니라 아내의 죽음과 어린 자식들의 죽음이었다. 불행이 거친 파도처럼 밀려와 그를 통째로 집어삼키려고 했다. 그렇게 여러 번의 죽음을 겪으면서 그는 더 이상 잃을 것이 없다는 완성과 충만함을 느끼게 됐다고 했다. 그는 "심지어 우주를 구성하는 원자조차도 잃어버린 그런 느낌이었지요. 더 이상 어떤 것도 저를 괴롭힐 수 없다는 생각은 삶을 더욱 충만하게 받아들이게 해주었습니다. 어떤 죽음이든 그것은 완전하다는 것을 깨닫게 되었지요."라고 고백했다. 그리고 산티니케탄에서 아이들의 행복한 웃음소리를 들으며 신께 바치는 노래를 불렀다.

타고르는 자신이 사랑하는 고향 언어, 벵골어로 《기탄잘리》를 썼다. 그는 거의 모든 작품을 벵골어로 썼으며, 그 작품들은 나중에 영어로 번역되어 출간됐다. 그는 일부 지식인들이 영어를 모국어처럼 사용하는 것을 몹시 불편하게 생각했다. 때로는 벵골어로 강의를 해서 당시 지식인들의 비웃음을 사기도 했다. 그들은 영어를 자유롭게 구사하는 것이 특권이라고 생각하는 이들이었다. 타고르는 벵골어로 쓴 《기탄잘리》를 본인이 직접 영어로 번역했다. 그 번역본 노트를 들고 1912

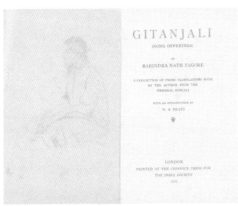

1912년 런던에서 출간된 《기탄잘리》 속표지. 왼쪽 면에 로덴스타인이 연필로 그린 타고르의 모습이 실려 있다.

년 5월 27일에 봄베이를 출발해, 6월 16일 런던에 도착했다. 선박에서 여러 편의 시들을 더 번역하고 수정했다.

영국에 도착한 타고르는 화가 윌리엄 로덴스타인에게 그 노트를 건넸다. 로덴스타인은 그 노트를 읽은 후 즉시 타이핑을 해서 스탑퍼드 브룩(Stopford Brooke), 앤드루 세실 브래들리(Andrew Cecil Bradley)와 윌리엄 버틀러 예이츠에게 사본을 보냈다. 그 사본을 읽은 작가들의 호평을 받은 타고르는 "외국인인 내가 그처럼 잘 알려진 작가들의 호평을 받는다는 것만으로도 놀라운 일"이었다고 회고했다. 그리고 6월 30일 로덴스타인은 자신의 집으로 당시 영국의 문호들과 언론인들을 초대해 《기탄잘리》 낭송회를 열었다. 메이 싱클레어(May Sinclair), 에블린 언더힐(Evelyn Underhill), 어니스트 리스 (Ernest Rhys), 폭스 스트렝웨이스(Fox Strangways), 로버트 트 리벨리언(Robert Trevelyan), 에즈라 파운드(Ezra Pound), 앨 리스 메이넬(Alice Meynell), 헨리 네빈슨(Henry Nevinson) 등 이 초대되었다.

예이츠는 타고르의 시들을 숨죽여가며 아껴 읽을 정도로 깊은 감동을 받았다. 예이츠는 《기탄잘리》가 정식으로 출간되 기 전에 타고르와 나란히 앉아 영역본의 어휘들을 다듬는 데 많은 도움을 주었다. 타고르는 그런 예이츠에 대해 "마술의 펜 을 지닌 예이츠와 함께 작업하는 것은 영광스러운 순간이었 다."라고 회고했다. 그렇게 해서 마침내 1912년 11월 런던의 인도 협회에서 타고르의 시 103편이 담긴 《기탄잘리》가 출간 됐다. 초판 750부를 인쇄했다. 예이츠가 서문을 썼고, 겉표지 를 열면 로텐스타인이 연필로 그린 타고르의 모습이 실려 있 다. 그리고 1년 뒤인 1913년 《기탄잘리(신께 바치는 노래 공 양)》는 노벨 문학상의 영예를 안았다.

타고르의 내면

타고르의 집 '우타라얀'

    타고르가 같은 공간에 싫증을 잘 낸다는 것은 주변 사람들 모두 알고 있었다. 공간을 바꿀 수 없는 경우에는 실내 가구의 배치라도 바꿔야만 직성이 풀릴 정도였다. 계절과 날씨에 따라 분위기를 바꾸고 싶을 때는 방을 옮기거나 다른 집으로 옮겨갔다.

    타고르가 살았던 산티니케탄의 '우타라얀'에는 다섯 채의 집이 남아 있다. 타고르의 아들 라딘드라나트가 아버지를 위해 지은 3층집을 빼고 나머지 네 채는 모두 작은 황토 집이다. 집의 규모나 내부를 봐도 어느 한구석 돈이 들어간 흔적은 없다. 벽돌이나 황토로 지은 집의 내부는 그저 칸만 나누어져 있다. 타고르가 기분에 따라 옮겨 다닐 수 있는 공간이 필요했기

타고르의 집 우타라얀 건너편에 있는 몬딜(사원).

때문이다. 다섯 채의 집을 옮겨가며 산 것은 학교 일을 제외하고 대부분의 시간을 글쓰기와 독서로 보냈던 타고르가 누린 유일한 호사가 아니었을까.

인도인들은 짧든 길든 여행을 무척 좋아한다. 특별한 목적이 있는 여행을 빼고는 이름난 성자를 만나러 가거나 성지를 방문하는 여행을 선호한다. 인도 전역에 분포되어 있는 사원과 아슈람(숲속 학교)이 바로 그런 장소들이다. 그것을 위해서 며칠이 걸리는 기차 여행도 마다하지 않는다. 위대한 성자와 성지가 지닌 영혼의 울림을 마음으로 느끼려는 의욕에 차 있어서 어지간한 불편함은 신경 쓰지 않는다. 그들은 평생 동안

가능하면 여러 차례 '스탄 마하트마야(Sthan Mahatmaya, 위
대한 성자와 성지가 지닌 영적 에너지)'를 직접 체험하고 싶어
한다. 사람들이 산티니케탄을 찾아오는 이유도 바로 그것이
다. 우타라얀은 타고르의 집과 타고르 박물관이 있어서 관광
객이 많이 찾는 곳이다. 잘 가꾼 정원에는 계절을 대변하는 꽃
들이 피고 진다.

　인도인들은 타고르를 시인이자 성자로 숭배한다. 특히 산
티니케탄과 그 주변 마을 사람들에게 타고르는 성자 이상의
존재다. 불모지를 '평화의 마을'로 변화시켰으며, 자신이 만
든 작은 학교를 국립 대학으로 키워냈고, 주변 시골 사람들에
게 선진 영농법을 계몽했으며, 공예 단지를 만들어 공예품 판
매 수익을 마을 주민의 복지에 사용했다. 또 학교를 중심으로
학생들과 주변 마을 사람들이 함께 참여해 즐길 수 있는 축제
의 광장을 구축했다. 그뿐인가. 그가 만든 다양한 노래는 마르
지 않는 샘에서 흘러넘치는 생명수처럼 그곳 사람들의 삶을
풍요롭게 적셔준다. 그 생명수가 넘쳐흐르는 토양의 에너지를
느끼려고 많은 이들이 산티니케탄을 찾아와 그의 집 우타라얀
을 방문한다. 타고르는 살아 있을 때보다 사후에 더 많이 사랑
받는 것 같다.

　타고르가 가장 좋아했던 황토 집 '시야말리(Shyamali, 사색

타고르가 가장 좋아했던 황토 집, 시야말리. ©하진희

가라는 의미)'는 1934년에 화가 난달랄 보스(Nandalal Bose, 1882~1966)가 설계했다. 시야말리는 은둔의 성자를 위한 초라한 사원처럼 보인다. 아름드리나무들에 둘러싸여 소박한 취미를 가진 시인의 아틀리에 같기도 하다. 붉은 황토의 외벽과 검은색을 칠한 지붕이 잘 어울린다. 집 입구 좌우에는 야크샤(Yaksha, 남성 수호신)와 야크시(Yakshi, 여성 수호신)로 보이는 형상이 방문객을 환영하며 집을 수호하는 문지기 역할을 하고 있다. 황토로 지어져 집 안은 한여름에도 시원하다. 내부는 아주 좁은 복도를 사이에 두고 침실과 작은 방 두 개로 나눠져 있다. 타고르가 사용하던 서재에는 작은 나무 책상과 의자한 개가 덩그러니 놓여 있다. 그 책상에 앉아서 시를 쓰고 있는 시인의 모습을 상상하는 순간 형언하기 힘든 기운이 마음속 깊은 곳으로 전해진다.

나는 산티니케탄에 가면 어김없이 우타라얀을 찾아간다. 한번은 시야말리의 나지막한 발코니에 앉아 정원을 바라보다 우연히 눈에 띈 분꽃 씨앗을 몇 개 받아서 호주머니에 넣기도 했다. 타고르의 눈길을 간직한 채 몇 생을 살아왔을지 모르는 잘 여문 씨앗 몇 알을! 한동안은 그 씨앗을 보며 시야말리와 타고르를 동시에 떠올리곤 했다.

우타라얀에서는 타고르와 연관된 기념일이나 날씨가 선선한 겨울이면 시야말리 앞 반달 모양 테라스에서 타고르가 만든 연극 공연이나 음악회가 열린다. 밤에 야외에서 감상하는 공연은 실내에서와는 비교할 수 없는 몰입과 감동을 준다. 기름등잔의 불빛이 별빛처럼 빛나고 어디선가 풍겨오는 재스민 꽃향기가 달콤하다. 흙바닥에 깔아놓은 면으로 짠 넓은 카펫 위에 앉으면 처음에는 흙바닥의 한기가 느껴지다가 차츰 땅의 기운이 온몸을 데워준다. 달밤 야외에서 모든 생명체가 함께 즐기며 비로소 사람도 자연의 일부가 되는 것을 체험하게 된다. 평소 산티니케탄의 달밤은 너무 고요해서 고독하지만, 그런 날만큼은 들뜨고 설렌다.

달밤의 음악회, 산티니케탄 미술 대학 교정. ©프라산타 사후

　'우타라얀(Uttarayan)'은 직역하면 북쪽으로 향하는 움직임이며, 힌두교에서는 깨달음에 이르는 여정을 상징한다. 타고르는 40년 동안 우타라얀에 살면서 깨달음에 이르게 된 것인지 모른다. 그 여정에서 수많은 작품이 탄생했다.

타고르의 편지

타고르가 쓴 수많은 편지에는 그의 문학 작품에서 드러나지 않은 사소한 내용부터 눈앞에 펼쳐진 자연에 대한 환희, 사람들의 일상, 책임과 의무에 대한 중압감 등이 섬세하게 묘사되어 있다. 그는 편지에 시시각각 변화하는 자신의 생각과 느낌을 마치 한 폭의 수채화처럼 부드럽게, 때로는 원색의 추상화처럼 거침없이, 또는 구름 위를 부유하는 성자처럼 무심하게 표현하기도 했다. 편지 속의 타고르는 상처받은 심신을 다독이며 내면으로 침잠하려는 시인이기도 했고, 지치고 고독한 심정을 고백하는 나그네이기도 했다. 문학 작품이 압축되고 정제된 결정체라면 편지는 정제되기 이전의 날것이다. 말년에 그는 "나는 어렸을 때부터 무엇이든 다 편지에 쓰곤 했다. 편지는 마음의 상태를 오랫동안 보존하는 데 아주 효과적이기 때문이었다. 하지만 이제는 생각을 표현하기 전에 무엇을 생각하는지 찾아내려고 편지를 쓴다."라고 말했다.

그가 남긴 편지는 책으로 출간된 것만 해도 11권이나 된다. 그 가운데 10권은 벵골어로, 1권은 영어로 출간됐다. 그에게 편지는 삶의 매 순간을 담은 수필이나 마찬가지다. 어떤 편지는 삶의 기록처럼 자서전적이고, 어떤 편지는 고해 성사처럼 고백적이다. 잡지의 기고문처럼 정성이 느껴지는 편지가 있는가 하면, 단어들로 그려진 그림처럼 보이는 편지도 있다. 또 열정적 논쟁의 아카데미에서나 할 만한 철학적 내용으로 무거운 편지가 있고, 문학과 여행 관련 책자의 머리말처럼 느껴지는 함축적이고 간략한 편지도 있다.

책으로 출간된 편지들 가운데 가장 초기의 편지는 1878~1880년 영국에 유학하면서 쓴 것들이다. 이 편지들에서는 열일곱 살 타고르가 새로운 문화를 접하면서 느낀 미성숙하고 충동적인 감정들이 느껴진다. 영국에서 돌아온 직후(22세) 결혼하고 가정을 꾸린 그는 20대 중반이었던 1887~1895년에는 벵골 동부의 실라이다하에서 주로 살았다. 이 시기에 쓴 편지에는 혈기 왕성한 청년의 시선이 그대로 묻어나 있다. 모순적 사회 제도들, 특히 카스트 제도의 악마적 요소에 대해 신랄하

게 비판했다. 중년에 접어들어 산티니케탄에 정착하면서 자신
이 무엇을 해야 하는지 깨닫고 행동의 방향이 더욱 확고해지
면서 다양한 분야의 사람들과 교류하는 편지를 썼다.

그 무렵 영국인 친구 앤드루스에게 "저는 이제 간디가 주도
하는 영국에 저항하는 민족주의 운동에서 살며시 빠져나오려
합니다. 그 대신 산티니케탄에서 제가 가장 잘할 수 있는 글쓰
기를 통해 목소리를 내려고 합니다."라는 내용의 편지를 썼
다. 직접 전면에 나서서 대중을 이끌었던 간디와는 다르게 '스
와데시(Swadeshi, 사람을 섬기는 일로 간디가 내건 슬로건)'
를 실천하는 방법으로 문학 창작과 산티니케탄 학교에 헌신하
는 길을 선택했다. 간디는 인도가 처한 불행한 현실에서 벗어
나려면 모든 것에 앞서 인도가 최우선이어야 한다는 국가주의
를 강하게 밀어붙였다. 그러나 타고르는 인류에 대한 사랑과
헌신에 온 마음을 쏟았고, 간디에게 힌두교도들의 배타적 경
배 방식에 대해 비평하며 모든 종교에 대한 열린 마음을 담은
편지를 쓰기도 했다. 두 사람은 여러 가지 측면에서 달랐지만
인간에 대한 사랑과 헌신의 마음은 같았다.

작가 에드워드 존 톰슨(Edward John Thompson, 1886~
1946)에게 보낸 편지에서 타고르는 "안일하게 명성에 의지하
는 작가의 삶이 얼마나 어리석은지 자주 생각합니다."라고 했

중년의 타고르.

다. 그에게 행동하는 지성의 역할은 바로 교사로서 아이들의 교육에 헌신하는 일이었다. 화가 윌리엄 로덴스타인(William Rothenstein, 1872~1945)에게 쓴 편지에서는 벵골어로 쓴 작품을 번역하기에 부족한 자신의 영어 실력과 서양 독자들의 평가를 염려하는 마음, 교사로서 가르치는 일이 쉽지 않다는 것 등을 털어놨다. 작가 로맹 롤랑에게는 고독을 사랑하는 시인의 본능과 책임을 다 해야 하는 현실 사이의 갈등을 솔직하게 털어놓기도 했다. 그에게 편지는 마음을 솔직하게 털어놓고 가벼워지는 비움의 방편이었을지도 모른다.

뜨거운 눈물로 얼룩진 편지도 있다. 영국의 첼름스퍼드(Chelmsford) 남작에게 보낸 편지에는 자신이 받은 기사 작위를 반납한다는 내용이 담겨 있었다. (타고르는 1915년 영국 국왕 조지 5세에게서 경(Sir) 작위를 받았다.) 1919년 편자브주 암리차르에서 발생한 무고한 인도인들에 대한 영국 군인들의 학살이 있고 나서 며칠 지나지 않은 시점이었다. 영국군은 평화적 시위를 하던 인도 시위대를 향해 무차별 발포를 했다. 시위대와 주변의 무고한 시민들이 처참하게 죽고 수천 명의 사람들이 부상당했다. 영국 군인들은 부상자들의 치료도 무시한 채 진군했다. 타고르는 그 비극적 사건을 전해 듣고 며칠 동안 고열에 시달리며 앓아누웠다. 그는 한동안 그 슬픔에서 벗어날 수 없을 만큼 큰 충격을 받았다. 인도 근대 역사상 가장 참혹한 사건 가운데 하나였다.

1911년에는 친구이자 편집자였던 푸린 베하리 다스(Pulin Behari Das, 1877~1949)에게 직접 작사·작곡한 인도 국가 〈자나 가나 마나(Jana Gana Mana)〉에 관한 편지를 썼다. 타고르는 국가주의에 앞서 인간애를 더 강조했으며, 인간애는 그가 소설이나 수필에서 끊임없이 반복적으로 질문하고 답했던 주제였다. 〈자나 가나 마나〉는 1950년에 공식적으로 인도의 국가로 제정됐다. 타고르가 처음 썼을 때는 뱅골어였다가 나중에 힌디어로 번역됐다. "인도인들은 신의 축복을 기원하며 그를 경배하는 노래를 부른다. 인도의 운명을 거머쥔 그분께서 우리 모두를 구원해주시기를 기원하며, 그분께 승리, 승리, 승리를." 이라는 그 국가의 마지막 구절에서 그분은 오직 힌두교도들의 신이 아닌 모든 인도인들의 신, '바라타바르샤(Bharatavarsha)' 이다. 바라타는 인도 건국 신화의 종족으로 인도의 가장 오래된 이름이다. 나중에 인더스강을 건너온 침입자들에 의해서 인도라는 이름을 갖게 된다. 타고르는 〈자나 가나 마나〉를 쓰기 전에도 자주 초월적 존재에 관한 시를 쓰곤 했다. "당신의 마차 바퀴 소리가 울려 퍼지면, 수많은 이들이 그 길을 따릅니다. 당신의 소라고둥 소리가 사방으로 울려 퍼지게 하소서."

타고르는 "인간은 자신의 눈앞에서 펼쳐지는 장관을 즐겨야 한다. 그리고 나서야 비로소 그 이벤트를 글로 쓸 수 있다. 시인은 그 언어들 속에서 빛의 날개를 펼치고 춤추며 항해해야 한다." 라고 했다. 때로 타고르는 현실에서 멀리 떨어져 이방인처럼 현실을 관찰하곤 했으나, 무수한 질곡 속에서도 매 순간 깨어 한순간도 낭비하지 않고 그 느낌을 편지로 기록했다. 그래서 그에게 편지는 삶의 모든 순간을 치열하게 사색하고 고뇌하며 즐겼던 삶의 편린들이다.

젊은 시절, 벵골의 실라이다하에서 쓴 편지에는 평화로운 일상이 한 폭의 그림처럼 그려져 있다. "시골 생활은 그렇게 빠르거나 느리지 않다. 일하고 노는 것이 반복된다. 나룻배는 이쪽에서 저쪽 포구로 이동하고, 운하를 따라 우산을 든 사람들이 지나간다. 여인들이 쌀을 씻으려고 쌀바가지를 물속에 집어넣었다 빼기를 반복한다. 남자들은 머리 위에 황마를 꼬아 만든 똬리를 잔뜩 얹고 시장으로 팔러 간다. 두 남자가 나무를 넘어뜨리고 그 나무를 쪼개려고 도끼질을 하고, 목수는 연장을 들고 고장 난 작은 배를 수리 중이다. 주인 없는 개는 목적지 없이 운하를 따라 계속 걸어간다. 아침 일찍부터 신선한 풀을 잔뜩 뜯어 먹고 몸이 무거워진 소는 햇볕 아래 주저앉아서 되새김질하며, 몸에 달라붙는 하루살이를 꼬리로 내몰고 있다. 어디선가 아이들이 외치는 소리가 들려오고, 목동의 구성진 노랫소리, 사공의 노 젓는 소리, 기름 짜는 기계의 삐걱거리는 소리, 새들의 지저귐과 나뭇잎들의 살랑거리는 소리가 서로 완벽한 화음을 만든다. 그 모든 것들이 조용하고 꿈꾸듯 부드러운 심포니로 어우러진다. 어느 것 하나 방해받지 않고 온전히 자신들만의 자유를 즐긴다."

실라이다하의 황량하고 창백한 모래사장을 보며 이렇게 표현하기도 했다. "모래사장이 수평으로 멀리 펼쳐져 있다. 그 위에는 집도 나무도, 작은 움직임조차 없다. 풀과 옥수수와 과일과 새들, 짐승들로 채워야 할지…. 그러나 그곳에는 풀 한 포기 없다. 오직 굳건하고 황량한 깨질 수 없는 불모의 이미지만이 존재한다. 강물은 쉼 없이 흐르고 그 한편에는 신성한 목욕처가 있어 나룻배가 사람들을 실어 나른다. 오후 무렵이면 시끌벅적한 장이 열린다. 멀리서도 파드마강 변의 야자수들이 보인다. 이 창백하고 죽음처럼 혈색 없는 수평의 모래사장 너머로 태양이 지고 나면 비로소 나는 온전히 혼자가 된다."

타고르가 실라이다하에서 쓴 초기의 편지들에는 주변의 자연과 시골 사람들의 모습을 도화지 위에 하나하나 그려 넣어 보여주듯 강과 모래사장, 어부와 나룻배, 목초지와 소 떼, 하늘과 아이들이 반복해서 등장한다. 그는 자연과 맺은 친밀한 관계에 대해 "나에게 파드마강은 때로는 거칠고 고집 센 여인처럼 다가와 모든 것을 산산조각 내버리는가 하면, 때로는 창백하고 가녀린 몸매를 지닌 우아한 여인처럼 조용히 다가온다. 샛별은 사랑하는 연인처럼 부드럽게 다가와 내 곁을 지켜준다. 새벽에 눈을 뜨면 그 샛별이 미소 지으며 다가온다."라고 했다.

실라이다하에 살면서 시골 사람들의 삶을 소설로 쓸 무렵 그의 편지에는 구상하고 있는 단편에 관한 힌트가 자주 등장한다. 타고르는 열심히 살아도 가난을 면하기 힘든 농부의 굴곡진 삶과 인간의 숙명에 대한 성찰을 소설로 표현했다. 1894

타고르가 그린 산티니케탄 풍경.

년 6월 27일에 실라이다하에서 쓴 편지에서 그는 "갑자기 아주 멋진 생각이 떠올랐다. 세상을 바꾸려는 나의 생각은 실패했지만 그 대신 내가 무엇을 해야 할지 발견했다."라며 자신이 소설을 써야 하는 이유를 밝혔다. 그날부터 그가 쓰려는 단편의 배경과 등장인물의 성격이 편지에 담기기 시작했다. 시골 사람들의 삶을 모르는 독자들에게 문학으로 다가가려는 그의 노력은 그렇게 시작됐다.

1895년 6월 28일의 편지에서 단편 〈사다나(Sadhana, 영적 수행)〉의 집필에 관해 "나는 조용히 앉아 사다나를 쓰기 시작했다. 내 주변을 감도는 빛과 그림자, 색채들을 나의 언어로 표현하고 있다. 스쳐 지나는 수많은 장면과 분위기들, 일상 속의 일을 기억하고 상상하며. 오늘 아침 떠오른 태양과 햇살, 천둥과 비바람, 강물과 강변의 억새들, 몬순 하늘과 비구름이 몰려드는 마을의 어두운 한 귀퉁이, 옥수수밭에 생명과 활력을 주는 폭우에 대해서도 쓸 생각"이라고 했다. 그처럼 그에게 편지 쓰기는 일상의 기록이자 우주와 나, 찰나와 영원, 선과 악, 사랑과 이별, 죽음과 회귀, 아름다움과 그리움을 명상하는 수행이었다.

타고르의 문학 작품들은 창작 과정에서 다양한 장르가 서로 긴밀하게 연결된다. 맨 먼저 편지에 생각과 느낌을 기록한 후 가지치기로 군더더기를 덜어내면 수필이 완성되고, 마지막으로 금속을 제련하듯 여러 차례 담금질을 통해 최대한 본질만 남기면 시라는 결정체가 태어난다. 그는 편지 쓰기를 통해 수많은 생각과 느낌이 사라지기 전에 저장해둔다. 편지가 생각과 기억의 창고라면, 수필은 일련의 정련 과정이며, 시는 결정체다.

그는 일생 동안 셀 수 없이 많은 편지를 썼다. 멋진 생각과 아름다운 언어로 쓴 즐거움이 넘치는 편지, 자연에서 느낀 순수한 기쁨과 영적 자유를 통해 맛본 내면의 평화를 담은 편지, 개인적 고뇌와 의무에 대한 중압감을 드러낸 편지, 자신이 세운 학교의 미래에 대한 고민을 털어놓은 말년의 편지 등. 현대 산업 문명이 가져올 인간의 미래에 대한 우려로 가득 찬 편지도 자주 썼다. 또 세계를 여행하며 문화의 다양성에 대한 놀라움을 표현했으며, 여행을 통해 인도의 가치를 재발견하고 들뜬 편지를 쓰기도 했다.

하지만 타고르의 시 '편지 쓰기'에는 그가 쓴 수많은 편지들에 담긴 내용이 그저 수식에 불과하다는 충격적 고백이 담겨 있다. 단 한 가지 사실을 빼고….

그렇다면 정작 그가 말하고 싶었던 그 한 가지는 무엇이었을까?

'편지 쓰기'

  당신께서 저에게 황금으로 도금된 만년필과 잡다한 필기용품
을 주셨지요.
  호두나무로 만든 작고 우아한 책상,
  용도가 다른 개인용 문구용품들,
  에나멜로 정교한 문양을 상감한 은으로 만든 종이칼,
  작은 주머니칼과 가위, 봉인용 왁스, 붉은 리본과 말린 꽃잎이
들어간 유리 문진,
  빨강, 파랑, 초록의 색연필.
  당신은 헤어지면서,
  제게 날마다 글쓰기를 하라고 하셨지요.

  저는 아침 일찍 일어나 목욕을 하고,
  글을 쓰기 위해 앉습니다.
  그러나 무엇에 관해 써야 할지 생각이 전혀 떠오르지 않습니
다!
  오직 한 가지 소식 이외에는
  — 당신께서 떠나버리신 것 말입니다.

당신이 아실 리 없지만

저는 아직도 그것을 받아들이지 못합니다.

당신께서 떠나신 것을 받아들여야 한다는 것은.

글을 쓸 때마다 더욱 분명해집니다.

이제 그것보다 더 나쁜 소식은 없겠지요.

저는 시인이 되기는 틀렸어요.

제 목소리의 음색에 맞는 단어를 선택할 수 없고

글을 쓰면 쓸수록 눈물만 더 나옵니다.

벌써 10시네요. 당신의 조카가 학교에 갈 시간이에요.

이제 가서 챙겨주어야겠어요.

마지막으로 — 당신께서 떠나셨다고 쓰렵니다.

그 나머지는 모두 종이 위에 그려진 구불구불한 선에 불과하지요.

아이들을 위한 교육

타고르는 "새 생명이 태어나는 것은 신이 아직도 우리에게 실망하지 않았다는 증거"라고 말하곤 했다. 아기는 순수한 채로 세상을 만나기 위해 태어난다. 단지 세상을 알기 위해서가 아니라 모든 생명체와 조화를 이루며 진실되게 살기 위해서다. 그래서 타고르가 생각했던 초등 교육의 목표는 아이들이 세상의 조화로움을 경험하는 것이다. 그러고 나서 차츰 지식을 배우면 된다. 마치 어린아이가 시소를 타고 올라갔다 내려갔다 반복하는 과정에서 균형을 맞추듯 자연스럽게 삶의 질서를 알아가는 것이다.

어린 시절 타고르가 경험한 학교 교육은 아이들의 개성과 창의성을 존중하는 교육이 아니었다. 아이들을 자연으로부터

타쿠르바리에서 타고르의 노래를 부르는 사람들. ©하진희

멀어지게 하고, 교실에서 획일적 방법으로 온갖 정보와 지식을 채워주려고 했다. 타고르는 "어른들은 아이들에게서 푸른 하늘 아래 대지를 마음껏 뛰어다닐 수 있는 자유를 빼앗은 대신 언어와 문법을, 지리와 수학을 가르쳐주려고 한다. 아이들은 어떻게 살아가야 하는지 알고 싶은데, 어른들은 연대기적 역사와 그 기록을 외우라고 했다. 인간 세상에 태어난 아이를 마치 축음기 속 세상으로 추방하는 것처럼. 아이들에게 원죄를 뒤집어씌우고 속죄를 강요하는 것처럼, 아이들을 구속하고 지식을 주입하면 아이들에게 이 세상은 불행한 곳이 되고 말 것."이라고 했다. 획일적인 교육은 아이들에게 세상에 자신을 맞추도록 강요하는 것과 마찬가지다. 아이들은 세상에 자신을

맞추기 위해서 태어난 것이 아니므로, 자유롭게 세상을 알아가며 삶의 충만함을 즐겨야 한다. 그래야만 아이들 스스로 각자 내면에 지닌 재능의 씨앗을 발아할 수 있다. 모양과 색깔은 다르지만 각자의 향기를 지닌 꽃을 피우게 하려면 아이들에게는 그들만의 자유와 시간이 필요하다.

타고르는 "부유하게 사는 삶은 인생을 대리로 사는 것과 마찬가지여서 그만큼 세상의 진실을 만나기 어려워진다. 부유하다는 것이 때로는 즐겁고 자만심을 갖게 해줄 수는 있지만 아이들의 교육에는 좋지 않다. 부는 황금으로 만든 상자와 같다. 아이들에게 물질의 풍요는 그들이 가진 능력을 인위적인 것으로 변하게 해서 시들어버리게 한다."라고 했다. 타고르는 부유한 집안의 막내아들로 태어났다. 가문의 소유인 넓은 땅이 있는 실라이다하에서 젊은 시절을 보내며 소작농들의 빈곤과 아픔을 가까이에서 경험했다. 그에게 재산과 부는 축적의 대상이 아니라 하고 싶은 일을 하는 데 도움을 주는 도구에 불과했다. 타고르는 자신의 전 재산을 학교 설립과 운영에 쏟아부었으나 말년에는 학교의 재정이 어려워 곤란을 겪어야만 했다. 그래서 학생 공연단을 이끌고 인도 내 순례 공연을 다니며 후원금을 모으기 위해 최선을 다했다. 그는 글을 쓸 때는 꿈꾸는 시인이었지만, 현실에서 문제가 발생하면 주저 없이 행동

델리 공연이 끝나고 학생 공연단과 타고르.

하며 고대 인도의 지혜 카루나(Karuna, 자비)를 실천했다.

아이들에게 가장 중요한 것은 스스로 세상의 진실을 경험하게 해주는 것이다. 그래서 모든 생명체가 서로 연결되어 있음을 알아차려 이타적 삶을 살아가는 방법을 배우게 한다. 아이들이 삶을 문학, 음악, 연극, 노래와 춤으로 이루어진 축제의 한마당으로 여기며 성장하도록 좋은 환경을 만들어주어야 한다. 타고르가 만든 학교는 건물의 크기, 도서관의 책의 수효, 교육 장비가 아니라 아이들의 생각과 자유를 존중하고, 아이들 스스로 무엇을 해야 할지, 서로 어떻게 도울 수 있는지, 자연과 더불어 사는 삶이 얼마나 소중한지를 직접 체험하게 해주는 곳이다.

진실되게 사는 것은 쉽지 않다. 하지만 진실되게 살아가는 것이 거창하고 대단한 일을 하는 것이 아니라는 것도 알려줘야 한다. 사회적 성공이나 재산을 축적하는 데 목적을 두는 삶이 아니라, 자신의 재능과 능력을 다른 이들과 함께 나누며 즐기는 것이 가치 있는 삶이라는 것. 진실은 화려하고 크고 높고 번쩍번쩍 빛나는 것이 아니라 아주 단순하고 소박하며, 작고 때로는 초라하며, 눈에 띄지 않고 숨겨져 있어 쉽게 드러나지 않는다. 컴컴한 한밤중이 되어서야 별빛이 영롱한 것처럼 진실도 그렇게 모두를 비춰준다. 그렇기에 진실을 찾아내면 그것을 모두와 공유해야 한다는 것도 가르쳐줘야 한다. 지식은 그다음에 배우면 된다. 지식이 생명력을 갖고 빛을 발하려면 지혜로 초석을 다져야만 한다. 책에 쓰인 지식과 지혜가 스스로 빛을 발하는 경우는 없다. 누군가 그것을 행동으로 실천했을 때 비로소 생명력을 갖는다. 지식과 지혜를 많이 가져도 실천하지 않으면 모르는 것보다 더 나쁘다. 결국 자신을 속이는 것이기 때문에.

타고르는 "인간은 누구나 세 개의 공간을 갖는다. 첫 번째는 타인과 다른 개별적인 자아의 공간이다. 두 번째는 타인과 도우며 더불어 살아야 하는 공동체의 공간이다. 세 번째는 자연과 우주라는 공간이다. 인간의 삶은 자유로이 이 세 개의 영역을 넘나들며 모든 생명체와 물리적, 정신적, 영적 관계를 맺으며 하나로 통합되어가는 과정이다. 교육은 그 모든 과정을 위한 준비 단계이다."라고 했다.

삶은 끊임없는 관계 맺기로 채워진다. 아이들이 본격적으로 그 여정을 시작하기 전에 올바른 관계 맺기를 알려주는 것은 생존 전략과도 같다. 어린 시절은 개별적인 자아의 공간을 비옥하게 만들고 공동체의 공간에서 더불어 살아가는 방법을 배우는 기간이다. 그러려면 가장 먼저 내 마음과 올바른 관계 맺기를 배워야 한다. 살아가면서 수많은 일이 일어나지만 늘 용기와 희망을 주는 것은 바로 나 자신이기 때문이다. 그래서 내가 소중한 존재라는 것을 알게 되면 그만큼 타인을 존중하게 된다. 그다음 공동체에서 함께 살아가는 방법을 익히며 서로 돕고 나누며 배려하고 살면 된다. 아이들이 사회라는 커다란 공동체로 나가기 전에 배워야 할 것들은 너무나 많다. 부모와 교사는 인생의 선배로서 아이들이 몸과 마음이 조화를 이루며 평화롭게 살아가도록 안내해주어야 한다.

어린 시절 만성적인 결석을 했던 소년 타고르가 원했던 것처럼 "학교는 지식을 전달해주는 장소가 아니라 아이들이 삶을 사랑하도록 가르쳐주는 곳"이었다. 모든 것들과 소통하며 공감과 조화를 이루는 방법을 가르쳐주는 곳. 만약 타고르가 어른들의 바람대로 학교생활에 순순히 적응하는 아이였다면 훗날 세계인의 영혼을 울리는 시를 쓸 수 있었을까? 타고르가 푸른 하늘과 태양, 바람과 나무와 새들과 대화하며 창의성을 발현하도록 해준 것은 학교 교육이 아니라 꿈꿀 수 있는 시간과 자유였다. 그러므로 진정한 교육은 아이들이 스스로 재능을 드러내도록 기다려주는 것이다.

현대 문명은 인간의 영혼을 가두는 동굴

벵골어에는 영어의 '문명(civilization, 도시를 의미하는 civitas에서 유래)'과 뜻이 같은 단어가 없다. 문명과 가장 유사한 뜻을 지닌 단어로는 마누 법전에 기록된 '사다차르 (sadachar)'가 있으며, 그 종족의 전통에 맞게 계획된 행위를 말한다. 좁게는 그 시기에 발생한 영광스러운 사회적 행위이자 특정 지역에서 일어난 의미 있는 일을 뜻한다. 인도는 고대로부터 엄격한 계급 제도와 종교적 전통을 중시하는 사회였기에, 출생에 의해 신분이 결정되는 부조리한 현실을 숙명으로 받아들이며 영적 세계로의 여행에 더 큰 가치를 두었다. 벵골 르네상스를 이끌었던 작가 라즈나라얀 바수(Rajnarayan Basu, 1826~1899)는 인도인들은 교육을 받아 이성적 사고와 합리적인 행동을 해야 하며, 그렇게 행동하도록 안내하는 것이 바로 '문명'이라고 했다.

영국에서 인도로 돌아온 타고르는 서구 문명에 취한 일부 인도인들의 모순적 행동을 목격한다. 서구화된 인도인들은 그것을 무기로 순수한 인도인들 위에 군림하며, 인도의 전통 문화를 의도적으로 무시하고 폄하하는 행동도 거침없이 했다. 영국인들이 인도인들을 학대하고 괴롭히는 것보다 자국민들끼리 서로를 헐뜯고 비난하는 것에 대해 타고르는 환멸에 가까운 고통을 느꼈다고 털어놨다.

타고르는 1924년 중국의 난징(南京)에서 대학생들에게 "새로운 시대정신과 아시아의 역할"에 관한 강연을 했다. "여러분들이 잘 알고 있는 옛날이야기 하나를 하겠습니다. 오래전 어느 왕국에서 아름다운 공주가 잔인한 거인에게 납치당했습니다. 그러자 젊고 용감한 왕자는 그녀를 거인의 지하 감옥으로부터 구출해냅니다. 어린 시절 우리는 그 이야기를 들으면 모든 위험을 물리치고 공주를 구출해야 한다고 생각했지요. 하루 빨리 그녀를 자유롭게 해주려고 말입니다. 그런데 오늘날 인간의 영혼이 기계로 만든 지하 동굴에 갇혀 있다고 가정해보십시오. 젊은 여러분들께 묻고 싶습니다. 어떻게 하시겠습니까? 그 기계의 쇠사슬을 끊고 지하 동굴에서 인간의 영혼을 구해내지 않으렵니까? 우리는 진실을 만나기 위해 이 세상에 왔습니다. 어떤 진실이건 우리는 그것을 공유해야 합니다. 돈과 물질은 개인에게 속할 수 있지만 진실은 여러분 개인의 것이 아닙니다. 진실을 개인의 발전과 욕심에 이용하는 것은, 신의 축복을 팔아 이득을 챙기려는 것과 같습니다. 과학의 새로운 법칙 또한 진실입니다. 그 진실이 있어야 할 장소는 인간의 삶에 유익한 곳이지요. 그것을 생명을 경시하는 데 사용한다면 그것은 곧 신성 모독이며 그 무기는 거꾸로 우리를 향하게 될 것입니다."

그는 서구 현대 문명이 인간의 영혼을 탐욕의 동굴에 가두게 될 것이라고 예측했다. 아시아의 지혜를 새로운 시대정신으로 삼자고 말했다. 서구의 물질문명이 인간을 탐욕과 분열의 길로 몰아세울 것이라고 했다. 산업의 발달이 가져올 인간다움의 상실과 생태계의 폐해에 대해 걱정하며 그 위험성을 알고 깨어나자고 했다. 사람을 평화롭고 행복한 길로 이끌어주는 것은 물질문명이 아니라 생명 존중과 상생의 지혜를 중시하는 동양의 정신이라고 강조했다. 그가 살았던 시대는 과학과 산업의 발달이 거의 초보적 단계였다. 그럼에도 불구하고 그는 문명의 발달과 물질의 풍요가 가져올 암울한 미래를 예견했다. 우리가 살고 있는 생태계의 균형과 조화가 깨지고 인류가 처하게 될 미래가 그리 밝지 않다는 징후들이 여기저기서 발생하지만, 그런 위기에 대해 생각할 시간조차 없이 바쁘게 살아가는 것이 현대인의 삶이다.

타고르는 이미 100년 전, 과학 문명과 산업의 발달이 인간의 영혼을 황폐하게 만들 것이라고 했다. 그가 지금 이 시대를 살아간다면 어떤 탄식의 말들을 쏟아냈을까. 인간의 이기심으로 파헤쳐진 대지에는 고층 건물이 들어섰고, 그곳에 살았던 나무와 새들과 벌레와 이름 모를 동식물의 존재를 떠올리는 이는 많지 않다. 사람과 자연이 공생했던 시절로부터 우리는 너무나 멀리 와버렸다. 공장은 쉼 없이 돌아가고 끝없이 소비를 부추기는 현대 사회는 우리의 영혼을 무력화시키려고 덤벼든다. 과학 문명의 혜택을 누리는 만큼 마음의 온기를 잃어가는 현실이다.

대량 생산과 대량 소비라는 욕망의 쳇바퀴를 돌리며 살아가는 우리는 과연 행복한가? 현대인은 날마다 욕망의 모래성을 쌓아가며 살고 있다. 바람이 한번 휘몰아치면 순식간에 사막의 모래로 돌아가고 말 모래성을…. 어둠이 내리기 전까지 숨 가쁘게 달려서 더 넓은 땅을 차지하려 했던 농부 바흠(톨스토이의 단편 〈사람에게는 얼마만큼의 땅이 필요한가〉의 주인공)의 어리석음과 현대인의 욕망이 어떻게 다른가? 어떻게 살아가야 하는지 생각할 새도 없이 무작정 질주한다면 바흠의 그 어리석음이 우리의 미래가 되고 말 것이다.

　1921년 3월 5일 타고르는 시카고에서 영국인 친구 앤드루스에게 편지를 썼다. "자네도 알다시피 나는 서양의 물질문명을 믿지 않네. 내가 내 육신을 믿지 않는 것처럼. 인간의 육신과 영성의 조화를 위해서 무엇이 필요한지. 그 기초와 뼈대 사이의 균형을 유지하려면 무엇이 필요한지. 나는 동양과 서양의 진실된 만남을 믿네. 사랑이야말로 궁극적 진실이지. 우리는 그 다름에도 불구하고 모든 노력을 해야 하네. 서로 돕지 않으면 그 진실을 해치는 것이 될 테니까."

같은 듯 다른 카비르와 타고르

타고르의 문학 창작의 영감은 어린 시절부터 줄곧 읽은《우파니샤드》에서 시작되어 중세의 시인 카비르에게로 이어진다. 카비르(Kabir Das, 1440~1518)는 바라나시에서 태어났으며 직조공이었다는 것 외에는 그에 관해 알려진 것이 많지 않다. 1915년 타고르는 카비르의 시 100편을 영어로 출간했다. 그 가운데 몇 편만이 카비르가 직접 쓴 시이고, 나머지는 그의 추종자들이 쓴 시라고 알려졌다. 타고르는 카비르를 의식해서인지 시인은 우주를 날실로 걸고 느낌의 씨실로 천을 짜는 직조공이라고 표현했다. 그리고 그 천의 색상과 문양은 온전히 직조공의 경험과 취미에 따라 달라진다고 했다.

카비르는 글을 쓸 줄 몰랐기에 수백 편의 시를 읊조려야만

타고르가 번역한 카비르 시집.

했다. 카비르에게 삶은 신과 인간 사이의 영적 상호 작용이며, 인간의 궁극적 목표는 신과 하나 됨으로써 구원에 이르는 것이다. 즉, 신의 품에 안기는 것이다. 타고르가 늘 가까이 두고 읽은 《우파니샤드》의 내용과 일치하는 부분이다. 우주와 하나 되기! 인간은 모든 외부적 요소로부터 자유로워질 때 비로소 내면의 신성과 하나가 된다. 카비르는 사랑과 연민이 그 길에 이르는 최선의 방법이라고 읊조렸다. 수피즘(Sufism, 이슬람교의 신비주의적 경향을 띤 한 종파)의 경전에 그의 시가 통째로 담긴 것이 이상할 것이 없다. 모든 종교에서 강조하는 것이 바로 사랑과 헌신이기에. 아직도 많은 이들의 사랑을 받고 있는 카비르의 시는 철학적이고 형이상학적인 어휘들로 짜맞춰진 고상한 취미와는 거리가 먼, 평범한 단어로 이뤄진 시구의

향연이다. 금세 그 의미를 알아차릴 수 있어서 좋다. 카비르의
시에서 어느 날 물레를 돌리는 도공에게 흙이 묻는다.

　당신은 뉘신데 나를 빚으시오?
　언젠가는 내가 당신을 빚게 될 날이 올 것이오.
　당신이 황금 옥좌에 앉은 왕이든 감옥의 죄수이든 언젠가 모
두 내게로 올 것을.

　그렇다. 우리 모두 언젠가 흙으로 돌아간다. 이 불확실성의
세상에서 확고부동의 진실이다. 결국 모두가 죽음을 향해 걸
어가고 있다. 다만 각자에게 주어진 시간이 다를 뿐이다. 삶은
주어진 시간만큼 살아내는 것이다. 다행스럽게 그 주어진 시
간을 어떻게 보낼지는 스스로 선택할 수 있다. 목숨은 주어지
지만, 주어진 시간을 어떻게 보내느냐는 각자의 선택이다. 어
떤 길을 선택하든 어떤 멋진 계획을 세우든, 도중에 복병을 만
나 치열하게 싸우다가 부상당하기도 하고 운이 좋으면 잠시
승리의 축배를 들 수도 있다. 등잔에 기름이 소진되면 빛이 사
그라지는 것처럼 목숨도 그렇게 소멸한다. 그러므로 지금 이
순간 살아 숨 쉬는 것을 즐기자고 마음먹으면 눈앞의 모든 것
이 기적처럼 느껴진다. 누군가는 원대한 포부를 위해 열심히

'천을 짜는 카비르', 작가 미상, 1825년경.

일하고, 누군가는 그저 구름에 달 가듯이 살아도 괜찮다. 모두
가 같은 꿈과 희망을 갖고 살아가는 것처럼 재미없는 일은 없
을 것이다. 카비르의 시처럼 동으로 가든 서로 가든 돌고 돌아
결국 모두가 한곳에서 만나게 될 것을. 그렇게 조바심 낼 필요

없다. 위대하고 멋지고 훌륭하고 아름답고 경건하지 않아도 문제될 것 하나 없다. 평범하고 나약하고 가진 것 없이 초라해도 괜찮다. 누가 누구를 판단하고 비난한단 말인가. 우리 모두가 같은 운명인 것을.

카비르의 노래와 시는 힌두 철학과 수피 이슬람교의 융합을 넘어서 인류애로 귀결된다. 전통적으로 수피 이슬람교는 여성을 신으로 남성을 추종자로 묘사하며, 그 둘의 합일을 동경한다. 힌두교에서 여신이 남신의 배우자로 등장하는 것과 달리, 카비르는 박티(Bhakti, 헌신) 사상을 따르며 성별에 따른 차별을 거부하고 평등을 주장했다. 힌두교와 이슬람교 어디에도 속하고 싶어 하지 않았던 카비르는 이슬람교도들이 소를 도살해 그 고기를 먹는 것을 두고 말했다. "내가 만난 힌두와 무슬림 성자들은 계율보다 기름진 음식을 더 원했다. 힌두교도는 매달 11번째 날 견과류와 우유만으로 금식한다. 그렇게 곡기를 끊고 금식이 끝나면 육고기를 먹는다. 이슬람교도는 날마다 기도하며, 1년에 한 번 금식한다. 그들이 '오! 신이시여!'라고 외치는 소리는 마치 까마귀가 수탉을 달라고 외치는 절규처럼 들린다. 어둠 속에서 가축을 잡는 이를 위한 천국이 어디 있단 말인가? 누군가는 고깃덩어리를 토막 내고 누군가는 그 핏방울을 받아 마시기에, 양쪽 모두 같은 불길로 태워질 것이다. 그들은 친절과 헌신 대신 욕망에 사로잡혀 살아간다. 이 무지몽매한 자들은 무지 가운데 방황한다. 자신의 내면조차 들여다보지 않는 이들이 어떻게 천국에 갈 수 있단 말인가? 무슬림과 힌두는 한 길이며, 진정한 구루(Guru, 스승)는 그것을 깨달은 자다. 람(Ram, 비슈누의 일곱 번째 현신 라마)이나 알라(Allah, 오직 하나의 신)를 외치지 말고, 차라리 나 카비르를 부르라."

성도들이여, 나는 세상이 미쳐 돌아가는 것을 알고 있다오.
그러나 이 진실을 말하면 사람들은 내게 덤벼들 것이오.
하지만 거짓을 말하면 나를 따를 것이오.
(Kabir, Shabad-4)

그대를 중상모략하는 이를 가까이 두고,
그대의 집 마당 한가운데 그를 위해 오두막을 지어주게나.
그러면 물과 비누 없이도
그가 그대를 깨끗이 닦아줄 것이니.
(Kabir, Sakhi, 23.4)

카비르와 타고르는 사람은 모두 평등하며, 진실은 종교 의식이나 사제가 가르쳐줄 수 없고 오직 바르게 살아가는 사람의 것이라고 했다. 자아와 세속적 욕망을 내려놓을 때 진실을 만날 수 있다. 두 사람 모두 맹목적으로 종교의 교리를 따르지 말고 내면을 성찰하고, 사람이 곧 신의 현신이라는 것을 깨달으라고 한다. 카비르는 사람에 대한 경배가 곧 신을 경배하는 것이라고 노래한 반면, 타고르는 고독하게 내면의 신을 묵상하며 영원의 노래를 불렀다. 카비르는 신 대신 자신의 이름을 부르라고 외쳤으나, 타고르는 묵묵히 자신의 길을 걸었다. 한 사람은 거침없이, 또 한 사람은 은밀히 사람을 섬기고자 했다.

카비르가 세상을 떠나자 힌두와 무슬림 모두 서로 자신들의 신자였다고 주장했다. 정작 카비르는 그 둘 어디에도 속하지 않는 세상을 경배했다. 바로 평등과 자유, 사랑이 넘치는 세상이었다. 카비르의 시에 자주 등장하는 해안가, 비나(vina, 인도의 민속 현악기) 음악이 모두 진실의 증표였던 것처럼 타고르의 시에서도 음악과 비나 연주, 해안가와 뗏목이 자주 등장한다. 카비르는 모든 종교의 장벽을 허물고 자유롭게 신을 만나라고 한다. 소르본 대학 교수이자 작가인 샤를로트(Charlotte Vaaudeville, 인도 박티 사상과 문학 연구, 특히 카비르 시 연구와 번역)가 번역한 카비르의 시에 인간의 무지에 대한 성찰이 담겨 있다.

카비르의 초상을 넣은 우표, 이란.

이 책 저 책 읽는 동안 온 세상이 끝날 테니,

얻는 것은 아무것도 없으리!

지혜란 자신이 무엇으로 만들어져 어떻게 뿌리내리는지 아는
것!

카비르와 타고르는 창작을 통해 자아의 실현이 아닌 자아
를 녹여버리는 사투를 벌였다. 그렇게 두 시인 모두 문학의 나
룻배를 저어 항구에 도달했다. 항구에 도달한다는 것은 곧 회
귀를 상징한다. 바람과 파도에 맞서며 목숨을 건 항해의 끝에
서 비로소 그분을 만난다. 헤밍웨이의 〈노인과 바다〉에서 노

인이 청새치가 아닌 내면의 자아와 사투를 벌였던 것처럼. 노인에게 청새치 따위는 그다지 중요하지 않다. 혼신의 힘을 다한다는 것은 욕망이 산산조각 나 흩어지고 자아를 녹여버리는 것이다. 마침내 노인은 자신의 운명을 이겨낸 영웅이 되어 귀환한다. 헤밍웨이는 글을 잘 쓰려면 어떻게 해야 하냐고 묻는 이에게 "그냥 타자기 앞에서 피를 흘리면 된다."라고 말했을 정도다. 목숨을 내놓으라는 말이다.

카비르는 '수세미 꽃' ('수세미 꽃을 피고 지게 하는 것처럼, 그분은 나의 자아와 자만심을 거두어 가신다네.')이라는 시에서 죽음을 통해 본성의 자리로 돌아갈 때 비로소 신을 영접한다고 했다. 타고르는 낡은 뗏목을 타고 이름 모를 항구에 도달했는데 이미 배는 고장 나고 남은 것은 오직 비나뿐이라고 노래한다. 항구에 도달하는 여정에서 부서진 뗏목은 자아의 소멸이다. 바로 그 순간 내 안의 영성과 하나 된다. 오직 남은 비나로 우주의 경이로움을 예찬하리!

카비르는 "만약 신이 사원 안에 존재한다면, 이 세상은 누구에게 속한단 말인가? 만약 람이 당신이 순례하는 사원에 모셔진 신상 안에 존재한다면, 신상이 없는 곳에선 어떤 일이 일어날지 누가 알까? 하리(Hari, 비슈누의 현신 크리슈나)는 동쪽에도 있고 서쪽에도 있다. 그대의 내면을 보라. 거기서 카림

(Kalim, 크리슈나의 다른 이름)과 람 둘 다를 발견하게 될 테니까. 세상의 모든 남자와 여자는 바로 그분의 현신이다. 그는 나의 스승이자, 아버지시다. 카비르는 알라와 람의 자식이다."라고 노래했다.

카비르는 강자에게 회개의 메시지를, 약자에게 평등의 메시지를 던진다. 그와 달리 타고르는 세상의 모든 생명체와 깃들여 살며, 그 신비를 귓가를 스치는 산들바람처럼 속삭이며 우리의 영혼을 어루만져준다. 카비르는 잃을 것이 전혀 없는 직조공이었고, 타고르는 브라만 출신으로 당대 문화계의 엘리트였다. 카비르는 빈손이어서 무한의 자유를 누렸고, 타고르는 명성을 지녔던 만큼 지켜야 할 것이 더 많았다. 카비르와 달리 타고르는 이상과 현실 두 곳 모두에 뿌리를 내리려 했기에 더 고독했을 것이다. 카비르는 천을 짜면서 자유롭게 노래하는 직조공으로 살았지만, 타고르는 노벨상을 타고 이름이 알려지고 학교를 세우고 관리까지 해야만 했다. 두 사람 모두 진리를 향해 걸어갔지만 각자 다른 방법으로 그것을 실현했다.

타고르의 초기 시에 영향을 준 시인들

열두 살 무렵, 타고르는 형들이 책상 위에 올려놓은 벵골 시
인들의 시를 읽으며 성장했다. 그들은 주로 벵골에서 활동한
비슈누파(Vaishnavism) 시인들이었다. 비슈누파는 힌두교의
비슈누 신을 숭배하며 오직 비슈누만이 인간을 무지로부터 구
제하고 축복을 내린다고 믿었다. 대표 작가로는 크리슈나
(Krishna, 비슈누의 여덟 번째 현신)를 찬양하는 신비주의 시
인 미라바이(Mira Bai, 1498~1546), 1250편 이상의 서정시를
남긴 벵골 시인 찬디다스(Chandidas, 1339~1399), 희곡 〈샤쿤
탈라(Sakuntala)〉, 서사시 〈라구밤샤(Raghuvamsa)〉, 서정시 〈메
가두타(Meghaduta)〉 등을 쓴 칼리다사(Kalidasa, 굽타 왕조의
궁정 시인, 4~5세기?), 18세기 벵골의 성자 시인 람프라사드

(Ramprasad, 1718~1775), 밀교를 기반으로 한 노래와 춤으로 크리슈나를 경배한 스리 차이탄야(Sri Chaitanya, 1486?~?), 산스크리트어 시인 비드야파티(Vidyapati, 1352~1448) 등이 있다. 타고르는 벵골 시인들의 시를 이렇게 표현했다. "고백하건대 그 서정시들은 성적인 내용을 많이 담고 있었다. 내 또래의 소년에게 그다지 유익한 내용이 아니었던 것은 인정한다. 그럼에도 불구하고 그 시들의 형식과 운율은 물론 그 아름다운 시구의 음악적 요소와 숨결은 나의 상상력을 자극했다. 그 때문에 나를 빗나가게 하기보다 오히려 아주 기분 좋게 만들어주었다." 열두 살 소년치곤 조숙했던 모양이다.

타고르는 찬디다스처럼 서정적 시를 쓰고 싶었다. 찬디다스는 최초의 벵골어 시인이자 휴머니스트였다. 그는 신을 사랑하는 것이 영원으로 가는 길이라 믿었던 시대에 사람을 사랑하는 것이 곧 신을 사랑하는 것이라고 노래했다. 그를 인도 최초의 휴머니스트라고 부르는 이유이다. 찬디다스는 "가장 위대한 진실은 곧 사람이며, 사람보다 더 소중한 것은 없다."라고 했다. 벵골어로 쓴 그의 서정시는 거의 크리슈나와 라다의 사랑을 다뤘다. 찬디다스에 관한 기록은 설이 분분하다. 대략 4명의 동명이인 시인들이 있다. 그 가운데 가장 연장자인 아난타 바두 찬디다스(Ananta Badu Chandidas)를 그 유명한 서정 시인 찬디다스로 꼽는다. 그는 서벵골주의 비르붐 (Birbhum) 지역에서 정통 브라만 승려의 맏아들로 태어났다. 바솔리의 힌두교 사원에서 제식을 주관하는 그의 아버지는 아들이 자신의 뒤를 이어가길 원했다. 그래서 엄격하게 힌두교의 다르마를 가르쳤다. 찬디다스가 잠시 한눈을 팔기라도 하면 그 벌로 밥그릇에 재를 담아 줄 정도로 엄격했다. 아버지의 힌두교 계율에 대한 강요와 찬디다스의 자유에 대한 갈망은 늘 충돌했다.

찬디다스에게 유일한 즐거움은 마을에서 떨어진 강가를 산책하거나 데비 사원을 찾아가는 것이었다. 하루는 살아야 할 이유가 없다는 생각에 차라리 죽어버릴까 하는 좌절에 빠져 있었다. 그때 어디선가 데비(Devi, 마하데비로 알려진 위대한 여신) 여신의 목소리가 들려왔다. "그대는 위대한 시인이 되어 신을 찬양하는 노래를 부를 것이고 사람들의 칭송을 받으리라." 그날 찬디다스는 집으로 돌아오는 길에 작은 오두막 근처에서 아름다운 여인을 보았다. 그 여인의 이름은 라미 타라였다. 라미는 빨래를 하는 천민 계층 도비의 딸로 어린 나이에 시집을 가서 남편이 죽는 바람에 미망인이 되었다. 찬디다스는 그녀의 아름다움에서 크리슈나의 연인 라다를 연상하고 그녀에게 헌정하는 시를 썼다. 라미는 찬디다스가 마시는 물에

'크리슈나와 라다', 하진희 소장.

손을 대서도 안 되는 천민이었으나, 찬디다스에게 라미는 사랑과 시적 영감의 원천이었다. 그가 쓴 크리슈나와 라다의 사랑을 표현한 시는 모두 라미와의 사랑을 노래한 것이다.

찬디다스는 한동안 바솔리의 사원에서 제식을 주관했으나

아무런 기쁨을 느낄 수 없었다. 크리슈나와 라다에게 헌정하는 시와 노래를 쓰는 것이 가장 큰 즐거움이었으며, 그럴수록 라미에게 향하는 마음은 더욱 커졌다. 주변에서 두 사람의 사랑을 방해할수록 두 사람은 영적으로 깊이 맺어졌다. 찬디다스는 힌두교 사원에 모셔진 신을 경배하는 것보다 라미를 사랑하는 것이 더 진실되다고 믿었다. 라미가 실존 인물인지 아닌지는 알 수 없다. 찬디다스의 서정시는 노래로 만들어져 아직도 벵골 사람들이 즐겨 부른다. 그는 계급과 종교에 상관없이 사람은 평등하며, 사람을 진실로 사랑하는 것이 곧 신을 영접하는 것이라고 노래했다.

크리슈나와 라다의 사랑을 다룬 또 다른 서정 시인들 가운데서 비하르주 태생의 비드야파티와 12세기 힌두 시인 자야데바(Jaya deva, 1170~?)도 타고르에게 많은 영감을 주었다. 영국의 학자 윌리엄 아처(William G. Archer, 1907~1979)는 이 두 시인은 같은 소재를 다뤘으나 서로 결이 다르다고 비평했다. 비드야파티는 통합된 춤극의 성격이 강하며 계절의 변화를 사랑과 연관 지어 여성적 감성으로 표현한 반면, 자야데바는 남성적 감성으로 노래했다.

크리슈나와 라다의 사랑은 문학 작품뿐 아니라 모든 예술 장르에서 다뤄지며 대중적 인기를 누린다. 인도인들이 생각하

는 가장 서정적이며 열정적인 남녀의 사랑이자 신과 인간의
사랑을 상징한다. 크리슈나는 피리 하나로 수많은 목동 여인
들을 홀리고 다닌다. 크리슈나는 여자 친구 라다가 있지만, 피
리 소리에 홀린 여인들과 춤추는 즐거움을 거부하지 않는다.
여인들에게 크리슈나의 피리 소리는 사랑의 유혹이자 거부할
수 없는 끌림이다. 그 사랑은 신을 사랑하고 경배할 수밖에 없
는 인간의 숙명을 상징한다.

찬디다스는 크리슈나의 피리가 들려주는 불멸의 멜로디에
관해 노래 불렀다.

어느 누가 크리슈나의 매혹적인 피리 소리에 대해 묘사할 수
있단 말인가?
여인들은 충동적으로 집에서 뛰쳐나와
목마르고 굶주려서 스스로 머리를 올무 속으로 들이밀듯 크리
슈나에게 빠져들고
정숙한 여인들마저 절개를 버리고
현명한 남자들조차 절제를 내동댕이친 채
그 피리 소리에 홀려 나무 위에서 덩굴을 움켜쥐는데
어느 평범한 여인이 그 끌림을 지나칠 수 있단 말인가?

크리슈나와 라다의 사랑은 삼사라(samsara, 윤회)와 인간의 아함카라(ahamkara, 자아)의 합일을 통해 초월적 세상을 여는 것을 상징한다. 그 사랑은 대담하리만치 에로틱하고, 궁극적으로 영적 경지에 이른다. 즉, 크리슈나와의 사랑을 통해 영적으로 충만해져 사우라바야 (saulabhya, 영적으로 충만한 이)가 되는 것이다. 비드야파티는 우리들 마음속에 있는 그 사랑을 구하러 달려가라고 노래 부른다.

> 제 손안의 거울처럼 저를 비추는 분
> 사랑하는 크리슈나시여
> 제게 말해주세요
> 당신은 누구신가요?
> 당신은 진정 누구신가요?

크리슈나를 사랑하는 이는 라시카(rasika, 모든 신들의 수호자)이자 박타(bhakta, 박티를 행하는 자)가 되기도 한다. 그를 경배하는 기도는 사랑의 노래가 되고, 사랑의 행위는 곧 제식이다.

타고르는 비드야파티와 자야데바의 양식을 흉내 낸 고전적 양식의 시들을 써서 바누심하라(Bhanusimhara)라는 필명으로 시집을 출간했다. 크리슈나를 찬양하는 서정 시인들과 18세기 영국의 낭만주의 시인 토머스 채터턴(Thomas Chatterton, 1752~1770)의 시에서 받은 영향이 두드러진 시집이었다. 그 후에 출간된 《산드야 상기트(Sandhya Sangit, 저녁의 노래)》에서는 영국 시인들의 영향보다는 초기 비슈누파 문학의 서정성이 더 많은 영향을 끼쳤다. 타고르는 훗날 이렇게 회고했다. "어린 시절 그렇게 시작된 문학적 방랑자의 자세는 우리 가족의 삶과 연관된다. 나의 아버지는 정통 힌두교도들처럼 관습적으로 다르마를 따르지 않고 오히려 《우파니샤드》의 지혜에 기초를 둔 삶을 살았다. 그런 아버지를 따르는 이들도 꽤 있었다. 그러나 벵골의 정통 브라만 사회에서는 아버지를 마치 기독교도처럼 혹은 더 나쁘게 바라봤다. 우리 가족은 브라만 사회에서 철저히 배척당했다. 어쩌면 그것이 무의미하게 과거를 모방하는 참사로부터 나를 구출해주는 계기가 되었다."

시인 윌리엄 래디스(William Radice, 1951~)가 말한 대로 타고르의 작품과 삶 사이에는 이질감이 전혀 없다. 우리 모두가 그처럼 충만하고 경건하게 살 수는 없지만, 그가 남긴 작품들을 통해서 영감을 받고 그것을 시도할 수는 있다.

연극을 통해 삶의 지혜를 깨우치다

    평생 동안 40편 이상의 희곡을 쓴 타고르에게 연극은 "문학
이 걷고 말하는 것"이었다. 초기 희곡에는 유럽 극작가들의 영
향을 받은 실험적 요소가 두드러졌다. 벨기에의 극작가 모리
스 마테를링크(Maurice Maeterlinck, 1862~1949)의 삶과 죽음
의 역설, 침묵과 불안의 요소, 아일랜드 시인이자 극작가 윌리
엄 버틀러 예이츠(William Butler Yeats, 1865~1939)의 시적 감
수성을 통해 관객의 공감을 끌어내는 형식, 독일의 극작가 게
르하르트 하웁트만(Gerhart Hauptmann, 1862~1946)의 자연
주의 연극과 불행한 인간에 대한 연민을 표현한 작품 등에서
많은 영감을 받았다. 타고르의 희곡은 유럽의 근대적 요소에
서 시작해 차츰 인도의 전통 연극처럼 노래와 춤이 삽입되는

희극과 풍자극, 특정한 계절을 상징하는 서정극으로 그 영역을 넓혀가며 인도 대중의 사랑을 받았다.

타고르의 초기 희곡은 지루할 만큼 대화에 치중해서, 무대에 올렸을 때 관객들의 반응이 시큰둥했다. 그러다 차츰 대중의 공감을 얻으려면 무겁고 암울한 내용도 밝고 경쾌한 방식으로 전개하는 것이 효과적이라는 것을 깨닫는다. 극적 긴장을 해소하기 위해 노래와 춤을 가미하자 관객의 반응이 훨씬 좋아졌다. 바로 인도식 오페라의 탄생이었다. 타고르의 형제들은 모두 연극에 관한 열정이 대단했다. 어린 시절부터 형제들끼리 연극을 무대에 올리며 그 재미와 즐거움을 경험했다. 하지만 그런 경험이 없는 관객들에게는 짧은 시간 내에 맛볼 수 있는 빠른 전개와 재미가 필요했다.

타고르의 작품 가운데 가장 많이 상연된 연극은 1891년에 쓴 춤극 〈치트라나가다 (Chitranagada)〉이다. 30세에 쓴 이 작품은 산티니케탄 학교 무대에서 단골 극으로 상연됐으며 해외에서도 자주 상연됐다. 주인공 치트라나가다는 여자로 태어났으나 아버지의 맹세 때문에 사내아이처럼 키워진다. 치트라나가다가 여러 번 반복해서 "나는 치트라나가다예요."라고 노래 부르며 한 남자와의 사랑을 통해 자신의 정체성을 찾아간다.

서벵골주와 그 이외의 지역에서 가장 인기리에 공연된 연극으로는 〈닥 가르(Dak Ghar, 우체국)〉(1912년 작)가 있다. 고아 소년 아말을 통해 이 세상에 이루어질 수 없는 소원은 없으며 간절한 소망은 꼭 이뤄진다는 희망의 메시지를 전하는 연극이다. 삼촌 집에서 사는 병약한 소년 아말은 큰 병에 걸려 의사의 지시대로 실내에서 지내야만 했다. 아말은 하루 종일 집 안에서 창문을 통해 지나가는 사람들을 구경하며 지냈다. 그러던 어느 날 아말의 집 바로 옆에 우체국이 생겼다. 그때부터 아말은 소원 하나를 갖기 시작했다. 왕에게 만나고 싶다는 편지를 보내고 답장을 기다리는 것이었다. 그러나 그 소원은 이루어질 가능성이 전혀 없었다. 아말의 소원을 전해들은 그 마을의 촌장은 아말을 놀릴 목적으로 왕이 아말을 만나러 올 것이라는 가짜 편지를 아말에게 건네준다. 그런데 어느 날 기적처럼 왕이 자신의 의사를 대동하고 아말을 만나기 위해 왔다. 바로 그날 왕이 도착하기 바로 직전 아말은 그렇게 기다렸던 왕을 만나지 못하고 죽는다. 이 작품은 1913년에 예이츠가 영어로 번역했으며, 더블린의 아베이 극장에서 영어로 처음 공연됐다. 같은 해 런던에서도 무대에 올려졌으며, 그 후 유럽의 여러 나라에서 공연됐다. 벵골어로는 1917년 '타쿠르바리' 무대에서 공연됐다.

해외에서 영어로 자주 공연된 또 다른 작품으로는 〈컴컴한

타고르의 연극 《닥 가르(우체국)》 마지막 장면. ⓒ어빅다

방에 갇힌 왕(The King of the Dark Chamber)〉(1914년 작)이
있다. 인간의 내면에 드리운 무지를 걷어내고 신을 영접하는
과정을 다룬 약간은 지루할 수 있는 연극이다. 왕은 늘 어두운
방에서 왕비를 만난다. 왕비는 한낮의 빛 아래서 왕의 모습을
보고 싶었다. 왕은 봄 축제 날 군중 앞에 모습을 드러내기로
약속했고, 왕비는 궁궐의 첨탑에서 왕의 모습을 보기 위해 기
다렸다. 그동안 왕을 실제로 본 사람은 아무도 없었기에 왕의
존재를 의심하는 사람들도 많았다. 그 축제의 날 왕궁의 앞마
당은 인파와 왕의 노예들로 붐볐다. 그들 가운데 얼굴이 잘생
긴 수바르나는 거짓말로 자신이 왕이라고 말하며 왕비를 속인
다. 그때 반역자인 노예 칸치가 왕비를 소유하려고 왕궁에 불

을 지른다. 왕궁 여기저기서 불길이 활활 타오르기 시작했다. 왕비는 두려움에 떨며 수바르나에게 도움을 청했으나 그는 형편없는 겁쟁이였다. 이때 불타는 왕궁의 불길 속에서 진짜 왕이 하늘을 검게 물들이며 나타난다. 그러나 왕비는 왕을 한 번도 본 적이 없기에 놀라서 아버지의 왕궁으로 도망치고 만다. 이때 타쿠르다(Thakurda, 할아버지, 두목을 말하며 타고르의 연극에서 자주 등장하는 인물. 타쿠르다는 타고르 자신의 이미지인 것을 쉽게 알아차릴 수 있다)가 등장한다. 타쿠르다는 봄 축제의 의상으로 등장했다가 전투복으로 바꿔 입고 나타나 왕의 반역자들을 모두 제압한다. 하지만 칸치가 항복하지 않고 저항하자 토네이도처럼 나타난 진짜 왕이 순식간에 칸치를 무찌른다. 그제야 왕을 알아본 왕비가 용서를 구하고 모든 백성이 왕을 보기 위해 광장으로 모여들었다. 그곳은 바로 순례자가 도달하는 목적지이자 세상에서 가장 넓은 광장이었다. 마지막 장면에서, 왕비는 또다시 컴컴한 방 앞에서 말한다. "당신은 잘생기지는 않으셨지만 그 누구와도 비교할 수 없답니다." 그때 왕이 커튼을 걷으며 말한다. "오늘 이 어두운 방의 커튼을 걷을 것이오. 이제 나와 함께 밖으로 나갑시다. 빛 아래로 말이오."

이 연극에서 왕은 타고르가 부처의 전생 설화《자타카

야외 연극 공연, 산티니케탄. ©딜립 미트라

(Jataka)》에서 만들어낸 이미지이다. 왕은 인간의 본성을 상징
하는 영적 존재다. 어두운 방에서 왕을 만나는 것은, 진실은
인간 내면의 심연에 존재하며 그것을 깨닫지 못하는 무지를
상징한다. 어두운 방이 아니라 빛 아래서 진실을 만나려면 거
짓과 악의에 맞서 싸워야 하며, 정의의 사도가 필요하다. 그
정의의 사도가 바로 타쿠르다이며, 그는 내면의 어둠을 걷어
내고 먼저 빛 아래로 나오지만 다른 이들이 진실을 만나도록
돕는다. 깨달음을 얻었지만 중생을 구도의 길로 이끄는 아르

한(Arhan)을 상징한다. 빛 아래서 왕을 만나는 것은 영적 존재와의 만남을 상징한다.

타고르는 자신의 희곡을 학생들이 직접 공연하게 했다. 아이들이 연극의 내용을 통해 삶의 진실을 배우게 해주기 위해서였다. 아이들이 현실에서 만나게 될 기쁨과 슬픔, 즐거움과 근심, 사랑과 이별, 희망과 좌절, 인내와 결실, 배신과 용서, 거짓과 위선을 미리 극을 통해 경험하게 해주고 싶었다. 세상은 선하고 아름다운 것만이 아니며 언제든 슬픔과 불행이 찾아올 수 있다는 것을. 그럴 때 어떻게 대처해야 하는지 미리 경험하게 해주는 것이다. 희망을 잃지 않고 스스로 방법을 찾아가도록 말이다. 우리는 어른이 되면 한때 아이였다는 것을 잊고 만다. 하지만 타고르는 잊지 않았다. 물론 그도 아이들이 비를 맞으며 놀면 야단치고, 아이들이 노래 부르면 따라 불러 아이들의 노래를 멈추게 하는 어른이었다. 그런 어른의 한계를 인정하고 연극을 통해 아이들에게 두려움 없는 삶과 영혼의 자유를 위해서 어떻게 살아야 하는지 알려주고자 했다.

타고르의 학교에선 어린 학생들이 희곡을 쓰고 직접 기획과 연출을 한 연극을 무대에 올린다. 아이들은 교사의 도움 없이 자기들끼리 각본을 고치고 자율적으로 연습도 한다. 처음에는 음악과 연극에 관심조차 없던 아이들도 야외에서 자유롭게 음악을 듣게 되면서 그 전과는 달리 자발적으로 예능 수업에 참여한다. 또 아이들은 예술가의 작업실을 방문하면서 창작에 더 많은 관심을 갖기 시작한다. 아이들은 다양한 창작 과정과 작품을 접하면서 자신이 좋아하고 잘하는 것이 무엇인지 찾아낸다. 이처럼 아이들은 주입식으로 배우는 것보다 자율적으로 탐구할 때 더 많은 것을 배운다. 그래서 아이들이 다양한 삶을 접할 수 있도록 경험과 체험의 기회를 제공하며 흥미를 갖게 해주는 것이 중요하다. 이것이 타고르의 교육 방법이다.

타고르의 단편 소설 〈부서진 둥지〉

카담바리 데비는 어린 시절부터 타고르의 뮤즈였다. 불행하게도 그 뮤즈는 타고르의 가슴에 평생 지워지지 않는 상처를 남겼다. 〈부서진 둥지〉는 타고르와 형 조티린드라나트, 그 형의 아내 카담바리 데비 사이의 삼각관계를 다룬 단편 소설이다. 카담바리가 세상을 떠난 지 17년이 지난 1901년의 작품이다. 타고르의 나이 마흔 살이었다.

〈부서진 둥지〉를 읽으면서 문득 인상파 화가 모네가 떠올랐다. 모네는 싸늘하게 식은 서른두 살의 아내 카미유의 시신을 그림으로 그렸다. 그의 나이 서른아홉이었다. 이 두 예술가에게 예술은 진실한 고백임이 틀림없다. 그들에게 작품은 고해 성사나 마찬가지였다. 모네는 그림으로 타고르는 소설로 치유 받고자 했다. 타고르에게 카담바리의 자살은 건드리고 싶지 않은 상처였고, 모네에게 아내의 죽음은 견디기 힘든 고통이었다. 그럼에도 그 고통을 각각 글과 그림으로 표현했다. 다른 점이 있다면 모네는 그 주검 앞에서, 타고르는 그 상처를 후벼도 다시 고름이 잡히지 않을 만큼 한참 시간이 흐른 뒤였다.

이 소설의 주인공은 세 사람이다. 부유한 집에서 태어나 신문사를 운영하며 사교적이지만 아내에게 무심한 남편 부파티, 어린 나이에 시집와서 마음 붙일 곳 없어 사촌 아말을 돌보며 위안을 받는 아내 차루, 부파티의 집에서 함께 사는 응석받이 사촌 아말의 삼각관계로 전개된다. 타고르의 대역인 아말은 어려서부터 사촌 형과 함께 살았다. 아말은 문학적 재능이 뛰어났으며 형과 형수 사이에서 갈등한다. 부파티는 아내를 사랑하지만 신문사 일과 사교 활동으로 대부분의 시간을 보냈다. 아말은 마음 내키는 대로 형수에게 이것저것 부탁하고 자유분방하지만 형수를 따르며 의지했다. 차루는 그런 아말을 친동생 이상으로 좋아하며 그가 원하는 것은 다 들어주곤 했다. 아말에게 뭔가 해줄 수 있는 것이 행복했기 때문이다.

하루는 차루가 아말에게 말했다. "우리 둘이 함께 상상했던 그 정원에 관한 내용을 소설로 쓰면 어떨까. 아말은 정말 잘 할 수 있을 거야."

아말: 그 이야기를 쓰면 뭘 해줄 거죠?

차루: 원하는 것은 뭐든.

아말: 음! 내 모기장 위에 비단실로 아름다운 문양을 수놓아 주실래요?

차루: 아니, 모기장에다 수를 놓는 사람이 어디 있어.

아말은 밤마다 드러누워 쳐다보는 모기장이 누구나 똑같아서 마치 감옥에서 자는 것 같다고 했다.

그 말을 들은 차루는 수를 놓은 아름다운 모기장 안에서 자고 싶어 하는 사람이 과연 몇이나 될까 생각했다.

차루: 좋아. 수를 놓아줄 테니, 글쓰기를 시작해.

아말: 형수는 내가 글을 잘 쓸 거라고 생각하세요?

차루: 이미 써둔 것이 있으면 어서 보여줘.

아말: 형수, 오늘은 안 돼요.

차루: 왜 안 돼? 지금 보고 싶은데.

형수의 간곡한 부탁에 아말은 노트를 가져와서 읽어주었다. 그 시의 제목은 '카타(Khata, 노트)'였다.

나의 노트! 나의 순결한 카타!

나의 환상의 날개가 아직 그대의 페이지에 닿지 않았네.

그대는 산실의 갓 태어난 아기처럼 순결하며 신비로 충만하
네.

그대의 마지막 페이지에 결론을 쓰는 날은 아직 멀었네.

그대의 부드럽고 흰 잎에 잉크로 흠집을 내서

마지막 잎새를 훼손하고 싶지 않다네.

차루는 아말에게 늘 글쓰기를 하라며 격려했다. 그러나 아
말에게 중매가 들어오자 그녀의 반응은 냉담했다. 아말은 형
수가 자신을 시동생 이상의 감정으로 대하고 있다는 것을 눈
치챘다. (타고르가 현실에서 카담바리의 감정을 눈치챘던 것
이 확실하다.)

하루는 부파티가 아내의 방으로 와서 말했다. "차루, 아말
에게 중매가 들어왔소."

잠시 당황하던 차루가 되물었다. "뭐라고요?"

부파티가 대답했다. "중매 말이오."

차루가 되물었다. "누구에게요?"

부파티가 웃음을 참지 못하며 대답했다. "아말에게 물어보
기 전에 당신에게 먼저 말하는 것이오."

차루는 "아니 무슨 말이에요. 저는 당신에게 중매가 들어온

걸로 알았네요."라고 대꾸했다.

부파티는 정색을 하며 말했다. "만약 내게 다시 장가를 들으라고 하면 이렇게 당신에게 조언을 구할 수 있겠소?"

차루가 대답했다. "아말에게 들어온 중매라고요. 잘 됐군요. 뭘 의논하시려고요?"

부파티는 브라만 계급의 부유한 변호사 집안에서 아말을 사위로 맞아 영국으로 유학을 보내고 싶어 한다고 했다.

"영국으로요?" 차루가 성급하게 되물었다. "그렇다오."

"아말이 영국에 간다고요. 말도 안 돼요. 아말에게 물어보라고요?"

"당신이 물어보는 것이 나을 거라 생각하오." 부파티가 말했다.

그러자 차루가 얼굴을 붉히며 말했다. "아말에게 결혼할 나이가 됐다고 수없이 말했지만 늘 싫다고 했어요. 다시 물어보고 싶지 않은데요."

"아말이 거절할 것 같소?"

"거절할 것이 분명해요. 그동안 여러 번 중매가 들어와도 거들떠보지도 않았잖아요."

"하지만 이번에는 거절하지 않으면 좋으련만. 요즘 집안 사정이 좋지 않아서 아말을 잘 돌보는 것도 힘들다오."

부파티는 아말을 불러서 물었다. "네게 중매가 들어왔다. 결혼 후 영국으로 유학을 보내준다고 하는데 어떠니?"

아말이 즉시 대답했다. "형이 괜찮다면 저도 좋아요."

부파티와 차루는 동시에 서로를 쳐다봤다. 그렇게 빨리 승낙할 것은 예상치 못했다.

차루가 당황하며 말했다. "형이 괜찮다면! 대단히 순종적인 동생이네. 왜 진실을 말하지 않는 거니? 결혼이 얼마나 많은 것을 빼앗아갈지 몰라서 그래. 왜 그렇게 위선적이야."

부파티가 차루를 놀릴 생각으로 말했다. "그렇게 말하면 당신이 아말의 결혼을 질투하는 것처럼 들리오."

차루가 얼굴을 붉히며 말했다. "질투라니요? 그렇게 생각하시니 섭섭하네요."

난처해진 부파티는 자신이 농담한 것을 사과했다. 그리고 아말에게 말했다. "이제 그 중매를 성사시켜도 되는 거지?"

아말은 망설임 없이 "그럼요."라고 했다.

부파티가 신부를 만나러 갈 날을 잡겠다고 하자 아말은 그럴 필요 없이 그냥 결혼식을 치러도 괜찮다고 했다.

그러자 차루는 금방이라도 울듯이 얼굴을 붉히며 소리쳤다.

"뭐라고! 그럴 필요가 없다니. 차라리 지금 당장 혼인을 하

271

지. 당신 사촌은 결혼이 하고 싶어 죽겠나 봐요. 눈앞의 보석을 누가 훔쳐 갈까봐 안달이 나는 모양이지요. 아니면 영국에 가고 싶어 눈에 뵈는 게 없든지. 신사 정장과 모자만 쓰면 영국 신사가 되는 줄 아나봐요. 다시 고향에 돌아오면 우리를 쳐다보기나 할까요? 우리처럼 칙칙한 피부를 지닌 사람은 거들떠보지도 않을걸요."

부파티가 웃으며 "차루, 그런 걱정은 하지 말아요. 우리는 여기서 잘 살 것이고 아말도 우리를 잊지 않을 테니."라며 아내를 달랬다.

그날 밤 부파티는 결혼 날짜를 잡기 위해 사돈이 될 이에게 편지를 썼다. 그 후 부파티에게는 경제적 이유로 12년 동안 공들였던 신문 발간을 멈춰야 하는 시련이 다가왔다. 그는 그 시련을 견딜 마음의 은신처를 어디서 찾아야 할지 혼란스러웠다. 그러나 차루는 남편의 고통에는 관심조차 없었다.

'아말이 결혼을 한다고. 그렇게 사랑과 정성으로 보살펴주었는데. 하루아침에 곁을 떠날 결심을 하다니. 믿어지지가 않아. 꼭 그런 기회가 오기만 기다린 것처럼. 단 한순간의 망설임도 없이. 아! 사람을 사랑하는 것이 이처럼 허망한 일이라니!'

그런 생각을 지우려고 하면 할수록 더 마음이 아파서 견딜 수가 없었다. '아말은 언제든 내 곁을 떠날 준비가 돼 있었어. 그동안 그가 했던 말과 행동은 진실이 아니었어.'

그렇게 며칠이 지났다. 차루는 아말이 찾아와주기를 간절히 기다렸다. 이별을 함께 나눌 시간이 필요해서였다. 마침내 아말이 떠나기 하루 전날이었다. 차루는 아말에게 만나고 싶다는 쪽지를 보냈다. 아말이 "잠시 들를게요."라는 답장을 보냈다. 차루는 베란다의 낡은 의자에 앉아서 하염없이 아말을 기다렸다. 야자 잎 부채를 손에 들고 생각 없이 부채질을 하는 동안 기다림은 분노로 바뀌었다. '아말은 오지 않을 거야. 이제 신경 쓸 필요도 없어. 자기가 알아서 하겠지.' 하지만 마음은 온통 아말의 발자국 소리를 기다리고 있었다. 멀리서 들려오는 종소리가 그녀에게 어서 할 일로 돌아가라고 말해준다. 12시가 되면 남편 부파티가 점심을 먹으러 온다. 이제 부엌으로 가서 남편을 위해 점심을 챙겨야 한다. 그러나 아직 그녀는 일어설 준비가 되지 않았다. "지금이라도 아말이 와주면 좋을 텐데…." 그녀가 혼잣말처럼 중얼거렸다. "이렇게 아말을 보낼 수는 없어."

오랫동안 형수와 시동생으로 함께 웃고 떠들며 시간을 보냈는데, 그 친밀한 관계가 한순간에 깨지다니. 그녀는 묶었던 머리를 풀어헤치고 흐느끼기 시작했다. 그때 어린 하인이 놀란 얼굴로 그녀를 불렀다. "마님, 주인어른께 코코넛 주스를 드려야 할 시간인데요. 어쩌지요." 차루는 사리 끝자락에 묶인 열쇠 꾸러미를 풀었다. 발아래 떨어진 열쇠 꾸러미를 줍는 어린 하인은 놀라서 말을 잊은 듯했다.

잠시 후에 부파티가 아말과 함께 점심을 먹으러 왔다. 차루는 아말에게 눈길조차 주지 않으며 부파티의 음식 쟁반에 날벌레가 붙지 않게 야자 잎 부채를 흔들어주었다.

"형수, 오늘 저를 보자고 하셨는데 무슨 일인가요?" 아말이 물었다.

"별일 아니야. 상관할 것 없어." 차루가 대답했다.

아말은 다행이라는 듯 웃으며 "이제 가서 짐 싸는 것을 마무리해야겠어요."라고 말하며 일어섰다.

그러자 차루가 쏘아붙였다. "그래. 어서 가."

아말은 잠시 그녀를 뚫어지게 바라보다가 이내 돌아서 가버렸다.

부파티는 식사가 끝나면 늘 차루의 방에서 잠시 시간을 보내곤 했다. 그런데 그날 오후에는 할 일이 너무 많아 시간이 없었다.

"오후에 처리할 일이 많아서 곧 나가야 하오."

차루가 물었다. "지금 나가셔야 한다고요?"

부파티는 아내가 자신과 시간을 보내고 싶어 한다고 생각했다. "잠깐은 함께 있다가 가리다." 그리고 아내를 쳐다봤다. 그녀는 몹시 울적하고 슬퍼 보였다. 부파티는 그런 아내가 가여워서 마음이 쓰였다. 한참을 아내 곁에 앉아서 이런저런 이야기를 했지만 아내의 무거운 표정에는 변화가 없었다. "내일 아말이 떠나면 한동안 그 빈자리가 몹시 클 것이오." 부파티가 다정하게 말했다. 차루는 아무런 대꾸도 없이 벌떡 일어나서 방을 나가버렸다. 부파티는 잠시 그녀가 돌아오기를 기다리다 다시 일하러 나갔다.

차루는 조금 전 봤던 아말의 창백하고 핼쑥한 얼굴이 몹시 마음에 걸렸다. 이별을 앞두고 아말도 괴로워하고 있다는 생각이 그녀를 더욱 슬프게 했다. '왜 아말은 나를 피하려고 할까?' 차루는 그 이유를 알 수가 없었다. 어린 아말과 같이 살게 된 그날부터 일어난 일들을 수없이 곱씹어봤지만 아말의 행동은 이해하기 힘들었다. 그 행복했던 기억들이 그녀를 더욱 괴롭혔다.

마침내 아말이 떠나는 순간이 왔다. "형수, 이제 갑니다. 형을 잘 돌봐드리세요. 여러 가지로 힘든 상황이신 걸 아시지요? 형에게 유일한 위안은 형수잖아요." 아말이 살짝 떨리는 목소리로 말했다. 아말은 형이 차루를 얼마나 사랑하는지 잘 알고

있었다. 아말은 형이 신문사 때문에 부채를 떠안고 있다는 것
도 이미 알고 있었다. 아말은 꼭 성공해서 형에게 경제적 도움
을 주리라 결심했다. 차루는 이별의 순간을 생각하며 뜬눈으
로 밤을 새웠다. '아말에게 무슨 말을 할까? 어떻게 행동해야
할까? 격려의 말을 할까 아니면 부드럽게 포옹을 할까?' 하고
싶은 말을 생각하고 지우기를 반복했다. 이별의 순간에 차루
가 말했다. "아말, 편지 보내줄 거지?" 아말은 그저 말없이 그
녀의 발아래 머리를 조아리며 존경을 표했다. 그러자 차루는
뒷걸음질 쳐 방으로 들어가버렸다.

부파티는 아말과 함께 신부의 집으로 갔다. 무사히 혼인을
치르고 아말이 영국으로 떠날 때까지 함께 시간을 보냈다. 그
리고 완전히 다른 사람이 되어 캘커타로 돌아왔다. 그 전까지
그가 속했던 세상과 일부러 담을 쌓기 시작했다. 친구들도 만
나지 않고, 클럽에서 사람들과 어울리지도 않았다. '나는 어리
석게도 내 마음의 평화와 행복이 무엇인지 모르고 살았어. 오
직 신문에만 매달려서 나에게 소중한 것이 무엇인지 생각해본
적도 없었으니까. 이제 그 강박증을 내려놓고 자유로운 인간
으로 살아가야 해.' 부파티는 마치 하늘에 둥지를 틀었던 자유
로운 새가 숲속 작은 둥지로 날아들 듯 차루에게 돌아왔다.
'내가 속하고 머물 곳은 바로 차루가 있는 집이야. 내가 그토

록 정성을 들였던 그 종이배는 이제 가라앉아버렸지. 이제 집에 돌아온 거야.' 그렇게 기쁜 마음으로 돌아왔다.

집에 돌아온 부파티는 저녁을 먹고 방에서 차루를 기다렸다. 차루가 와서 아말의 결혼식과 이별의 순간에 대해 꼬치꼬치 캐물으면 시시콜콜한 이야기를 다 들려주려고 했다. 여행의 피로가 한꺼번에 몰려와 눈꺼풀이 무거웠지만 억지로 참으며 아내를 기다렸다. 그녀는 오지 않았다. 어쩔 수 없이 부파티는 차루에게 하인을 보냈다. 마침내 그녀가 왔다.

"차루, 무슨 일이 있는 거요?"

차루가 냉담하게 대답했다. "아무 일도 없어요."

부파티는 그녀가 아말에 대해 묻지 않은 이유가 몹시 궁금했다. '아말에게 관심이 없어서? 아말을 그저 함께 놀아준 동생 정도로 생각해서? 그래서 떠나자마자 잊어버린 것인가? 차루가 그렇게 얄팍하고 무정한 여인은 아닌데.' 그는 늘 사랑에 무심한 여인은 진실한 여인이 아니라고 생각했다. '아니면 강한 집착 때문이란 말인가?' 그 마지막 가능성은 그를 너무나 슬프게 했다.

부파티는 차루와 아말의 관계를 단짝 소꿉놀이 친구라고만 생각했다. 그래서 그 둘의 관계를 지켜보며 기분이 좋아지곤 했다. 부파티는 차루가 얼마나 정성으로 아말을 돌봐주었는지 잘 알고 있었다. '차루가 정성을 준 것처럼 마음을 온통 아말에게 주어버렸다면?' 그 생각을 하자마자 부파티는 마음이 얼음처럼 굳어지는 것이 느껴졌다. '그래서 차루에게 온기가 남아 있지 않은 것이라면 나는 어디서 위안을 받아야 한단 말인가?'

"차루, 그동안 잘 지냈소?" 참다못해 부파티가 먼저 물었다.

"그럼요. 잘 지냈어요."

"아말의 결혼식은 잘 치렀다오." 부파티는 차루가 뭔가 궁금해하길 바라며 잠시 기다렸다. 그녀는 아무것도 묻지 않았다. 그저 고요히 앉아서 남편의 얼굴만 쳐다봤다. 부파티는 아말의 부재가 차루를 이렇게 만들어버렸다는 생각에 몹시 괴로웠다. 비로소 아말에 대한 차루의 마음을 들여다보기 시작했다. 그래서 알게 된 진실이 고통스러웠다. 그는 아말을 보내고 돌아온 섭섭함을 차루와 함께 나누고 싶었다. 서로를 위로하며 차루에게 기대고 싶었다.

"신부가 참 아름다웠다오. 당신도 상상은 했겠지만."

"예. 그랬겠지요." 마지못해 차루가 대답했다.

"가엾은 아말! 헤어지는 기차역에서 아말이 눈물을 쏟아서 서로 부둥켜안고 울었다오. 기차역에서 헤어지는 연인들처럼 말이오. 부끄러운 줄도 모르고." 부파티가 감정이 격해져서 말했다.

등잔의 희미한 불빛이 흔들리고 방 안은 여전히 어두웠다. 갑자기 차루가 일어나더니 방을 나가려고 하자, 그 순간 부파티가 성급하게 물었다. "당신 정말 괜찮은 거요?" 그녀는 아무 말도 하지 않았다. 그녀가 흐느끼는 소리가 들렸다.

부파티는 아내가 사리 자락으로 입을 막으며 복도로 뛰어나가는 것을 보며 무너지는 자신의 감정을 주체하기 힘들었다.

부파티는 너무도 혼란스러웠다. 자신이 그녀를 이렇게 모르고 있었던가? 도대체 그녀는 왜 남편인 자신과 슬픔을 나누려 하지 않는지 이해할 수 없었다. 주변 사람들은 모두 그녀의 사려 깊은 성격을 좋아했다. 차루는 여느 아내들처럼 남편을 위해 헌신하는 것을 과시하지도 않았으며 늘 현명하게 처신했다. 그렇게 서로에 대한 신뢰와 존중이 있었기에 그는 부러울 것이 없었다.

신문 만드는 일을 그만둔 부파티는 아내와 함께 더 많은 시간을 보내려 했다. 함께 산책도 가고, 게임도 하고, 서로 좋아하는 책을 읽고 대화도 더 자주 하려고 노력했다. 그렇게 함께 시간을 보내면 아말의 빈자리도 채워져 아내가 다시 예전의 모습으로 돌아오리라 기대했다. 그러나 차루는 나날이 더 황폐해져 그녀 곁에서는 늘 스산한 바람이 이는 것만 같았다. 그녀는 서서히 죽어가는 것처럼 하루하루 온기를 잃어가고 있었다. 그녀의 마음은 빛이 새어 들지 못해 암흑처럼 어둡고 황폐해져서 화려한 음악의 선율을 잃어버리고 건조한 사막을 걸으며 매 순간 고통으로 질식해가는 것처럼 보였다. 심지어 그녀는 자신이 그런 사막 한가운데를 걷고 있다는 사실조차 모르고 있었다. 그녀는 스스로 두려움에 떨며 물었다. "도대체 내게 무슨 일이 일어난 거야? 왜 이렇게 고통스러운 거야? 왜 아말 때문에 이런 고통을 겪어야 하는 거지? 오, 신이시여! 이런 시간이 다 지나고 나면 무엇이 남을까요?"

부파티가 아말의 빈자리를 채우려고 노력하면 할수록 아말의 빈자리는 더욱 커져갔다. 마침내 차루는 아말의 흔적을 지울 수 없다는 것을 깨닫는다. 차라리 그것을 인정하자. 가슴속에 오직 아말을 위한 성소를 만들자. 언제든 아말을 그리워할 수 있도록.

차루는 아말이 낯선 나라에서 아무리 바빠도 편지 한 장 안 보내는 것이 이해되지 않았다. 그날 밤 남편에게 말했다. "아말에게 전보라도 보내서 잘 있는지 물어보면 어때요?"

"왜?" 부파티가 물었다. "2주 전에 보낸 편지에 공부할 게 많아서 바쁘다고 했잖소."

"놔두세요. 하지만 외국에서 아프기라도 하면 큰일이잖아요…." 차루가 조급하게 대답했다.

"염려 안 해도 될 거요. 아프거나 무슨 일이 있으면 연락이 오겠지. 게다가 영국에 전보를 보내는 비용도 만만치 않다오." 부파티가 웃으며 대답했다.

"얼마나 비싼데요? 1루피나 2루피 정도 아니에요?"

"무슨 말이오? 영국에 전보 한 장 보내는 데 아마도 100루피는 족히 들 거요."

"오, 그렇군요. 알았어요."

그리고 며칠이 지난 후 차루가 부파티에게 부탁했다. "오늘 친수라(Chinsura, 콜카타에서 35㎞ 떨어진 작은 도시)에 가서 언니가 잘 있는지 보고 오시면 어때요?"

"왜? 처형이 아프기라도 한 거요?"

"그렇지는 않아요. 하지만 언니가 당신을 보면 무척 기뻐할걸요."

부파티는 차루의 부탁을 들어주기 위해 하오라역으로 출발했다. 도중에 황소 떼가 길을 가로막는 바람에 그가 탄 인력거가 잠시 멈춰 서 있었다. 하필이면 바로 우체국 옆에 말이다. 그때 갑자기 우체부가 창문을 열고 그에게 전보를 건네주었다. 아말이 차루에게 보낸 전보였다. 부파티의 얼굴이 갑자기 창백해졌다. '아말이 아프기라도 한 것일까?' 가슴이 두근거려서 떨리는 손으로 전보를 뜯었다. "저는 잘 있습니다." 전보의 내용이었다. 오직 그 한 문장. 부파티는 친수라로 가는 길을 되돌려서 다시 집으로 돌아갔다. 그리고 차루에게 그 전보를 전해주었다. "차루, 어찌 된 거요? 이해할 수가 없군." 차루는 입술이 하얗게 변한 채 아무 말도 하지 않았다.

차루가 아말에게 답장을 선불로 지급하고 전보를 보낸 것이었다. 돈을 마련하기 위해 보석을 전당포에 맡기면서까지 아말에게 전보를 보낸 것이다. '그렇게 걱정이 됐다면 남편인 나에게 말했어야 하지 않을까? 도대체 왜 차루는 그렇게 아말에게 집착하는 것일까.' 부파티는 아무리 생각해도 그 이유를 알 수 없었다. 차츰 마음속에 의심의 베일이 드리워졌다. 아말과 차루 사이의 그 모든 일들이 주마등처럼 스치고 지나갔다. 그런 생각들을 지우려고 할수록 머릿속은 더욱 혼란스러웠다.

차루는 아말이 왜 그녀에게 편지를 보내지 않는지 직접 이유를 묻고 싶었다. 둘 사이에는 대양이 가로놓여 있었다. 둘 사이의 물리적, 정신적 거리가 너무도 멀었다. 자신이 가진 모든 것이 무너져 내려 그녀는 아무것도 할 수가 없었다. 집안일은 모두 엉망이었고, 하인들은 그녀가 빤히 보는 앞에서 필요한 것들을 가져갔다. 친척들도 모두 한마디씩 그녀를 염려하는 말을 했지만 정작 그녀는 아무것도 듣지 못했다. 그저 창가에 앉아서 눈물만 흘리며 몇 시간씩 앉아 있곤 했다.

결국 부파티도 진실을 알게 됐다. 하루하루가 끝이 보이지 않는 어두운 사막을 걷는 것처럼 고통스러웠다. 모든 것이 물거품이 되어버렸다. 그가 행복하다고 믿었던 모든 순간들이 거짓이었다고 생각하니 수치심마저 느껴졌다. '그렇게 현실을 모른 채 장님처럼 살았다니! 얼마나 어리석었던가! 손안에 모래를 한 움큼 쥔 원숭이가 그것이 세상에서 가장 귀한 보석인 줄 알고 신이 난 것처럼!'

부파티는 방에서 나와 베란다 난간에 기대서 생각에 잠겼다. '이처럼 잔인한 일이 왜 내게 일어난 것일까. 하지만 그녀가 처한 고통은 나와는 비교가 되지 않을지도 몰라. 하루하루 피를 말리며 살아가는 이 가엾은 여인을 도울 길이 없다니! 왜 그녀는 내게 이런 절망을 주는가? 그렇게 오랜 세월을 사랑 없이 내 곁에 있었는데 그것을 눈치채지 못했다니! 오직 뉴스를 쫓아다니며 다른 사람들의 일에 관심을 가졌던 그 세월 동안 도대체 무슨 일이 일어난 거지. 정작 내 자신의 일은 보지 못한 채 장님처럼 살아온 셈이지!'

의사가 환자를 관찰하듯 부파티는 그렇게 차루를 지켜보았다. '이처럼 고운 심성을 가진 그녀에게 의지할 사람도 고통을 나눌 그 누구도 없다니. 어깨에 기대 마음껏 울고 털어버릴 그 누구도 없다니. 그녀는 죄의식을 짊어진 채 의무를 다하며 그저 아무 일도 없는 것처럼 행동하려 했다. 예전에 그랬던 것처럼.'

부파티의 친구가 집으로 찾아와서 물었다. "자네 요즘 왜 그렇게 바쁜 건가?"

"신문사 일을 다시 하려고."

부파티의 말을 들은 친구가 성급하게 말했다. "뭐라고 신문 때문이라고? 이제 모든 걸 다 날릴 생각이야?"

"마이소르에 있는 신문사에서 편집장 자리를 제안해서 갈 생각이라네."

"오, 마이소르로 갈 준비를 하는군. 차루도 함께 가는 건가?"

"아니. 삼촌 가족이 이곳으로 와서 그녀를 돌봐주기로 했다네."

"신문사가 자네를 영원히 놓아준 것은 아닌가 보네."

"누구나 자신이 끌리는 일이 있는 모양이네."

그렇게 부파티의 떠날 준비가 다 되어갈 무렵 차루가 와서 물었다. "언제 돌아오시나요?"

"당신이 원하면 돌아오리다. 편지 보내시오."

부파티의 대답을 들은 차루는 잠시 남편을 쳐다보다가 말했다. "저도 데려가주세요. 여기 혼자 남고 싶지 않아요."

부파티는 차루의 그런 마음을 조금은 이해할 수 있었다. 그녀는 아말과의 추억으로 채워진 이곳에 혼자 남고 싶지 않은 것이다. 그 순간 부파티는 혼란스러웠다. 다른 남자를 가슴속에서 섬기는 여인을 바라보면서 과연 평화를 느낄 수 있을까? 그녀를 곁에서 바라볼 때마다 쓰디쓴 기억이 그를 괴롭힐 것은 뻔했다. '차라리 먼 외국에 유배당해서 고독을 달고 사는 것이 더 나을 것이다. 실연의 고통으로 황폐해진 이 여인에게서 무엇을 바란단 말인가. 치유될 수 없는 영혼의 상처를 지닌 이 여인을 어떻게 날마다 마주한단 말인가!'

"당신은 여기 남는 것이 좋겠소."

차루의 얼굴이 창백하게 변하더니 그만 침대에 얼굴을 파묻고 울기 시작했다. 순간 부파티의 마음이 움직여 차루를 향해 말했다.

"알겠소. 함께 갑시다."

"아니에요. 그럴 필요 없어요." 차루는 머리를 세차게 흔들며 외쳤다.

여기까지 〈부서진 둥지〉의 내용이다.

타고르의 단편 소설 〈재판관〉

　1877년 열여섯 살에 〈거지 여인〉을 시작으로 타고르는 단편과 중편 소설을 계속해서 발표했다. 그에게 시가 영적 기도라면, 소설은 부조리와 모순으로 얼룩진 어두운 현실과 그 속에서도 희망을 잃지 않고 살아가는 진실된 이들의 삶을 투영하는 거울이었다. 그 가운데 단편 소설 〈재판관〉은 젊은 남녀의 사랑을 통해 사랑의 이중성을 보여준다.

　주인공 남녀는 젊은 날의 열정을 뒤로한 채 남자는 판사로 여자는 살인범으로 법정에서 재회한다. 중년의 판사에게 젊은 날의 순수한 사랑은 기억조차 나지 않는 그저 어떤 여름날의 소나기에 불과했다. 그는 사회적 평판을 중시하며 책임과 의무에 둘러싸여 사는 생활에 만족했다. 그런 판사에게도 젊은 시절 열렬히 사랑했던 여인이 있었다. 그러나 시간이 흐르면서 사랑보다 더 중요하게 생각되는 것들로 마음이 가득 채워지고, 그녀의 존재는 까맣게 잊었다. 그렇게 24년이 지난 후 법정에서 만난 두 사람은 서로를 알아보지 못할 만큼 변해 있었다. 판사는 그녀가 한때 자신의 연인이었던 것을 모른 채 그녀에게 사형을 선고한다.

여주인공 카시로다는 어느 날 아침 눈을 떴다. 간밤에 늙은 남편이 그녀의 장신구와 돈을 모두 갖고 도주해버렸다. 세 살 난 아들에게 먹일 우유를 살 돈마저도 없었다. 서른여덟 살인 그녀 주변에는 아는 사람 하나 없고, 오직 배가 고파 울고 있는 어린 아들이 있었다. 집세 낼 돈조차 없어 모든 것이 막막했다. 그녀는 눈물을 닦고 입술을 붉게 칠하고 뺨에 연지도 바르고 얼굴을 단장해서 새로운 남자를 찾기 위해 억지웃음을 웃어야 할 판이었다. 카시로다는 그런 생각을 하며 하루 종일 바닥에 죽은 듯이 누워 있었다. 아들도 카시로다도 하루 종일 아무것도 먹지 못했다. 다시 밤이 오고 등잔조차 없는 방은 암흑이었다. 그때 밖에서 집 나갔던 남편이 술에 취해서 "카시로다, 카시로다!" 하고 계속 불렀다. 카시로다는 그 소리를 듣자마자 손에 잡히는 대로 빗자루를 들고 뛰쳐나갔다. 그때 어린

아들이 배가 고파서 엄마를 부르며 세차게 울어대기 시작했다. 카시로다는 재빨리 어린 아들을 품에 안고 밖으로 나가 집 앞에 있는 우물 속으로 몸을 던졌다. 소란을 들은 이웃들이 모여들어 우물 속에서 아들과 카시로다를 구해냈다. 아들은 이미 숨을 거뒀고 카시로다는 의식이 없었다.

카시로다는 병원에서 차츰 의식을 회복했다. 그러자 그 마을의 촌장이 카시로다를 아들을 죽인 살인죄로 고발했다. 그 사건을 맡은 판사 모히트 모한 듀타는 헌법에 충실한 민법학자였다. 그리고 카시로다의 젊은 시절 연인이었다. 그는 카시로다에게 법정 최고형인 사형을 선고했다. 변호인은 그녀의 형량을 낮추기 위해 그녀의 불행했던 삶을 밝히며 변론했다. 그러나 판사는 그녀의 불행한 삶에 대해 들을 만한 가치조차 없다고 판단했다. 오히려 판사는 그녀는 어미로서 자식에 대한 일말의 동정심도 없기 때문에 사형이 마땅하다고 판결했다. 물론 판사는 자신이 사형을 선고한 그 여인이 젊은 날의 연인일 줄은 꿈에도 생각하지 못했다. 카시로다 또한 그가 한때 연인이었다는 것을 눈치채지 못했다. 둘 다 자신들의 젊은 날을 잊어버린 채 살았다.

모히트 판사는 법은 모두에게 평등하게 적용되어야 한다고 생각했다. 또 여성이 가정에서 자유를 억압받아서는 안 된다는 확고한 신념도 있었다. 그가 그렇게 주장하는 데는 나름의 이유가 있었다. 그 이유를 알려면 그의 젊은 날로 돌아가봐야 한다. 모히트가 대학생이었을 때 그의 생각과 행동은 지금과는 완전히 달랐다. 현재 모히트는 겨우 몇 가닥 남은 머리카락을 매일 아침 정성껏 다듬고 면도를 깔끔하게 한 모습이다. 하지만 젊은 시절의 그는 작은 금테 안경을 쓰고 콧수염과 턱수염을 길러서 마치 19세기 벵골의 문학가처럼 보였다. 그는 옷차림에 신경을 많이 썼으며, 음식에 대한 특별한 미각도 갖고 있었다. 모히트의 집 바로 건너편에 한 중년 부부가 살고 있었다. 그들에게는 어린 나이에 과부가 된 딸이 하나 있었다. 그녀의 이름은 헴샤시였다. 그녀는 열다섯 살이 채 되지 않은 것처럼 보였다. 어린 나이에 과부가 된 헴샤시는 바깥세상과 완전히 단절된 채 살았다. 그나마 다행인 것은 그녀의 친정 부모가 그녀를 다시 받아준 것이었다. 그녀의 나이가 너무 어리기도 했지만 시집의 허락 없이는 불가능한 일이었다. 하지만 그녀에게 허락된 일상의 자유는 거의 없었다. 오직 집 안에서 바깥세상을 내다보는 것 이외에는. 정원의 아름다움을 바라볼 수는 있지만, 그 정원의 꽃이나 식물을 만지거나 향기를 느끼는 것은 허락되지 않았다. 그녀에게는 할 수 있는 일보다 금지된 것이 훨씬 더 많았다. 흰 사리만 걸칠 수 있고 장신구로 치장해도 안 되며, 외출도 마음대로 할 수 없었다. 심지어 힌두교 의식을 치르는 동안에는 소금 간이 안 된 음식만 먹어야 했다. 하늘같은 남편을 먼저 보냈으니 맛있는 음식을 먹을 자격 또한 박탈해야 한다는 관습 때문이었다. (이처럼 타고르가 살았던 시절의 과부에게는 가혹한 제약이 많았다.)

헴샤시는 늘 자신의 방 창가에 앉아서 바깥세상을 바라보곤 했다. 그것이 그녀의 유일한 즐거움이었다. 그녀는 열린 창문으로 불어오는 바람이 아무리 뜨거워도, 강렬한 햇빛이 살을 파고들어도, 때로는 비바람이 방 안으로 들이쳐도 자신의 피부에 닿는 그 느낌이 아주 좋았다. 그때마다 신께 감사의 기도를 드리곤 했다. 그 간절한 기도에 대한 응답인지 그녀의 생활에 한 가지 변화가 생겼다. 어느 날부터 그녀의 방에서 마주 보이는 집에 사는 젊고 멋진 청년이 눈에 들어오기 시작했다. 그 청년이 바로 모히트였다. 그는 인형처럼 살아가는 그녀의 심장을 다시 뛰게 해주었다. 동시에 그녀에게 다가올 불행이 그 곁에서 잔인한 웃음을 짓고 있었다. 때로 저녁 무렵 모히트의 집에서 젊은이들의 파티라도 있는 날이면, 그녀는 그 방의 불이 꺼지는 순간까지 그들의 그림자를 보며 상상의 나래를 펼치곤 했다. 그럴 때마다 마치 날지 못하는 새가 된 것처럼 슬퍼지곤 했다.

어느 날 모히트도 우연히 발코니에 앉아 있는 헴샤시를 보고 그녀에게 마음이 끌렸다. 그는 가족들 몰래 '비놉드 찬드라'라는 가명으로 헴샤시에게 편지를 보내기 시작했다. 마침내 그녀에게서 답장이 오기 시작했다. 철자는 셀 수 없이 틀렸지만 그녀의 망설임과 열정이 느껴지는 편지였다. 두 사람의 사랑이 이루어질 수 없다는 것을 모히트는 누구보다도 잘 알고 있었다. 어린 나이에 과부가 된 소녀와 앞날이 유망한 청년의 사랑은 불장난으로 끝날 것이 뻔했다. 그러나 그녀는 불행의 그림자가 놓은 덫에 스스로 걸려들게 된다. 어느 늦은 밤, 헴샤시는 가족들 몰래 집을 빠져나와 모히트와 약속한 대로 그가 타고 있는 기차에 올라탔다. 물론 모히트는 비놉드라는 가명을 사용하고 있었다. 그녀를 욕망하면서도 그 사랑의 결말을 책임지고 싶지는 않아서였다. 헴샤시는 이런 모히트의 두려움을 눈치채지 못하고 모든 것을 걸기로 마음먹었다. 한 번 집을 나오면 다시는 돌아갈 수 없다는 생각조차 하지 않았다.

기차간에 모히트와 나란히 앉은 헴샤시는 수치심과 후회로 주체할 수 없었다. 자신을 사랑으로 돌봐준 부모를 배신하고 사랑을 위해 도망치는 것이 얼마나 어리석은 일인지! 그 순간 가족과 함께 누렸던 일상의 작은 행복이 얼마나 소중한지 깨달은 그녀는 모히트에게 제발 집으로 돌아가게 해달라고 빌었다. 그러나 신은 헴샤시의 편에 있지 않고 모히트의 욕망의 손을 들어주었다. 그날 이후 헴샤시의 인생이 순탄치 않은 것은 굳이 설명할 필요조차 없다. 그녀는 헴샤시 대신 '카시로다'라는 이름으로 거리를 떠돌며 살아야 했다.

그날 이후 모히트에게 헴샤시는 잊힌 존재였다. 한때 사용했던 비놉드 찬드라라는 가명조차 까맣게 잊은 채 살았다. 모히트는 한 여인의 남편이자 두 아들의 아버지였으며, 매일같이 신을 경배하는 의식으로 하루를 시작하는 경건한 힌두교도이자 이름 난 판사로서 일에 충실했다. 카시로다의 사형이 집행되기 하루 전날이었다. 모히트는 감옥 근처 야채가 자라는 텃밭 쪽으로 산책을 갔다가 갑자기 사형수 카시로다가 생각났다. 죽음을 앞둔 그녀가 죄를 반성하고 신의 품 안에 안기기 전에 어떤 모습일지 궁금해졌다. 그래서 여죄수를 수용하는 감옥을 살짝 들여다봤다.

그때 어디선가 고함치는 소리가 들리며 누군가가 싸우고 있는 모습이 눈에 들어왔다. 바로 자신이 궁금해했던 죄수 카시로다였다. 죽음을 앞두고 그렇게 거칠게 싸우는 여인의 모습을 보자 연민보다는 화가 치밀었다. 모히트는 그녀에게 참회하라는 충고를 하려고 더 가까이 다가갔다. 그녀는 반지 하

'남자의 두상', 타고르.

나를 놓고 간수와 실랑이를 벌이고 있었다. 그러다 모히트를 본 그녀가 간절한 목소리로 그를 불렀다. "판사님, 제발 제 반지를 돌려달라고 해주세요." 그녀가 머리카락 속에 숨긴 반지를 간수가 가져가려고 하자 그녀는 뺏기지 않으려고 온몸으로 저항했다. 모히트는 죽음을 눈앞에 두고도 기껏 반지 하나 때문에 그런 소란을 피우는 것을 이해하기 힘들었다. '저 여인에겐 반지가 목숨보다 더 중요한 것이란 말인가!

모히트는 간수에게 여인의 반지를 보여달라고 했다. 간수가 모히트에게 그 반지를 건네주었다. 상아로 만든 반지에는 젊은 남자의 얼굴이 새겨져 있었고, 안쪽에는 금으로 비놉드 찬드라라고 새겨져 있었다. 그제야 젊은 시절 자신이 즐겨 사용했던 가명이 떠올랐다. 자신이 헴샤시에게 선물로 주었던 반지였다. 모히트는 반지와 그녀를 번갈아가며 보았다. 그러자 24년 전 한 여인의 얼굴이 떠올랐다. 눈물을 흘리며 애원하는 젊고 아름다운 어린 여자의 얼굴이. 절대 착각할 수 없는 그 여인, 헴샤시의 얼굴이. 그녀와 야반도주하여 욕구를 채우기는 했지만, 정작 그 여인을 까맣게 잊고 살았다. 그런데 그 여인은 24년간 고통스러운 삶을 살면서도 그 사랑을 간직하고 있었다니. 모히트는 자신의 발 앞에 쓰러져 있는 그 가엾은 여인을 바라보았고, 그 순간 그녀의 얼굴 주위를 감싸는 환한 빛을 보게 된다. 그녀는 사형수가 아니라 진실된 사랑을 지킨 신성으로 빛나고 있었다. 사랑은 좀처럼 실체를 드러내지 않다가 고통의 끝자락에서 그 빛을 발한다. 사람이 사람을 재판한다는 것이 얼마나 실수를 범하기 쉬운 일인지.

타고르의 그림

낙서로 태어난 환상

화가이자 교육자인 딘카르 코우식(Dinkar Kowshik, 1918~
2011)의 《낙서로 태어난 환상》은 타고르의 낙서에 관한 책이
다. 타고르는 글을 쓰면서 단어나 문장을 고칠 때 그 주변의
여백을 활용한 낙서를 하곤 했다. 그 낙서들은 그저 낙서가 아
니라 생명력 넘치는 선들로 이뤄진 기이한 형태였다. 타고르
는 그것을 이렇게 표현했다. "그 선들이 울부짖는 모습을 보면
어쩔 수 없이 선을 더 보태는 노력을 하게 된다. 어떤 형태로
든 완성해 생명력을 불어넣어야 할 것 같은 의무마저 느낀다."
그의 초기 낙서들이 말년 회화 작품보다 더 매력적으로 느껴
지는 것은 무의식적 표현과 생명력의 조합 때문이다. 어떤 형
태로 태어나고자 하는 선들의 절규가 그의 손끝에서 비로소

진정된다.

딘카르 코우식의 안목이 없었다면 타고르의 초기 낙서들이 책으로 출간되기는 힘들었을 것이다. 타고르의 말년 작품들로 제작된 화집은 많지만, 그의 초기 낙서를 책으로 출간하려는 이는 없다. 그 낙서들은 시인의 감춰진 환상을 드러내 보여준다. 많은 이들이 타고르의 말년 회화 작품을 그의 '마지막 수확'이라 부르며 찬사를 보낸다. 꽃이 피고 열매가 열리고 나면 씨앗의 존재가 잊히는 것처럼 타고르의 낙서도 그렇게 잊힐 뻔했다.

타고르가 1905년에 쓴 《케야(Kheya)》(55편의 시로 구성, 1906년 출간)의 창작 노트에 초기 낙서의 흔적들이 있다. 그 낙서들 가운데는 날짜를 수정하는 과정에서 음표처럼 보이는 덩굴 식물이 자라고(그림 1, 2), 1910년 《기탄잘리》에서는 좀 더 생명력이 느껴지는 덩굴들이 뻗어난다(그림 3). 그 식물들은 그의 무의식의 펜 끝에서 싹을 틔우고 성장하는 것처럼 보인다. 심지어 그림 2는 덩굴이 달려가는 것처럼 보이기까지 한다.

특히 1923년의 희곡 〈락타카라비(Raktakaravi, Red Oleanders, 유도화)〉(아름답지만 독을 가진 꽃, 삶과 죽음을 상징)를 쓴 노트의 낙서(그림 4, 5)는 마치 미개 부족 미술의 정령 이미지들이 뒤죽박죽 섞여 있는 것 같다. 여인의 뒤통수

그림 1.

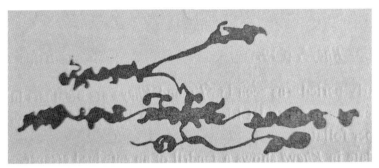

그림 2.

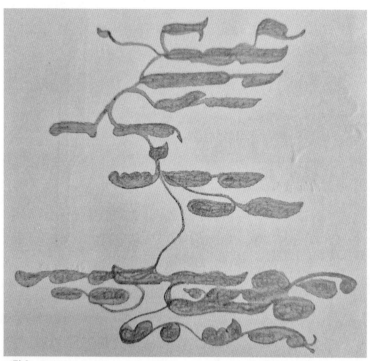

그림 3.

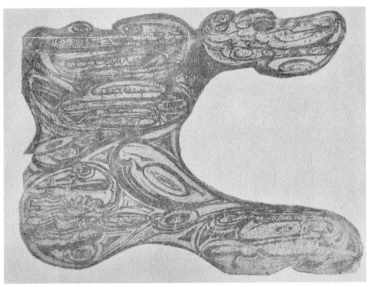

그림 4.

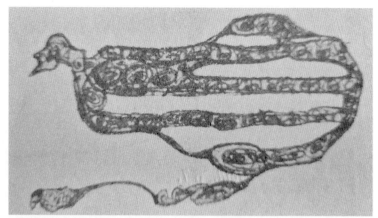

그림 5.

에서 공룡처럼 보이는 얼굴이 튀어나오고 아메바처럼 보이는 알 속에 담긴 눈이 있는가 하면, 그림 5처럼 현미경을 통해서만 볼 수 있는 단세포 동물처럼 보이는 형태도 있다. 보는 이의 상상에 따라 다양한 형태를 찾아낼 수 있다. 이 낙서를 끄적거리던 순간 그의 즉흥적 감정의 흐름을 따라가보는 것이 흥미롭다.

1905년과 1910년 사이의 낙서가 단순하고 자율적 흐름을 보여주는 식물 덩굴이거나 단순한 형태였다면, 1920년과 1923년 사이에는 다양한 형태들이 서로 얽혀 시인의 더 깊은 심연에서 우러나온 것처럼 느껴진다. 선들은 빠르게 여백을 종횡무진하며 서로 유기적으로 결합해 기이한 형태가 된다. 무의식과 환상의 조합이다. 이 시기 낙서는 그 전 시기와는 판이하게 다르다. 보는 방향과 각도에 따라 사람 얼굴이나 동물, 식물, 때로는 파충류나 아메바처럼 보인다. 표현주의의 시조라고 부를 수 있는 이탈리아 화가 주세페 아르침볼도(Giuseppe Arcimboldo)가 그랬던 것처럼 보는 이의 시각에 따라 다른 형태로 보인다.

그림 4는 언뜻 보면 머리를 묶은 여인처럼 보이지만, 다시 보면 공룡 혹은 파충류의 얼굴이 뒤통수에서 튀어나온다. 그림 5는 새의 얼굴을 가진 가녀린 몸매의 사람이 팔을 뒤로 뻗

그림 6.

고 그 팔에서 뻗어 나온 덩굴에는 아메바처럼 보이는 눈이 있다. 사람인지 동물인지 조류인지 구분이 힘든 여러 형태들이 연결되어 있다. 그 자율적인 선들이 지닌 생명력은 마치 무당이 신내림을 받아 방언을 쏟아내는 순간처럼 느껴질 정도다.

1923년 낙서(그림 6)는 구체적인 형태가 드러나지 않던 다른 낙서와는 달리 남성의 프로필을 보여준다. 연필선 위에 엷은 채색을 했다. 남자의 얼굴은 기이하게 앞으로 튀어나온 코와 수평을 이루며 튀어나온 턱으로 인해 기형적이다. 또 지나치게 부푼 뒤통수를 봐도 비현실적인 사람이 틀림없다. 하지만 신기하게도 물결처럼 반복되는 선들로 이뤄진 남자의 얼굴이 아주 오래 전 존재했던 것처럼 익숙하게 느껴지는 것은 왜일까?

그림 6~10은 아르헨티나의 산이시드로에 머물면서 쓴 시집의 낙서들이다. 타고르 곁에서 그 낙서들을 유심히 들여다보던 빅토리아 오캄포가 그의 미술적 재능을 발견하게 된다. 그림 7은 동물의 머리를 가진 피아노처럼 보이는 가구로 두 개의 다리를 지녔다. 둔탁하지만 큰 이빨을 가진 동물의 머리는 어딘지 모르게 공룡을 떠올리게 한다. 단순한 디자인의 가구와 주술적인 힘이 느껴지는 동물의 머리는 서로 조화를 이루는 것처럼 보이지 않는다. 하지만 자꾸만 들여다보게 만든다. 이

그림 7.

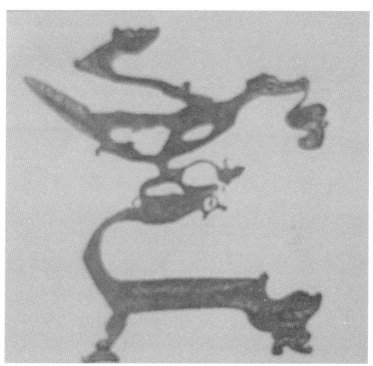

그림 8.

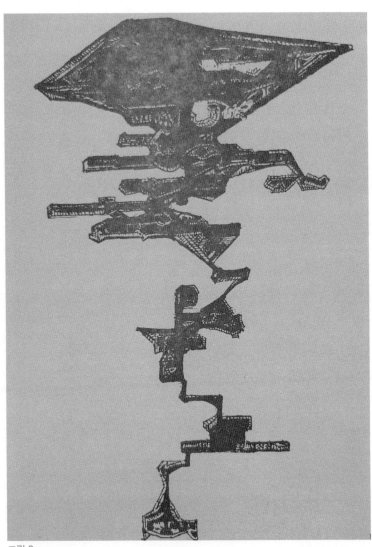

그림 9.

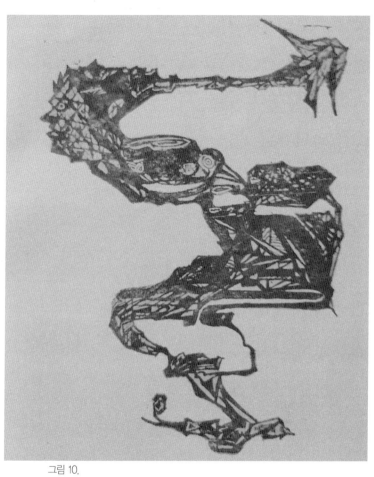

그림 10.

그림 11.

시기의 낙서에는 현실에서는 볼 수 없는 동식물이 자주 등장했다.

같은 시집 23쪽의 낙서인 그림 8은 소파의 새 머리 장식 위에 또 새가 얹혀 있다. 그 새의 입에는 갓 태어난 새끼가 매달린 것처럼 보인다. 가슴이 뻥 뚫린 새의 날개는 박쥐와 비슷하지만 이 역시 현실에서 볼 수 없다. 가구의 장식보다도 무거워 보이는 새는 무게를 덜어내려는 듯 가슴과 몸통이 뚫려 있다. 낙서는 의미 없이 마음대로 갈겨쓰며 우연히 어떤 형태나 문양이 드러나는 것을 말한다. 하지만 이 시기의 낙서에서는 초기와 달리 어떤 형태를 드러내려는 의도와 그것을 우아하고 멋지게 보이려는 열정이 느껴진다. 마치 나는 방법을 잊은 기억 속 새에게 마법의 지팡이를 살짝 갖다 대 비상하게 하려는 것처럼….

그림 그리기는 시를 쓰는 것보다 훨씬 더 무의식을 드러내기 좋다. 특히 낙서는 무엇을 그릴 것인지 고민할 필요가 없어서 더 자유롭다. 그림 9는 언뜻 보면 가오리 형태의 얼굴을 가진 외계인처럼 보이지만, 자세히 보면 다양한 형태들이 합성되어 있다. 가분수로 보이는 큰 머리와 불규칙한 계단 형식으로 연결된 형태들은 역설적이게도 파격의 균형을 보여준다. 외계에서 온 E.T.의 기이하게 큰 두상이 익숙하지 않지만 볼

수록 친근감이 느껴지는 것처럼 이 형태도 그리 낯설지 않다. 사람은 때로는 불균형의 형태에서 이질적 균형을 이뤄내는 뇌의 작용을 통해 심리적 안정을 얻는다고 한다.

그림 10에서는 격자무늬가 들어간 얼굴을 가진 사람의 뒤통수에서 외계인의 무기처럼 보이는 철퇴가 튀어나온다. 목에서 등 쪽으로 내려가면 뾰족한 부리로 뭔가를 쪼아대는 새의 머리가 보인다. 이 외계인은 피겨 스케이팅 선수가 트랙을 달리는 듯한 자세를 보여준다. 양팔을 뒤로 모은 채 얼굴을 앞으로 내밀고 질주하는 듯한 긴장감과 속도가 느껴진다. 표현주의 미술의 왜곡과 미래주의 미술의 속도가 교묘하게 어우러져 있는 것처럼 보인다.

1935년의 낙서 가운데 그림 11은 1923년의 그림 6과 유사하게 비정상적으로 큰 코와 튀어나온 턱을 가진 옆얼굴이다. 그림 4와 형태는 유사하지만 선의 흐름은 훨씬 더 능숙하고 거침없다. 코와 턱이 유난히 튀어나온 기형의 얼굴이 거부감 없이 자주 그려졌던 것으로 봐서 그의 기억 어딘가에서 튀어나온 것처럼 보인다.

초기의 낙서와는 달리 그가 1923년 아르헨티나의 산이시드로에서 쓴 시집에 담긴 낙서들은 훨씬 풍부하고 설명적이다. 환경이 바뀌면 낙서도 달라지는 것일까. 아니면 사랑이 느껴지는 여인과 함께하는 충만한 감정들 때문이었는지도 모른다. 새로운 여인과 사랑에 빠질 때마다 무한한 영감을 받았던 피카소를 생각하면 그렇다. 타고르 또한 빅토리아가 곁에서 지켜보고 있으니 더욱 즐겁게 낙서에 빠져들 수 있었을 것이다.

우연처럼 다가온 그림 그리기

타고르의 낙서에서 그의 미술적 재능을 알아본 이는 아르헨티나의 여류 문학가 빅토리아 오캄포였다. 타고르가 시를 쓸 때 곁에서 지켜보던 빅토리아는 그가 우연히 끄적거린 낙서를 보고 깜짝 놀랐다. 그 기이한 형태가 지닌 생명력 때문이었다. 그녀는 한눈에 타고르의 미술적 재능을 알아보았다. 그녀에게 그 낙서들은 아주 오래 전부터 존재해온 것처럼 친숙하게 느껴졌다. 생명력 넘치는 선들과 신비로운 형태의 새와 동물, 비현실적 생명체, 미개 부족의 얼굴과 새가 합성된 인간, 새의 부리를 지닌 여성과 막대기처럼 보이는 인체, 새와 물고기의 합성 형태 등 초현실적인 요소를 지닌 형태들. 그 낙서들은 살아서 그림 밖으로 튀어나올 것처럼 생생하게 느껴졌다.

빅토리아 오캄포와 타고르.

    빅토리아는 타고르에게 정식으로 그림을 그려보는 것은 어떤지 물었다. 그리고 그림이 준비되면 파리에서 개인전을 주선하겠다고 제안했다. 타고르는 흔쾌히 그 제안을 받아들였다. 빅토리아가 없었다면 타고르의 미술적 재능은 그저 시인의 낙서에 그치고 말았을 것이다. 타고르가 건강상의 이유로 아르헨티나에 몇 달간 머물지 않았다면 그에게 그림을 그려보라고 말해주는 이도 없었을 것이다. 모두에게 그는 시인으로 알려졌기 때문이다. 또 그렇게 가까이에서 타고르의 낙서를 유심히 들여다볼 사람도 없었다. 빅토리아가 아니었다면 그의 말년의 그림들은 이 세상에 태어나지 않았을 것이다. 시인 타고르를 미술의 세계로 안내한 것은 빅토리아 오캄포라는 한 여인의 심미안이었다.

언젠가 타고르는 "삶에서 내가 받은 최고의 상은 진실에 관해 사심 없는 표현을 마음껏 할 수 있다는 것이다. 나는 뭔가를 표현해내기 위해 긴장한 적이 한 번도 없었다."라고 말했다. 그런 재능은 그림 창작에서도 여실히 드러난다. 어린 시절을 빼고 한 번도 그림을 제대로 배운 적이 없었기에 그는 미술의 오랜 전통과 기법에 전혀 신경 쓸 필요가 없었다. 전문 화가들과 달리 형태와 재료와 기법에 대해 거의 문외한이라는 점이 곧 그의 그림의 장점이 되었다. 오직 길들여지지 않은 직관력이 그의 조형 언어였다. 그는 글을 쓰는 도중이라도 언제든 마음이 내키면 책상에 놓인 연필이나 펜, 잉크를 가지고 마치 아이가 놀이를 즐기듯 그림을 그렸다.

현대 서양 미술의 거장들은 하나같이 말한다. 어른이 되어서도 아이처럼 순수한 감정으로 사물을 바라보고 아이처럼 표현해내고 싶다고 말이다. 그래서 그들은 자신들이 알고 있는 미술의 오랜 전통을 버리기 위해 부단히 노력해야만 했다. 그 힘겨운 몸부림으로 이뤄진 저항의 역사가 바로 서양 현대 미술사다. 그런 현대 미술의 분위기 속에서 타고르는 전문 화가들이 거쳤던 숙련의 과정을 거치지 않아 오히려 자유로웠다. 그는 미술의 특정 사조나 심지어 인도 전통 회화의 영향도 받

파리 피갈 화랑에서 타고르, 1930년.

지 않았다. 미술의 전통과 기교에 정통하다는 것은 미술 창작에 걸림돌이 되기도 한다. 왜냐하면 예술은 순전히 주관적이며 독창적이어야 하기 때문이다. 알고 있는 것이 많으면 많을수록 버릴 것도 많다. 그런 점에서 타고르는 버릴 것이 거의없었다. 그 대신 그는 기억의 창고를 활짝 열어젖히고 그동안차곡차곡 쌓아두었던 이미지들이 다시 세상 속으로 걸어 나오게 했다. 어디선가 만났거나 스치고 지나갔던 사람들, 풍경들, 수많은 생각과 상상이 현실에 그 모습을 드러냈다. 그에게 그림은 마음속 깊은 곳에 침잠해 있던 기억의 흔적을 선과 색채로 드러내는 하나의 의식 같은 것은 아니었을까. 기억의 곳간을 비우는 의식!

　타고르는 그렇게 우연처럼 그림 그리기를 시작했다. 빅토리아는 약속대로 파리 전시를 기획해주었다. 그의 그림은 1930년 5월 2일부터 19일까지 파리 '피갈 화랑(Galerie Pigalle)'에서 유럽의 대중에게 선보였다. 당시 유럽 전역은 제1차 세계 대전이 끝나고 치유와 위안이 필요한 상황이었다. 그 어느 때보다 예술의 사회적 역할이 절실했다. 타고르의 노벨상 수상작 《기탄잘리》가 인도가 아닌 영국에서 먼저 발표되었던 것처럼, 그의 그림 또한 파리에서 처음으로 대중을 만났다. 그리고 파리에 이어서 영국, 독일, 덴마크, 스위스, 러시아, 미국의 보스턴, 뉴욕, 필라델피아 등지에서 1931년 5월까지 계속 순회 전시를 이어갔다. 유럽 사람들에게 타고르는 노벨상을 탄 시인으로 각인되어 있었지만, 그들은 다시 한 번 마음을 열고 타고르의 그림에 박수갈채를 보냈다. 타고르의 그림은 인도의 근현대 미술가들에게 새로운 자극을 주었으며, 서양 미술가들에게는 동양의 조형 언어를 받아들여 하나의 물결을 이루는 계기를 마련해준 셈이었다.

　타고르에게 그림 그리기는 문학 이외에 자신의 미의식을 발현하는 위대한 순간이었다. 문학이 내면의 생각과 느낌을 표현한 언어와 문자의 향연이라면, 그림은 선과 색채의 조화를 통한 형태의 창조였다. 미술은 감히 신과 창조의 행위를 나누어 갖고자 했던 인간의 오랜 욕망의 결과물이기도 하다. 예술 창작의 과정에서 진정한 예술가는 우주의 진실과 하나 되는 경험을 한다. 가식과 위선의 그림자를 걷어내고 인간 본연의 순수의 자리로 돌아가는 체험! 타고르는 평생 동안 글을 쓰고, 노래를 지어 부르고, 아이들의 친구가 되어주고, 그림을 그리는 등 다양한 방식으로 절대자에게 응답했다. 그 응답의 메아리는 누군가의 마음속 어두운 곳을 비춰주는 등불로 영원히 살아남았다.

그리움을 담아 보낸 편지

세상을 떠나기 2년 전인 1939년 3월 14일, 타고르는 산티니케탄에서 빅토리아 오캄포에게 편지를 썼다. 그 편지에는 마치 마지막을 예견한 듯한 애절함이 담겨 있었다.

"요즘 나는 마치 손을 내밀면 닿을 듯 아주 가까이에서 당신을 느끼곤 합니다. 하지만 그런 느낌을 비웃기라도 하듯 당신과 나 사이의 먼 거리가 그 희망을 앗아가버립니다. 꿈결처럼 당신을 그리워하다가 어느새 다시는 그 시절로 되돌아갈 수 없는 현실로 되돌아오곤 하지요. 당신의 집 근처 강가에서 봤던 이국적인 풍경이 신기루처럼 나타났다 사라지곤 합니다. 그 순간들은 기억 속에 존재하지만 끄집어내려 하면 어느새 사라지고 맙니다. 우리가 함께 나누었던 이야기들은 희미한 부호처럼 남았습니다. 아르헨티나에서의 추억이 그렇습니다. 이제 그 햇살 좋은 날들, 당신의 부드러운 보살핌, 당신과 나눈 무심한 눈빛이 시로 피어나 나를 에워쌉니다. 사라지려고 하는 그 기억들을 꼭 붙잡아두겠습니다. 다시 당신을 만나지 못하더라도 그것들은 그렇게 남게 될 것입니다. 사랑을 보내며.”

타고르는 아르헨티나에 머무는 동안 빅토리아에게 비자야 (Vijaya, 두르가 여신의 다른 이름, 시바의 아내)라는 인도 이름을 지어주었다.

1924년 11월, 타고르가 아르헨티나에서 빅토리아를 처음 만나고 난 직후 쓴 시 '마지막 봄'은 그가 빅토리아를 만나고 어떤 심정이었는지를 말해준다.

'마지막 봄' *

고독한 길에서
황혼 무렵 당신을 만났어요.
당신께 제 손을 잡으라고 말하고 싶었지만

---

* 여기서는 Anjan Ganguly의 번역본을 사용했다.

당신의 얼굴을 쳐다보고 그만 두려워졌어요.

당신 심장의 어두운 침묵 속에서

꺼져버린 불길을 보았기 때문이지요.

타고르는 아내가 세상을 떠나고 거의 40년을 홀아비로 살면서 다섯 명의 자식들을 돌봐야 했다. 자식들을 돌봐주는 보모가 있었지만 아버지가 신경 써야 할 일들도 많았다. 나이 마흔에 아내를 잃고 외로울 시간조차 없이 문학 창작과 교육자로 바쁘게 살아온 그는 말년에 운명처럼 빅토리아를 만났다. 그녀는 젊고 아름다우며 지적인 여성이었다. 말년에 그런 사랑이 찾아온 것은 참으로 우연이었다. 그러나 타고르는 그 사랑이 이루어질 수 없다는 것을 잘 알고 있었을 것이다. 두 사람 사이의 물리적인 거리도 그렇고, 그녀는 인도를 전혀 모르는 외국 여성이었다. 빅토리아도 그런 그의 마음을 엿보기라도 한 것처럼 타고르의 초대에도 끝내 인도로 그를 만나러 가지 않았다. 그 때문에 그리워하면서도 그 사랑을 깨지지 않게 잘 간직했다.

빅토리아는 1890년 아르헨티나의 명문가에서 태어나 프랑스어와 영어로 교육을 받았다. 이탈리아어로 단테의 《신곡》을 읽을 정도로 다양한 언어를 구사했다. 그녀는 젊은 시절 불행한 결혼 생활로 아픔을 겪기도 했다. 그 후에 문학 창작과 예술 기획을 하며 당대 아르헨티나 여성들에게 신여성의 아이콘이 되었다. 서구 문화에 빠져 있던 그녀가 타고르를 통해 인도의 정신을 알게 된 것은 또 다른 세상과의 만남이었다. 1914년 그녀는 앙드레 지드(André Gide)가 프랑스어로 번역한 《기탄잘리》를 읽었다. 1961년 타고르 탄생 100주년 회고록에서 그녀는 이렇게 썼다.

"《기탄잘리》가 내 손에 들어온 것은 축복이었다. 그 전까지 나는 신의 존재를 믿지 않았다. 심지어 내 안에는 신에 대한 믿음이 자리 잡을 자리조차 없었다. 하지만 신을 인정하지 않았던 나의 내면에서 끊임없이 이런 소리가 들려왔다. '너는 오직 내게만 고백할 수 있어. 나의 도움 없이는 외로움으로 녹아내리고 말거야.' 이런 심리 상태에서 나는 《기탄잘리》를 읽기 시작했다. 그 시어들은 순식간에 나의 영혼을 휘감아버렸다. 나는 도망치려고 하지 않았으며, 내 마음속에 사랑이 다시 자리 잡는 것을 거부하지도 않았다. 그리고 신의 손안에 모든 것을 내맡기기로 했다."

그녀는 눈물로 《기탄잘리》를 읽고 자석 같은 끌림으로 그의 정신세계로 빨려 들어가, 행복하기보단 오히려 고통스러울 정도였다고 고백했다.

빅토리아는 《기탄잘리》를 읽고 10년이 흐른 뒤 마침내 타고르를 만나게 된다. 1924년 11월의 일이었다. 그것도 운명처럼. 아르헨티나 방문을 마치고 페루로 가려던 타고르가 갑자기 건강에 이상이 생겨 긴 뱃길을 견딜 수 없게 되었고, 건강을 회복할 때까지 두어 달을 아르헨티나에서 머물러야만 했다. 그때 운명처럼 나타난 사람이 바로 빅토리아였다. 타고르는 빅토리아 부모의 별장이 있는 산이시드로에서 건강이 회복될 때까지 머물기로 했다. 빅토리아는 자신의 요리사와 일하는 이들을 모두 데려와 타고르를 돌보게 했다. 그리고 타고르가 적적하지 않도록 날마다 찾아와서 차를 마시거나 식사를 함께 했다.

그녀에게 타고르의 말과 행동은 그리 낯설지 않았다. 《기탄잘리》를 통해 이미 그의 마음속을 훤히 들여다봤기 때문이다. 반면에 환갑을 넘긴 타고르는 젊고 아름다운 빅토리아에게 쉽게 마음을 내어주기 어려웠다. 젊은 시절 경험한 순수한 사랑의 치명적 결과에 대한 두려움! 상대에게 마음을 주는 것이 곧 상대에게 고통을 안겨주는 비극적 결말을 낳을 수 있다는 사랑의 모순적 얼굴을 본 젊은 날의 상처! 그럼에도 타고르는 빅토리아의 젊음과 문학적 재능, 아름다움과 사려 깊은 보살핌에 마음이 끌렸다. 그러나 자신이 지켜야 할 감정적 선은 결코

산이시드로에 있는 빅토리아 부모의 별장.

넘지 않았다. 인도로 돌아가서 자신이 만든 학교를 위해 해야할 책임과 헌신 또한 그를 감정의 유희에 빠지게 놓아두지 않았다.

타고르는 산이시드로에서 빅토리아의 보살핌을 받으며 서서히 건강을 회복했다. 그러나 행복하다는 느낌이 밀려올 때마다 한편으로는 마음이 편치 않았다. 그의 조국 인도는 외국인의 통치로 신음하고 있는데 이처럼 행복해도 되는 것인가. 1925년 1월 4일, 타고르는 영국인 비서 엘름허스트와 함께 뱃길로 인도로 돌아갔다. 산티니케탄에 도착한 타고르는 빅토리아의 편지를 받고 답장을 보냈다.

"당신은 내가 여름이 끝날 때까지 그 아름다운 곳에 머물지 않아서 유감이라고 쓰셨더군요. 사실은 나도 몹시 그러고 싶었지요. 하지만 그 아름다운 곳에서 하는 일 없이 빈둥거리며 지내는 것이 마치 의무를 등한시하는 것처럼 죄책감이 들었답니다. 그러나 이제 보니 그곳에서 게으름 부린 시간 동안 수줍은 꽃처럼 떨어진 시가 제 바구니를 가득 채워주었더군요. 저는 확신합니다. 제가 쌓은 견고한 성이 망각으로 모두 무너져 내릴지라도 당신과 함께한 시간은 영원히 제 마음속에 살아남을 것입니다."

아르헨티나의 산이시드로에서 빅토리아의 사려 깊은 보살핌을 받으며 타고르는 여러 편의 서정시를 썼다. 그곳에서 쓴 52편의 시들을 다음 해《프라비(Purabi, 음악 악보 같은 목소리를 지닌 여인)》라는 시집으로 출간했다. 그리고 그 행복했던 순간의 느낌들로 엮은 시집을 빅토리아에게 헌정했다. 타고르는 그 시집을 빅토리아에게 보내며 "당신께 벵골어로 쓴 이 시집을 보냅니다. 당신의 손에 직접 쥐어줄 수 있었다면 더욱 좋았겠지요. 당신께 이 책을 바칩니다. 비록 당신께서 이 시집에 어떤 내용이 담겼는지 모르실지라도. 이 시집에 담긴 시들은 모두 산이시드로에서 쓴 것입니다. 이 시집이 오래도록 당신과 함께하길 희망합니다."라고 적었다. 타고르는 왜 벵골어를 모르는 빅토리아에게 벵골어로 쓴 시집을 헌정했을까. 그녀를 향한 자신의 마음을 들키는 것이 수줍어서였을까. 다음은 그가 산이시드로에서 쓴 시다.

'어느 봄날' *

어느 봄날,

나의 외로운 숲으로,

사랑스러운 임의 모습으로,

한 여인이 내게 왔다.

노래와 멜로디를 주고,

꿈과 달콤함을 주기 위해서.

갑자기 거친 파도가

내 심장의 해안가로 몰아쳐서

모든 언어를 익사시켜버려

내 입술에서 이름이 튀어나오지 않자

그녀는 나무 아래 서서

고통스러운 표정으로 나를 바라보더니,

빠른 걸음으로 와서 내 곁에 앉아

내 손을 잡으며,

"제가 당신을 모르듯, 당신도 저를 모르네요."

나는 "어떻게 내게 이런 일이 일어났지? 사람들 모르게

---

* 여기서는 Anjan Ganguly의 번역본을 사용했다.

우리 두 사람 사이에 영원한 다리를 놓자."고 말했다.

내 심장 속 간절한 열망은 그녀의 애절한 부르짖음이었다.

그녀가 나를 묶은 실로 그녀를 묶는다.

나는 그녀를 찾아 여기저기 헤맸으며, 마음속에서 경배했다.

그 경배 속에 감춰져 있던 그녀가 내게 왔다.

넓은 대양을 가로질러, 내 마음을 훔치려고.

그녀는 자신을 돌보지 않은 채 돌아가는 것을 망각하고,

자신의 아름다움을 속이는 놀이에 빠져들어,

잡으려는지 아닌지 알지 못한 채 자신의 그물을 펼친다.

명예 대신 사랑을 선택한 타고르의 아들 라딘드라나트

타고르의 큰아들 라딘드라나트는 병약한 자식들 가운데 유일하게 아버지의 학교 일을 적극적으로 도왔으며, 아버지의 뜻을 가장 잘 이해하는 조력자 가운데 한 사람이었다. 라딘드라나트는 자신보다 다섯 살 어린 육촌 조카 프라티마와 결혼했다. 프라티마는 타고르 친구의 아들과 결혼했으나 남편이 갠지스강에 투신해 죽자 두 달 만에 미망인이 되고 말았다. 프라티마와 라딘드라나트의 결혼을 주선한 것은 바로 타고르였다. 미망인의 재혼이 파격적인 사건으로 받아들여지던 시절이었다. 타고르는 맏며느리 프라티마에 대해 아름다운 외모와 착한 마음을 가졌다고 칭찬하며, 그녀가 예술적 재능을 발휘하도록 도와주었다. 그 결혼은 타고르의 마음에는 흡족했으나 정작 아들의 생각은 달랐다. 사랑이 없는 결혼이 주변 사람들에게 어떤 상처를 주는지 보여주는 사건이 일어나고 만다.

1910년 결혼 당시 라딘드라나트는 스물한 살, 프라티마는 열일곱 살이었다. 두 사람은 결혼 후 10년이 지나도록 아이가 없어 1922년에 딸을 입양했다. 라딘드라나트는 아버지의 뜻에 따라 미국의 일리노이 대학에서 현대 영농학을 전공하고 돌아온 후로 학교 일을 본격적으로 돕기 시작했다. 그가 맨 먼저 한 일은 산티니케탄의 토양에 잘 적응하는 나무들을 골라 심고, 주변 농부들에게 선진 영농법을 가르치는 것이었다. 산티니케탄의 학교가 성장하는 과정에서 라딘드라나트의 기여는 그 주변 사람들 모두가 인정할 만큼 컸다.

1951년 학교가 비스바바라티 국립 대학으로 승격하자 라딘드라나트는 부총장으로 임명됐다. 총장은 대대로 인도의 수상이 맡지만 명예직이라 실질적 권한은 모두 부총장에게 주어진다. 말년에 늘 타고르를 괴롭혔던 학교의 재정 문제와 부수적인 문제들도 국립 대학으로 지정되면서부터 순조롭게 풀렸다. 그런데 라딘드라나트가 서른한 살이나 어린 미라 데비와 불륜 관계를 갖고 부총장직에서 사임하는 사건이 벌어졌다. 미라는 비스바바라티 대학 교수 니르말의 아내였다. 산티니케탄은 작은 마을이어서 두 사람의 스캔들은 금세 온 마을에 퍼졌다. 그

아들 라딘드라나트와 며느리 프라티마 사이에 앉은 타고르.

소문을 들은 수상 자와할랄 네루(명예 총장)는 라딘드라나트를 조용히 만나 미라와의 관계를 정리하라고 충고했다. 그러자 라딘드라나트는 네루에게 "부총장직을 내려놓고 사람들에게 잊혀서 그녀와 함께 평화롭게 살겠다."라고 말했다. 그렇게 라딘드라나트는 부총장이 된 지 2년 만에 사임했다. 1953년의 일이었다. 그는 사랑을 위해 모든 것을 미련 없이 내던져 버렸다. 그뿐 아니라 자신의 결정이 돌아가신 아버지의 위상을 떨어뜨릴 것도 개의치 않았다. 그에게는 사랑을 지키는 것 이외에는 어떤 것도 중요하지 않았다. 그의 생각대로 산티니케탄 사람들은 금세 그를 잊었다.

그렇게 산티니케탄을 떠난 라딘드라나트와 미라는 데라둔(Dehradun, 우타라칸드주의 주도)에 정착했다. 미라의 두 살배기 아들도 데리고 갔다. 떠나기 전 라딘드라나트는 아내 프라티마에게 편지를 보냈다. "나는 몰래 떠나고 싶지는 않다

미라 데비.

오. 모든 이들이 내가 미라와 함께 떠난 것을 알게 될 것이오."
이 편지를 받은 프라티마는 "당신이 행복하다면 저는 괜찮아
요."라는 답장을 보냈다. 사실 라딘드라나트와 프라티마는 한
집에서 살았지만 서로 얼굴을 마주치는 일이 드물 정도로 사
이가 소원했다. 애당초 라딘드라나트는 아버지가 원하는 대로
프라티마와 결혼했지만 행복한 결혼 생활은 아니었다.

데라둔에 정착한 라딘드라나트는 산티니케탄에서 살았던
집과 비슷한 집을 짓고 미라와 함께 8년을 살다 세상을 떠났
다. 장례는 미라의 남편 니르말이 가서 치렀다. 인도 북부에
위치한 데라둔은 히말라야산맥과 맞닿은 경치 좋고 평화로운
곳이다. 아버지의 후광에 가려 정작 자신의 삶을 살지 못했던
그는 말년에서야 자신이 진심으로 사랑하는 여인과 함께한 것
이다. 비스바바라티 대학은 2013년에 라딘드라나트가 살았던
산티니케탄의 집을 '구하 가르(Guha Ghar)' 박물관으로 개조

했다. 그를 기리는 어떤 문구도 없지만 그 역시 산티니케탄을 몹시 사랑한 사람이었다.

라딘드라나트는 데라둔으로 떠난 뒤에도 아내 프라티마와 계속 편지를 주고받았다. 미라의 남편 니르말도 라딘드라나트의 수양딸을 데리고 데라둔을 방문하곤 했다. 프라티마와 니르말은 상처를 준 라딘드라나트와 미라와 마치 아무 일도 없었다는 듯 관계를 유지했다. 그 네 사람의 관계는 참으로 특이하다. 다른 이와 사랑에 빠져 떠난 남편과 아내에 대해 아무렇지 않게 관계를 유지하는 것이 어떻게 가능한지. 사랑의 다양한 모습이다. 라딘드라나트가 말년에 발견한 미라에 대한 사랑 또한 그렇다. 타고르가 살아 있었다면 모든 것을 던져 그 사랑을 얻으려 한 늙은 아들에게 무슨 말을 했을까. 물론 타고르는 세상에 없었다.

현대적 미개 미술에 찬사를 보내는 비평가들

65세에 그림 그리기를 시작한 타고르는 15년 동안 2천여 점의 그림을 남겼다. 그가 거둔 마지막 수확이었다. 그는 파리 개인전을 시작으로 베를린에서 전시를 끝내고 나서 그 성과에 대해 몹시 들떠 있었다. 며느리 프라티마에게 쓴 편지에서 "나는 화가가 되는 것을 상상조차 한 적 없었는데 이렇게 여러 차례 개인전까지 하게 되다니! 브라보! 또 그 작품들을 사가는 사람들까지 있다니! 운명의 여신이 내게 이런 행운을 준 것이 실감나지 않는구나."라고 했을 만큼 전시회의 성과에 만족했다.

첫 개인전이 열렸던 파리에서 타고르의 그림은 동양에서 온 신비로운 시인의 기이한 그림으로 소개되었다. 그 때문에 감상자들은 그의 그림에서 시적 감수성을 찾아내고 싶어 했다. 그 당시 파리는 세계 각국에서 개성과 실력을 갖춘 미술가들이 몰려드는 미술의 실험장이었다. 그의 그림은 소개되자마자 유럽 비평가들의 관심을 받았다. 1930년 타고르의 베를린 전시회에 관한 만하이머 타게블랏(Mannheimer Tageblatt, 1867~1939)의 비평이 일간지 뵈르젠 자이퉁(Boersen Zeitung)에 실렸다.

"나는 전시장에 가기 전까지는 별다른 기대를 하지 않았다. 타고르를 인도의 시인이자 철학자로 알고 있었기 때문이다. 그의 그림이 대중에게 공개할 가치가 있는지 의아해하는 이들도 많다. 하지만 이번 전시회는 그런 예상을 과감히 깨기에 충분했다. 오히려 그의 드로잉과 수채화에서 보이는 의미심장한 형태들은 타고르의 독창적 예술 세계를 보여주었다. 그의 작품은 언뜻 보면 에밀 놀데(Emil Nolde), 파울 클레(Paul Klee), 알프레드 쿠빈(Alfred Kubin)과 유사한 점이 있는 것처럼 보인다. 그런 유사함에도 불구하고 타고르의 그림에는 그들의 그림에서는 느낄 수 없는 묘한 흡입력이 있다."

타게블랏이 비교한 표현주의 화가들은 자연주의에서 시작해서 선과 형태를 왜곡하거나 과장하는 방식으로 표현하는 이들이다. 반면에 타고르는 자연적 형태의 왜곡과 과장의 방식이 아니라 시적 상상력에 의한 영혼의 울림을 표현해냈다. 표현주의 화가들은 미술의 전통에 대한 악마적 반항을 통해 현실의 부조리와 인간의 소외를 표현하려 한 반면, 타고르는 내면에 저장된 이미지들을 본능과 직관에 의해 선과 형태로 분출해냈다.

타고르는 자신의 그림에 담긴 의미를 묻는 이들에게 말했다. "사람들이 내 그림의 의미에 관해서 묻곤 하지요. 그럴 때마다 나는 내 그림들이 그런 것처럼 침묵합니다. 그 그림들은 표현되었을 뿐이며 말로 설명할 수 없습니다. 그것들은 형태와 색채 이외에 말로 설명할 그 무엇도 아닙니다. 만약 그 그림이 어떤 가치를 지녔다면 오래 기억될 것이고, 그렇지 않다면 잊히고 말겠지요." 타고르의 그 말이 설득력을 갖는 것은, 작품은 전시장에 모습을 드러내는 순간부터 감상자의 경험과 안목에 따라 다양한 모습으로 거듭 태어나기 때문이다. 그래서 굳이 미술가의 설명을 들으면서 선입견을 가질 필요는 없다.

1932년 미국의 미술사학자 스텔라 크람리쉬(Stella Kramrisch, 1896~1993)가 그 점에 대해 설득력 있는 비평을 했다. "타고르가 어느 시대, 어떤 화가의 영향을 받았는가 하는 의문은 부질없다. 오히려 그의 작품의 선과 형태, 그리고 색채가 무엇을 표현하려 했는지 궁금해하는 편이 더 낫다. 그가 인도의 시인이라는 선입견도 버리고 그의 작품을 바라봐야 한다." 그렇다. 그의 작품이 순수하게 인도적인지 아닌지도 중요하지 않다. 그것은 그저 논쟁을 좋아하는 이들에게 필요할 뿐이다.

타고르는 예술의 최종적 목표는 양식이나 기법의 표현이 아니라 내면의 자아와의 관계라고 했다. 그는 "우리는 우주와 세 가지 방법으로 관계를 맺는다. 첫째, 필요와 지식에 의해서, 둘째, 순수한 감정과 직관적 합일을 통해서, 셋째, 혈연관계로 맺어지며 바로 전체와 하나 됨을 의미한다. 우리 내면의 존재와 우주의 본질 사이에 혈연관계를 맺어주는 것이 바로 예술이다. 즉 예술가는 스스로 진실된 감정을 일깨우며 창작에 임하며, 그 의식과 함께 우주적 인간으로 거듭난다. 원고지를 통해 이것을 경험했듯이 나의 그림들은 어떤 형식적 원칙이 없다. 그저 본능과 무의식에 의한 선과 색채의 조화로운 결합, 리듬을 위한 나만의 즐거움."이라고 말했다. 그림을 그릴 때 감상자들에게 보여주기 위한 목적의식을 갖지 않는다는 말이다. 독자들이 시를 음미하듯 마음으로 그림을 감상하면 된다.

1930년 미국 보스턴 전시회에서 스리랑카의 미술사학자 아난다 쿠마라스와미(Ananda Coomaraswamy, 1877~1947)는 "타고르는 위대하고 섬세한 시인이자 세계의 시민이다. 그러나 그의 그림에서는 시인의 삶과 미술의 전통으로 보이는 어떤 흔적도 찾기 어렵다. 이처럼 형이상학적인 그림들이 지난 2년 동안 그려진 것도 놀랍다. 이 작품들 속에서 숨겨진 시적 상징을 찾는 것은 그다지 의미가 없다. 그들은 퍼즐처럼 맞춰지는 것도 암호로 적힌 메시지도 아니기 때문이다. 그냥 느끼면 된다."라고 비평했다.

타고르의 그림은 인도 미술이나 서양 미술의 전통에서는 찾아보기 힘든 현대적 미개 미술의 천재적 예시를 보여주었다. 그것은 그가 철저하게 직관력과 주관적 표현에 의존한 결과일 것이다. 그의 그림에 미개라는 표현을 사용한 것이 곧 동굴 거주자의 그림을 뜻하는 것은 절대 아니다. 인도 현대 회화에 선구자적 역할을 한 화가 난달랄 보스(Nandalal Bose, 1882~1966)는 "그의 그림에 미개 미술이라는 표현을 사용하는 것은 그의 그림이 오직 직관력의 표현에서 나온 것이기 때문이다. 그는 화가로서뿐 아니라 평생 새로운 문화를 창조하고 고양시키는 데 헌신했다. 그의 그림은 인간 본성의 표현이자, 고색창연한 인격의 결과물"이라고 평가했다.

타고르가 아무리 부인하려 해도 그의 그림은 글쓰기와 깊은 연관을 맺는다. 시를 쓰는 과정에서 낙서가 만들어졌고, 자신의 생각과 느낌에 문학이라는 옷을 입힌 것처럼 선과 색채의 옷을 입혀 그림을 그렸기 때문이다. 그가 "나의 시와 그림은 하나가 아니지만 같은 사람의 작품인 것은 맞다."라고 말한 것처럼, 문학과 그림의 세계는 다르지만 모두 그의 내면에서 우러나온 것은 분명하다. 인도 근현대 미술의 거장 아바닌드라나트(Abanindranath, 1871~1951)와 가가넨드라나트(Gaganendranath, 1867~1938)는 타고르의 조카들이다. 그들의 이름과 함께 타고르 또한 인도 미술에 변화를 가져온 화가로서 회자되고 있다.

타고르는 "그림은 선으로 표현된 시다."라고 말하며, 그림을 그리기 시작하면서 전에 경험하지 못했던 내면의 변화를 겪었다. 무심히 지나쳤던 주변의 나뭇가지와 나뭇잎, 꽃 한 송이까지도 각기 다른 개성적 형태로 바라보게 된 것이다. 즉, 모든 형태들이 새롭게 눈에 들어왔다. 그 새로운 시각이 바로 미술의 세계로 걸어 들어가는 첫걸음이었다. 스텔라 크람리쉬는 "타고르는 말년에 그림을 그리며 휴식 같은 여유를 즐겼다. 그에게는 전문 화가가 갖는 강박적 목적의식이 없었기 때문이다. 그저 기억과 손이 이끄는 대로 움직여 선과 색채로 이뤄진 앙상블을 연주했다. 스스로 악기가 되어 선과 색이 자유로운 곡조를 마음껏 연주하게 했다."라고 했다.

인간의 내면을 꿰뚫는 인물화

 타고르는 그림에 입문한 이래 수백 점에 달하는 얼굴을 그
림으로 그렸다. "사람의 얼굴은 내면을 드러내는 거울"이라고
말했던 그는 각각의 얼굴에서 각기 다른 스토리를 읽어냈다.
고전적인 의미의 초상화는 대상을 마주하고 최대한 닮게 그리
지만, 그가 그린 얼굴은 현실의 누군가를 닮기보다는 사람의
다양한 본성을 꿰뚫는 것처럼 보인다. 그 얼굴들은 언젠가 그
가 만났거나 어디선가 스치고 지나갔던 대상들이다. 아니면 더
오래 전으로 거슬러 올라가 그의 기억 너머 전생의 편린들이나
그가 경험한 인간의 다양한 심성을 표현한 것처럼 보인다.

 그는 문화가 다른 지역을 방문할 때면 그 지방의 가면에 특
별한 관심을 가졌다. 1927년 인도네시아를 방문했을 때, 바탁

'자화상', 타고르.

족(Batak)의 무희들이 벌이는 춤사위를 보고 그 주술적 힘에 전율을 느꼈다고 했다. 인도네시아의 신화에서 유래되어 죽은 자를 살려내기 위해 추는 춤이라고 하지만, 사실은 죽은 자의 영혼을 위로하는 춤이다. 가면은 그저 하나의 이미지가 아니라 주술적 에너지이자 토템으로 의식과 제식, 축제와 연극 등에서 다양한 기능을 수행했다. 에스키모인의 아주 작은 가면에서부터 인도 케랄라주의 무희의 얼굴보다 몇 배는 더 큰 가면까지, 고대인들은 가면을 쓰는 순간 완전히 다른 사람으로 태어난 것처럼 행동했다. 또 일본을 처음 방문했을 때는 일본의 전통 가면극 노가쿠(能樂)에서 쓰는 가면을 수집해서 인도로 가져갔다. 그 후 그 이미지와 닮은 얼굴을 그리기도 했다.

타고르가 한국의 탈춤에서 쓰는 다양한 가면들을 봤다면 어떤 이미지로 표현해냈을지 궁금하다. 지역마다 각기 다른 표정의 가면이 만들어진 것은 인간 내면에 숨겨진 욕망이 그만큼 다양하고 종잡을 수 없음을 말해준다. 하지만 그 가면들은 아름답고 조화롭고 평화로운 표정이라기보다는, 슬프고 일그러지고 괴기스럽고 찡그리고 고통스러운 표정이라는 공통점이 있다. 고대인들은 현대의 철학자들처럼 슬픔과 고통을 통한 카타르시스가 감정을 고양시켜준다는 것을 이미 알고 있었던 모양이다. 행복이 아니라 고통을 통해 실존을 확인하는 인간의 본성에 대한 알아차림!

그가 그린 얼굴들 가운데 초기 몇 점은 페루 가면처럼 보이고, 때로는 원통형의 물통이나 질그릇처럼도 보인다. 얼굴이 하나의 상형 문자처럼 보일 때도 있다. 우스꽝스러운 표정의 아첨꾼, 그의 발명품처럼 보이는 얼굴, 장식 문양이나 만화의 캐릭터 같은 얼굴 등 모두 현실에서 쉽게 볼 수 있는 얼굴은 아니다. 연극적 요소가 풍부한 감정을 품은 과장된 표정의 얼굴들이다. 때로는 비상식적으로 괴상하고 비웃는 표정을 짓기도 한다. 타고르는 말년으로 가면서 얼굴 표정을 그리는 데 더욱 몰두했다. 그 그림들에서는 사람의 내면을 꿰뚫어보는 뛰어난 직관력이 느껴진다. 그는 자신이 자주 그렸던 슬프고 체념한 듯 보이는 여인이 형수 카담바리라고 난달랄 보스에게 고백했다. 타고르는 우울하고 고독한 모습의 자화상도 몇 점 그렸다.

타고르의 모든 그림은 말년 15년 동안에 그려졌다. 하와이의 화가이자 미술사학자 프리트위시 네오기(Prithwish Neogy)는 타고르 그림의 소재에 대해 이렇게 요약했다. "생명력이 느껴지는 리본 모양, 꽃과 새의 합성, 야수적 선들로 이뤄진 이름 모를 형태, 모호하고 냉소적인 얼굴, 윤곽만 그린 미개의 파충류, 괴물이 증식하는 용기, 화려한 가구의 감각적인 장식, 신비로운 멜로드라마 속의 별난 집시, 영원을 찾아 나선 앙상한 순례자, 낭만적인 꿈의 집, 잊힌 이야기를 위한 일러스트레이션, 연인, 실루엣으로 표현한 황혼 풍경, 살기가 느껴지는 가면, 평화로운 산책로, 익숙한 형태들, 캐릭터와 초상화들, 일그러진 가면, 힘과 영광의 상징처럼 보이는 두상, 정적인 입술과 두려운 눈빛을 지닌 여인의 얼굴 등 다양한 형태들이 자유분방한 생동감을 보여준다." 이처럼 그의 그림의 소재는 다양하다.

특히 말년에 주로 그린 풍경화는 시인과 화가의 감정이 일치하는 것처럼 보인다. 산티니케탄의 자연을 배경으로 실루엣의 인물이 어우러진 풍경화는 그의 시에서 느껴지는 분위기와 유사하다. 지는 해가 수평선을 온통 붉게 물들이면 대나무 숲 어디선가 가녀린 피리 소리가 울려 퍼져 고독한 여행자의 가슴을 관통하고, 희미한 불빛 아래서 가족끼리 모여 앉아 소박한 저녁을 먹는 사람들의 웃음소리가 들리는 듯하다. 어둠이 내리면 소리 없이 자취를 감추고 내면으로 침잠하는 모든 날것들의 침착함과 달리, 그리움을 간직한 채 잠 못 이루는 시인의 마음이 느껴진다. 타고르의 풍경화에 등장하는 여인은 어딘지 모르게 슬프지만 아름답다.

타고르는 어느 정도 그림에 자신이 생기자 자신의 시선집 표지를 직접 그렸으며, 전문 디자이너의 솜씨처럼 보이는 장식 문양도 디자인했다. 그가 그린 단편 소설집 《마화(Mahua)》

'연인', 타고르.

의 표지는 문인화처럼 기운이 느껴진다. 시집 《비치트리타 (Vichitrita)》의 표지는 단색조의 목판화처럼 보이는 굵직한 선 묘가 특징이다. 추상적인 식물을 배경으로 춤추는 여인의 모습을 그렸다. 그는 문학 창작을 할 때 그런 것처럼 그림에서도 늘 새로움을 추구하고자 했다.

그림의 재료로는 검은 연필, 색연필, 파스텔, 다색 잉크, 수채화 물감, 나뭇잎과 꽃잎으로 만든 천연염료 등을 사용했다. 그는 색연필이나 파스텔을 이용해 빠르게 그림을 완성해, 앉은 자리에서 몇 점을 그려낼 정도였다. 때로는 펜, 붓, 손가락과 심지어 입고 있는 옷의 헐렁한 소맷자락을 활용하기도 했다. 황금색은 그가 가장 좋아하는 색이었고, 가을의 황금 들판과 닮은 노란색, 어두운 초콜릿색과 검정색을 가장 많이 사용했다. 그는 붉은색과 녹색을 구분하지 못하는 적록 색맹이었다.

타고르 그림의 가장 중요한 감상 포인트는 선적 요소와 형태이다. 그의 그림에서 색채의 역할은 후기 풍경화에서 드러난다. 그 풍경화는 무겁고 침울한 분위기를 담아내는 어두운 색조가 주류를 이룬다. 그의 말년의 그림은 거의 다 우울한 분위기다. 슬프고 암울한 기분을 내려놓기 위해 그림을 그린 것처럼 느껴질 정도다. 그런 의미에서 보면 우연히 시작한 그림이 그의 우울을 치유했는지도 모르겠다. 그는 기분에 따라 먼저 형태의 윤곽선을 그린다. 그런 다음 색을 칠하며, 윤곽선을 따라 가늘게 여백을 남긴다.

말년에 타고르는 그림 창작에 더욱 몰입하곤 했다. 그렇다고 해서 글쓰기를 옆으로 밀어내지는 않았지만 많은 시간을 그림 그리는 데 할애했다. 이 점에 대해서 조카 아바닌드라나트는 이렇게 설명했다. "타고르 삼촌이 말년에 그림 창작에 몰입한 것은 그리 놀라운 일이 아니다. 나는 그의 그림을 통해 그의 기억 속에 얼마나 많은 이미지들이 저장되어 있는지 상상할 수 있다. 그는 가슴속에 오랜 시간 불을 축적해온 화산을 품고 있었던 것처럼 보인다. 그에게 그림 창작은 가슴속 화산의 마그마 분출과 같다." 타고르에게 그림 그리기가 필연이었음을 말해주는 부분이다.

당시 인도의 대중은 타고르의 그림을 이해하지 못했다. 1937년 타고르는 화가 윌리엄 로텐스타인에게 "저는 전통을 존중하는 인도 미술에 파란을 일으키고 있답니다. 그들은 저의 그림을 낯설게 여깁니다. 하지만 저는 그림 그리는 것이 너무나 즐겁습니다."라는 편지를 보냈다. 일부 인도 평론가들은 그의 그림은 인도 미술의 전통과 아무런 연관성도 없는 개인적 일탈의 결과물로 간주했으나, 그를 창의적이며 뛰어난 현대 화가라고 평가하는 이들도 많다. 그처럼 시인 타고르는 20세기 말 인도 화가들에게 미술의 새로운 표현 방법을 제시했으며, 인도 미술이 유럽으로 진출하는 징검다리를 놓아주었다.

죽음을 앞둔 병상에서 타고르는 "그림을 그릴 수 있을 만큼만 기력이 회복되면 좋을 텐데."라고 말하곤 했다. 1930년 말에 타고르는 화가 난달랄 보스에게 헌정하는 시를 썼다.

시인은 온통 당신의 놀이에 빠져 있고,
그 빛 속에서 한 아기가 태어나려고 합니다.
그의 생각은 단어들에 흠뻑 빠져 있으나,
그에게 우주의 아름다움을 보여주시어,
그가 자유로운 시각으로 당신의 길을 향해 가게 해주세요.

시는 나의 연인

　서른두 살이었던 1893년 5월 8일의 기록에서, 타고르는 시
와 사랑에 빠졌던 어린 시절에 대해 말하고 있다. "시는 나의
오랜 연인이다. 돌이켜보면 나는 아주 어렸을 때부터 시와 사
랑에 빠졌다. 어린 시절 우리 집 정원의 연못 옆에 있는 바니
안나무 그늘 아래서 자연의 소리를 들으며, 내가 좋아했던 작
은 다락방 창가에서 바깥세상을 꿈꾸며, 여자 하인들이 들려
주는 요정 이야기를 들으며 상상의 나래를 펼쳤고, 한밤중에
별빛 아래서 졸린 눈을 비비며 들었던 늙은 가수의 구슬픈 노
랫가락에서 신비롭고 아름다운 세상이 내 안에 자리 잡기 시
작했다. 그때부터 내 마음속에 시적 영감이 차곡차곡 쌓였
다."

시를 쓰는 말년의 타고르.

    그는 뭐든 하나에 빠지면 그것에 몰입하는 성격이었다. 그래서 좋아하는 장소나 일을 찾아내면 쉽사리 그것에 빠져들곤 했다. 말년에 입문한 미술의 세계에 대해서 "솔직히 말하면 그림은 언제 떠나버릴지 모르는 연인 같지만, 나는 그 연인에게 가장 멋진 모습을 보여주고 싶다. 이제 나이가 들어 그런 사랑을 동경할 나이가 아님에도. 다른 뮤즈들처럼 그림 또한 그리 쉽게 마음을 열어주지 않는다. 지쳐 떨어질 때까지 그림을 그리지 않는 한 그녀의 사랑을 얻을 수 없다는 것을 안다. 나는 시를 쓸 때 가장 사랑받는다고 느낀다. 문학은 내게 거의 항복한 것처럼 느껴진다."라면서, 자신의 어린 시절부터 시작된 헌신적인 노력과 동반자로서 함께해온 오랜 세월에 시가 항복한 것이라고 말했다. 타고르를 시인이라고 부를 수밖에 없는 이유이다. 하지만 "나의 비나는 여러 개의 현을 가지고 있어 서로가 완벽한 화음의 조화를 이루는 것은 너무도 힘들다."라고 고백했다.

1893년 타고르는 마인푸리(Mainpuri) 지역의 작은 마을 샤자드푸르(Shajadpur)를 여행하며 이렇게 기록했다. "요즘 나는 시를 쓰며 마치 비밀스럽고 금지된 쾌락을 맛보는 심정이다. 매월 기고하는 사다나 잡지의 편집장이 원고 마감일을 상기시켜준다. 그러나 정작 그 원고는 한 줄도 쓰지 않은 채 날마다 스스로에게 다짐한다. 오늘 하루만 더 시를 쓰고 내일은 꼭 그 일을 시작하자고. 그런데 그 시를 쓰는 하루는 너무도 빨리 지나가버린다. 나는 꼭 해야 할 일을 먼저 처리하기보다는 좋아하는 일을 먼저 하곤 한다. 때로 멋진 시상이 떠오르면 할 일을 뒤로 미룬 채 방 한구석에 놓인 작은 책상에 앉아서 그저 마음 가는 대로 시를 쓴다." 그처럼 그에게 시 쓰기는 가장 좋아하는 일이었다.

타고르는 자신이 남들보다 뛰어난 언어 능력을 가졌다고

생각했다. 그렇지만 자신의 시가 온 세계로 널리 퍼지길 원하기에 끊임없이 갈증이 느껴진다고 했다. 시인은 세상을 향해 자신의 망토를 펼쳐 그 안에 담기는 것들과 소통하고, 그 느낌들을 시로 표현해내며 마침내 그것과 하나가 된다. 시인의 마음은 그 시대를 넘어서 다른 수많은 마음을 찾아 나선다. 그 마음에 날개를 달아주는 것이 바로 감정이다. 즉, 시인은 감정의 조율을 통해 세상과 하나가 된다. 독자들은 시인의 작품을 통해 순간적으로 자아의 한계를 초월하는 경험을 할 수 있다. 타고르가 자주 언급했던 것처럼 문학 작품을 통해 세상과 사람이 알몸으로 만나는 진실을 경험하게 된다. 시인은 그 진정한 자유를 통해 모든 거짓으로부터 해방된다. 길들여진 생각과 경험, 거짓과 위선을 떨쳐내고 얻는 자유! 그러므로 예술의 목적은 세상과 인간의 본성에 드리운 어두운 그림자를 제거해서 세상과 인간이 하나가 되도록 연결해주는 것이다. 진실이 빛을 발하도록 말이다. 시인은 자신의 언어를 활용해 많은 사람들과 그 진실을 공유하고 싶어 한다. 그래서 타고르는 자신의 종교는 시인의 종교라며, 시를 통해 독자들과 진실을 공유하는 우주적 인간으로 살아가고자 했다.

문학 비평가 아부 사이드 아이유브(Abu Sayeed Ayub, 1906~1982)는 타고르의 시에 대해 "그는 늘 변화를 시도하며 한 계단씩 위로 오르기 원했다. 가끔은 계속 오르기를 멈추고 그 전 계단으로 잠시 내려오기도 했지만 (계단으로 바람이 불어와 어쩔 수 없이 한 계단 내려오는 경우를 제외하고는) 결코 같은 장소로 돌아오지는 않았다."라고 평가했다. 인도 내에서 타고르의 시에 대한 평가는 칭찬과 비난의 양극단을 오간다. 어떤 이들은 그의 시가 인도의 전통적 정서를 넘어서 인간 본연의 서정성에서 우러나왔다고 평한다. 또 다른 이들은 난해한 시라고 불평했으며, 심지어 불건전하다고 말하는 이들조차 있었다. 그에 대해 타고르는 이렇게 말했다. "사실 나는 인도 내에서 정당하게 평가받은 적은 한 번도 없었다. 그러나 그것이 나쁜 것만은 아니었다. 무르익지 않은 성공보다 대중의 비난을 받으며 성장하는 것이 더 낫기 때문이다."

프랑스의 철학자 자크 마리탱(Jacques Maritain, 1882~1973)은 예술가는 주관적 감정을 드러내기 위해 창작하지 않으며, 오직 인간의 선입견과 편견을 순수한 감정으로 만들어 드러내는 대표 주자라고 했다. 예술가의 감정이 작품으로 표현되는 것은 그리 특별한 일이 아니다. 예술가는 영원을 향해 나아가는 과정에서 예술 작품을 만들고 마침내 성취에 이른다. 마리탱의 생각처럼 타고르에게 문학 창작은 영원한 존재와의 합일을 위한 노력이었으며, 진실을 공유하기 위한 헌신이었다. 그래서 시인은 죽어도 영원히 사라지지 않는다. 타고르는 "나는 시를 쓰기 시작할 때 불멸의 내 영혼 속으로 들어간다. 그곳이 바로 내가 속할 곳이다. 삶은 거짓된 유혹에 빠지기 쉽지만 시 속에서 나는 결코 거짓을 말하지 않는다. 그것만이 내 삶의 진실된 지성소이기 때문."이라고 했다. 그리고 독자들에게 말했다. "시인이 아무리 성실하고 근면한 언어의 대리인일지라도 당신의 연인이 보내는 미소나 눈빛이 다른 이에게 온전히 전달될 수 없는 것처럼 시는 당신 스스로 그것을 즐겨야만 합니다. 시와 함께 춤추며 즐기십시오."

어느 겨울 우타르프라데시의 발리아를 여행하던 도중 타고르가 쓴 편지에는 홀로 있고 싶은 마음이 잘 담겨 있다.

"지금 나는 방 한구석에 홀로 앉아 있고 싶은 마음이 간절하다. 인도에는 두 부류의 사람이 있다. 한 부류는 가정을 이루고 오직 집안일에만 매달린다. 다른 한 부류는 아예 집이 없는 방랑자로 살아간다. 내 안에는 이 두 가지가 공존한다. 방 안의 한 귀퉁이가 나를 잡아끌고, 세상은 나를 집 밖으로 꾀어낸다. 때론 긴 여행을 원하지만 그 여행에서 지치고 혼란스러울 땐 둥지를 갈망한다. 새들처럼 작은 둥지 하나만 있으면 충분한데! 그러면 날개를 펼치고 넓은 하늘을 마음껏 날 수 있을 것을…. 내가 가장 좋아하는 구석은 언제든 내 마음을 담아낼 수 있는 장소다. 나는 늘 내면에 안주하며 쉬지 않고 글을 쓰고 싶다. 그러나 군중과 기획자들은 나를 새장 안에 가두고 거칠게 쪼아대려고 한다. 내가 진정 원하는 것은 간섭 받지 않는 것이다. 마치 창조주가 자신의 창조물들 한가운데 홀로 있는 것처럼 나도 내 생각 속에 홀로 머물고 싶다."

그는 넓은 세상을 경험하길 원하면서도 방 한구석의 작은 책상에 앉아 시를 쓰는 시인이길 진정으로 원했다.

또 그는 "시인은 마치 새들이 노래 부르며 스스로 즐기는 것처럼 열정적 혼잣말을 늘어놓는다. 독자들은 그것을 엿듣는 이들."이라고 했다. 새들의 노래가 세상을 평화롭게 해주는 것처럼 시는 고독한 이의 가슴을 다독여주고, 잠 못 이루는 이에게 위로가 되어주며, 사랑을 잃은 이의 눈물을 닦아주고, 고통의 늪에 빠진 이를 고요한 산책길로 안내해준다. 시인은 자신의 고통을 녹여 등불을 밝히고, 고독한 여행자가 되어 묵묵히 자신의 길을 간다. 새들이 사라진 세상을 상상할 수 없듯이 시가 사라진 세상은 황량할 것이다. 시는 곧 우리의 마음이자 사랑이며 위로니까. 타고르는 또 시인에 대해 이렇게 말했다. "시인이 쓴 구절만으로 그를 평가하지 마라. 그는 역병에 걸린 얼굴을 천으로 가리지도 않으며, 하루 종일 가슴이 무너져 내려도 그 고통을 견딘다. 마치 행복한 사람인 것처럼."

그림 그리기에 푹 빠진 말년

1928년 11월 7일, 타고르는 니르말 쿠마리(Nirmal Kumari)에게 보낸 편지에서 그림에 대한 생각을 털어놨다.

"시의 소재를 찾으려면 마음속의 희미한 구석까지 찾아다녀야 해요. 한순간 번뜩이는 생각이 시바의 헝클어진 머리에 닿기만 하면, 그 흐름은 마치 강물처럼 순조롭지요(하늘에서 떨어진 물이 시바의 머리 위로 떨어진 다음 흘러 갠지스강이 생겨났다는 힌두교 신화). 그림은 그 반대랍니다. 먼저 선을 그리기 시작하면 그 선이 모여 어떤 형태가 만들어져요. 내가 뛰어난 화가라면 미리 계획하고 그것을 그림으로 그려낼 수 있겠지요. 나는 계획 없이 그저 내면의 어떤 힘에 사로잡혀 그리다 보면 마지막에 가서야 형태를 만나게 된답니다. 그래서 시를 쓸 때와는 전혀 다른 경이로움을 느낍니다. 이 새로운 놀이를 즐기며 나와는 아무 상관도 없는 문 밖의 일을 훔쳐보는 심정이에요. 내가 예전처럼 자유로운 영혼이라면 가장 하고 싶은 일이 무엇인지 아세요? 파드마강에 배를 떠우고 아무것도 하지 않는 것이에요. 오직 황금 보트에 시간을 적재하며 그림을 그리고 싶을 뿐입니다."

이처럼 타고르는 말년에 그림 그리는 재미에 푹 빠졌다. 문자가 갖는 의식적 한계를 넘어서 그림의 무의식적 자발성이 그를 설레게 했다. 그는 "그림 그리기는 아주 오래 전 존재했을 법한 동물, 혹은 오직 흔적으로만 남은 그 새를 위해 종이 위에 선으로 엮은 포근한 둥지를 제공하는 것이다."라고 표현했다.

타고르가 그림 그리는 것을 가까이에서 지켜봤던 난달랄 보스는 "타고르의 그림에는 선과 색채의 조화 이외에 묘한 아우라가 있어 감상자를 그림 속으로 끌어들인다. 그것은 평생 동안 시와 노래를 쓴 시인의 서정성의 영향 때문일 것이다."라고 했다. 유럽에서 거의 1년에 걸친 전시를 끝내고 인도로 돌아온 그는 1931년 12월 캘커타 시청에 딸린 홀에서 연 첫 개인전을 시작으로 인도의 주요 도시에서 그림을 선보였다. 1932년 2월 타고르의 개인전을 기획한 화가 무쿨 데이(Mukul Chandra Dey, 1895~1989)는 그가 화가로 데뷔한 것이 전혀 낯설지 않은 이유에 대해 "나는 의아했다. 왜 세계적인 시인인

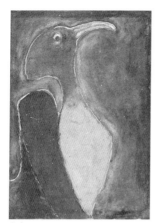
'새', 타고르

그가 말년에 붓을 들게 되었는지. 그 답은 쉽게 찾을 수 있다.
그에게 문학이 대중과 진실을 공유하는 수단이었던 것처럼 형
태와 색채로 이뤄진 그림 또한 자연의 아름다움을 증명해 보
이는 한 방법이었기 때문이다."라고 했다.

'화가'라는 제목의 다음 시는 타고르가 화가로서 절정의
시간을 보낼 무렵 쓴 것이다.

　　공기 중에서 현기증이 느껴집니다.
　　화가의 기분은 풀숲에서 노니는 참새처럼 예민합니다.
　　그는 어느 여름날 오후, 황금 포도주를 마십니다.

저녁 무렵 갑자기 서북풍이 거칠게 불어옵니다.

마음속 어슴푸레한 수평선에서 의미 없는 우울이 먼지 폭풍처럼 일면,

화가는 열기 속으로 뛰어들고 그의 붓은 대담한 흔적을 남기며 스쳐 지나칩니다.

화가의 손가락은 소리 없는 멜로디의 흐름에 취한 듯 춤을 춥니다.

보랏빛 그림자 베일에 덮여 살랑거리는 속삭임과 마음속 깊은 샘에서 흘러나오는 색채를 해방시킵니다.

상상력이 어둠을 물리치고, 경계 없는 공간에 감정의 로켓을 발사해 별들을 빛나게 합니다.

그 거친 소용돌이 같은 손놀림 속에서 사람들의 무리가 태어났다가, 창조의 파편으로 사라지고 맙니다.

낮 동안 방랑자의 생각은 목적 없이 여기저기 배회합니다.

밤이 오면, 잠은 검은 대양 위의 허망한 꿈이 되어 거품으로 부유합니다.

이렇게 화가의 붓은 쉼 없이 움직이며 장애물을 물리치고 전진합니다.

때로는 자발적으로 일그러지고 때로는 너무 달콤해서 싫증이 나기도 합니다.

그림을 그리는 말년의 타고르.

타고르는 한 고독한 인간이 이 우주의 장대함을 표현할 수 없어서 너무나 막막하다고 말하곤 했다. 그는 "괴테가 죽음의 침상에서 '빛을 좀 더'라고 했듯이 내게 그 순간이 오면 나는 '보다 더 넓은 공간'을 원할 것이다. 나는 빛과 공간 둘 다를 사랑한다."라고 했다. 그에게 공간은 감각과 감정의 변화를 유발하는 촉진제였다. 공간에 대한 그의 욕망은 유한한 인간의 삶과는 대비되는 우주의 무한함에 대한 열망이었을 것이다. 로맹 롤랑에게 보낸 편지에서 그는 "저의 아침은 시와 노래로 시작해서 저녁은 온통 형태와 색채로 가득 채워집니다."라고 그림 그리기에 푹 빠진 말년의 심정을 털어놨다.

파리 북역에서 나눈 마지막 포옹

1930년 5월 2일 파리의 피갈 화랑에서 타고르의 개인전이
열렸다. 그의 작품 125점이 전시되었다. 노벨 문학상을 탄 시
인 타고르가 화가로 대중을 만나는 순간이었다. 전시회는 성
황리에 끝났다. 그리고 6월, 파리 북역(Gare Du Nord) 플랫폼
에서 빅토리아와 타고르는 작별의 포옹을 했다. 파리 전시회
를 마치고 헤어지는 순간이자 두 사람의 마지막 만남이었다.
타고르는 그녀에게 유럽 여행에 동반해주기를 청했으나 빅토
리아는 서둘러 아르헨티나로 돌아갔다. 1931년에 창간할 잡지
《시어(Sur)》의 준비로 바빴기 때문이다. 그 후 두 사람은 편지
를 주고받기는 했지만 다시 만나지 못했다.

1936년 빅토리아는 부에노스아이레스에서 열린 국제 펜클

파리 피갈 화랑에서 타고르와 빅토리아, 1930년.

럽(PEN club)의 부위원장을 맡아 타고르를 초대했다. 그러나 그는 건강이 좋지 않아 아르헨티나까지 긴 뱃길을 갈 수 없었다. 그렇게 두 사람은 멀리서 서로를 그리워했다. 타고르는 죽음을 앞둔 침상에서 그녀에 대한 그리움이 가득 묻어나는 시를 썼다.

내 사랑의 메시지를 기다리는 그 머나먼 외국으로
다시 한 번 길을 떠나는 것은 감히 상상조차 할 수 없고!
어제의 꿈들은 살랑거리며 되돌아와 새로운 보금자리를 지으려 하네.
그 달콤한 기억들은 잊힌 가락으로 내 피리에 담겨질 것이고…

이해할 수 없는 그녀의 언어와 슬픈 눈빛은 비통함 속에 영원
히 남으리.

타고르가 아르헨티나를 떠나 인도로 가는 뱃길에 오를 때,
빅토리아는 타고르에게 의자를 선물했다. 그가 빌라 발코니에
서 사용했던 편안한 안락의자였다. 지루한 뱃길을 편안하게
가도록 하기 위한 배려였다. 하지만 타고르가 사용할 선실의
문이 너무 좁아서 그 의자는 선실 밖 넓은 통로에 놓인 채 인도
에 도착했다. 그 의자는 빅토리아를 떠올리는 행복한 추억과
함께 산티니케탄에 도착했다. 타고르가 머무는 공간을 옮길
때마다 그 의자도 따라다녔다. 시인이 산이시드로와 빅토리아
를 떠올리곤 했던 그 의자는 현재 산티니케탄 타고르 박물관
에 전시되어 있다. 죽음을 앞둔 시인이 병상에 누워서 거동하
기 힘들 때도 그 의자는 그의 침대 곁에 놓여 있었다. 그 텅 빈
의자를 바라보며 쓴 시가 있다.

적적한 한낮에 따가운 햇살이 파고든다.
눈앞의 텅 빈 의자에는,
위안이 될 만한 것의 흔적조차 없다.

인디라 간디 수상(왼쪽)과 빅토리아, 산이시드로, 1968년.

슬픔에 잠긴 절망의 단어들이 꿈틀거리고
의미를 알 길 없는 동정 어린 가녀린 목소리에 마음이 무겁다.

타고르의 파리 전시회를 마치고 아르헨티나로 돌아간 빅토
리아가 발간한 문학잡지 《시어》는 발간 후 얼마 지나지 않아
유럽 최고의 권위를 자랑하는 잡지로 자리 잡았으며, 차츰 프
랑스어와 영어로 발간됐다. 그녀는 그 잡지에 간디, 타고르,
네루에 관해 썼다. 잡지의 유명세와 함께 그녀의 명성은 유럽
과 미국으로 이어졌다. 그녀는 여성과 약자의 인권을 위해 용
감한 전사처럼 싸웠다. 후안 페론(Juan Perón)의 통치 시기에
감옥에 투옥됐으나, 인도의 수상 네루의 중재로 석방됐다.
1967년 하버드 대학은 그녀에게 명예박사 학위를 수여하며
"두려움 없이 영혼을 불사른 여인"으로 묘사했다.

1961년 인도 수상 네루가 뉴델리에서 열린 '타고르 탄생

100주년 기념 세미나'에 빅토리아를 초대했으나 참석하지 않았다. 1967년 12월, 비스바바라티 대학은 그녀에게 명예 학위를 수여하기로 결정했으며, 인디라 간디 총장은 그녀를 인도로 초청했으나 역시 오지 않았다. 그녀는 타고르의 생전에 그랬던 것처럼 그의 사후에도 인도를 방문하지 않았다. 1968년 인디라 간디 수상은 아르헨티나를 방문해 공식 일정을 끝내고 산이시드로로 빅토리아를 만나러 갔다. 빅토리아는 인디라 간디를 위해 작은 환영 행사를 마련했다. 그곳에서 인디라 간디는 그녀에게 비스바바라티 대학의 명예 학위를 수여하며, 산티니케탄 졸업식에서 졸업생들이 목에 걸치는 (명예를 상징하는) 바틱 스카프를 목에 걸어주었다. 훗날 인디라 간디는 "그녀의 집에는 타고르와 연관된 증표들이 많았으며, 타고르가 머물렀던 방은 마치 작은 성소처럼 꾸며져 있었다."라고 회고했다.

타고르의 손주사위이자 작가인 크리슈나 크리팔라니 (Krishna Kripalani, 1907~1992)는 "빅토리아는 노년의 타고르에게 정신적 사랑의 대상이었다. 타고르가 말년에 쓴 정감 어린 서정시의 영감은 모두 그녀로부터 시작됐다."라고 했다. 타고르가 빅토리아를 만나기 오래전에 쓴 노래 가사를 보면 마치 두 사람의 사랑을 예견이라도 한 듯한 내용이 있다. "나는 당신을 알아요. 이상한 나라에서 온 여인, 당신의 거주지는 바다 건너 외국…." 타고르가 산이시드로에 머물 때 이 노래를 빅토리아에게 들려주었는지 그녀가 훗날 이 가사를 언급하기도 했다. 타고르의 노래에 등장하는 바다 건너 외국에 사는 그녀는 그렇게 시인의 영원한 독자로 남았다. 그녀는 시인의 언어를 모르고 시인은 그녀의 마음을 알지 못했다. 그녀가 타고르에게 배운 벵골어 한 단어는 바로 '발로바사(Bhalobasa, 사랑)'!

뉴욕에서 날아온 타고르의 편지

1920년 10월 8일, 뉴욕에 도착한 타고르는 몇 달을 미국에서 보냈다. 그의 다섯 번째 세계여행은 미국을 시작으로 1921년 6월 16일까지 계속됐다. 미국 내 몇 군데 대학에서 동양과 서양 사상에 관한 강의를 하며 산티니케탄 학교의 후원회 모임도 가졌다. 뉴욕에서 두 달을 보낸 뒤, 산티니케탄에서 자신의 빈자리를 채워주고 있는 앤드루스에게 뉴욕 후원회의 근황을 전하며 "이 화려한 도시에서 저는 늘 단순한 삶과 노력이 진정한 행복이라는 생각을 합니다. 이곳에는 겉으로 드러난 성과를 중시하는 학교들이 많습니다. 하지만 산티니케탄 학교는 우리에게 진실을 깨달을 수 있는 기회를 주지요. 그것은 후원금의 액수와는 상관이 없으며 오직 헌신과 사랑이 있어야만

몬딜에서 시 낭송회를 마치고 나오는 타고르.

얻을 수 있으니까요."라고 했다.

　뉴욕에서 타고르는 매일 밤 악몽을 꿀 정도로 마음이 편치 않았다. 그래서 자신이 마치 거대한 성의 지하 감옥에 갇혀 있는 것 같다고 표현했다.

　"이곳에서 저는 산티니케탄을 그리워하며 대부분의 시간을 보냅니다. 꽃들이 자유롭게 피어나는 그곳이 너무 그립습니다. 산티니케탄이 저에게 얼마나 소중한지 이 머나먼 타국에서 깨닫습니다. 악마적으로 모든 것의 손익을 따지는 이곳은 인간의 영혼을 황폐하게 만듭니다. 원시의 대지에 나타난 거대한 독사들이 죽음으로부터 목숨을 구제해주지도 못할 비대한 꼬리를 자랑하는 것처럼요. 저는 여기서 도망치고 싶습니다. 이 진실되지 않은 모든 것들로부터. 다음 편 증기선을 타고 말입니다. 하루빨리 산티니케탄으로 가서 나의 삶을 바치고 싶습니다. 그곳에는 진실된 삶이 있기에 탐욕이 뿌리내릴 수 없습니다. 그 지혜는 인도 내에서 발화된 것이지요. 하지만 밀려드는 서양 문명에 열광하는 이들 때문에 그 지혜가 익사하게 될 위험에 처했습니다. 저의 기도는 날마다 더욱 간절해집니다. 이 거짓의 어두운 세상에서 빨리 벗어나게 해달라고요. 향기로운 꽃들을 짓밟는 광란의 춤으로부터. 매일 아침 창가에 앉아서 제 자신에게 말합니다. 날마다 인간을 희생의 제물로 삼는 서양의 우상 앞에 결코 고개를 수그리지 않을 것이라고 말입니다."

타고르는 서양 사람들은 열심히 돈을 벌어서 삶의 시를 죽이는 데 사용해버린다고 했다.

"이곳의 삶은 물이 흐르지 않는 강과 같아요. 고대의 눈 덮인 정상에서 흐르는 사계절의 물살이 멈추고 자갈과 모래가 계속 쌓아 올려지는 그런 강! 여기 와서 배우게 된 가장 큰 지혜는 바로 검소하고 진실되게 살아야 한다는 것입니다. 이곳 사람들은 모두 부를 숭배합니다. 오직 불어나기만 할 뿐 얻는 것은 하나도 없는 그런 것을 말입니다. 그들은 자신이 행복하지 않다는 것을 인정할 시간조차 없어 보입니다. 오히려 불필요한 낭비로 시간을 보내며 자신이 불행한 영혼이라는 것을 숨기려 합니다. 돈의 가치를 부추기는 기만적인 행위를 계속하며 자신의 영혼을 속이고 있어요. 제 마음은 마치 멀리 히말라야의 호수로부터 온 야생 거위가 사하라 사막에서 길을 잃은 듯합니다. 빛나는 모래가 높이 쌓여 있지만 영혼은 시들어 버린 그런 곳에서 말입니다. 그들은 거만하며, 마치 반짝이는 것만으로 뽐내는 사막의 모래 같지요. 이 사하라 사막은 대단히 넓지만 나의 마음은 이곳을 떠나길 간절히 원합니다. 이곳을 떠나며 이렇게 노래하렵니다."

타고르는 윌리엄 버틀러 예이츠의 시를 덧붙였다.

이제 일어나 이곳을 떠나, 이니스프리*로 가려네./ 그곳에 진흙과 잔가지로 작은 오두막 하나 짓고,/ 아홉 개의 콩 이랑 치고, 꿀벌 통 하나 만들어,/ 벌들이 윙윙거리는 그 숲속에서 홀로 살아가려네.

---

* Innisfree, 자유의 섬을 상징.

타고르가 몇 달 동안 뉴욕에 머문 뒤 쓴 이 편지에는 산티니케탄을 그리워하는 심정이 잘 담겨 있다. 그런 거부감에도 불구하고 자신의 책임을 다하기 위해 최선을 다한 그의 모습에서 인도인 특유의 인내를 엿볼 수 있다. 타고르는 미국에서 산티니케탄 학교 후원자들에게 돈에 대해 말하는 것이 쑥스럽고 비참한 일이라고 했지만 그 일을 마다하지 않았다.

학교의 미래를 걱정하며

인도의 물리학자 자가디시 찬드라 보스(Jagdish Chandra Bose, 1858~1937)와 타고르는 속마음을 털어놓는 친구 사이였다. 타고르는 보스에게 자신을 겸손한 추종자로 표현했다. 보스는 라디오 발명의 기초를 다진 과학자이다. 그는 영국에서 연구하는 3년 동안 급여를 한 푼도 받지 않고 일했다. 인도인에게 다른 교수들이 받는 월급의 3분의 2를 주는 것은 인종 차별이며 그것을 받는 것을 수치로 여겼기 때문이다. 그가 과학자로서 성공을 거두고 인도로 돌아왔을 때 타고르는 그가 이룬 성과를 축하하는 편지를 보냈다. 왜 인도인들은 해외에서 성공을 거둔 후에야 비로소 그 가치를 알아보는지, 왜 인도인 스스로 자신의 가치를 인정하지 않는지 안타깝게 생각했다. 타고르의 작품이 해외에서 먼저 인정받은 것도 마찬가지였기에.

타고르가 1926년 12월 유럽에서 돌아오는 선박에서 보스에게 보낸 편지에는 산티니케탄 학교의 미래를 걱정하는 내용이 담겨 있다.

"산티니케탄에는 캘커타에서 느낄 수 없는 평화로운 삶이 있답니다. 저는 산티니케탄에 제 모든 것을 다 주었습니다. 저의 학교는 운영 자금과 교육 설비가 한없이 초라하지만, 돈으로는 결코 살 수 없는 진실된 가치를 지니고 있습니다. 하지만 제가 이 세상에 없을 때, 지금까지 지켜온 학교의 이상이 언제까지 유지될 수 있을지 걱정스럽습니다. 분명 이대로는 아닐 것입니다. 저는 그것을 지키기 위해 수많은 비난과 반대에 부딪혀 싸워야만 했지요. 지혜와 신념을 갖기까지 정말 힘이 들었습니다. 누군가 제 뒤를 잇게 되면 그들은 제대로 검증되지도 않은 교사 군단을 데려올 것이고, 볼품없는 새 건물을 벌집처럼 지어대겠지요. 산티니케탄의 사라수 가로수 길은 슬픔에 잠겨 한숨지을 것이고, 그들의 살랑거리는 볼멘소리가 어느 시인의 귓가에 가 닿을 수 있을까요?"

산티니케탄 학교가 처할 운명에 대한 그의 예언자적 생각이 담긴 편지였다. 아쉽게도 그런 예측은 크게 빗나가지 않았다. 예상대로 교정에는 여기저기 새 건물이 매년 들어섰다. 학교

규모가 커지면서 예산도 늘어나서 부득이 건물을 지어야 하는 일도 생긴다. 남는 예산을 정부에 반납하는 것은 다음 해 예산을 덜 받겠다는 것과 마찬가지이기 때문이다. 서서히 학교 건물 주위에 담장이 쳐지기 시작했다. 몰려드는 관광객들이 나무 아래서 공부하는 학생들을 보려고 시도 때도 없이 학교로 들어와 사진을 찍는 것이 문제였다. 또 학생 수가 늘어나면서 교사 수도 부쩍 늘어나자, 그들의 친절과 인내를 가늠하기도 어려워졌다. 모든 것이 타고르가 예측한 대로 되어가고 있다. 타고르가 그토록 힘들게 지키려고 했던 교육 이념은 학교의 규모가 커지고 예산이 늘어나면서 매년 조금씩 퇴색해가고 있다.

그가 바란 이상적인 학교는 학생과 교사의 숫자, 교육 자재, 건물의 규모나 예산으로 실현할 수 있는 것이 아니었다. 교사와 학생이 서로 신뢰하며 지혜와 지식으로 결속하고 자연과 더불어 평화로운 삶을 사는 학교였다. 그래서 산티니케탄은 타고르에게 영혼의 고향이었다. 그는 그 진실된 세상에서 아이들과 함께 평화의 노래를 불렀다. 그러나 평화로운 시절은 시인과 함께 사라지고, 시인의 한숨 섞인 탄식이 허공을 가로지른다. 이제 다시는 그 시절로 되돌아갈 수 없다는 아쉬움보다 그 시절을 기억하고 그리워하는 이들마저 차츰 사라진다는 쓸쓸함이 더 크다.

1930년 8월 타고르는 코펜하겐에 잠시 머물고 있었다. 그곳에서 아미타 센이 산티니케탄에서 보낸 편지와 새로 발간된 타고르의 편지집을 받았다. 그 한 통의 편지가 마치 요술 지팡이처럼 타고르를 툭 건드렸다. 그 편지를 받고 보스에게 산티니케탄을 그리워하는 편지를 썼다.

"이 멀리 떨어진 곳에서 아미타의 편지를 읽으니 마치 그 풍경을 마주하는 것 같습니다. 그곳은 지금 제가 있는 환경과는 너무도 다릅니다. 인도와 유럽의 풍경은 마치 인도와 서양 음악의 차이와 같습니다. 유럽의 음악은 크고 무겁고, 힘차고, 전차에서 승리를 외치듯 위풍당당하고, 수평선 너머까지 울려 퍼집니다. 듣는 이가 '브라보!' 라고 외쳐야 할 것 같은 느낌마저 듭니다. 그러나 인도의 양치기 목동의 피리 소리는 대나무 숲 그림자가 있는 좁은 길로 저를 데려갑니다. 그 길옆으로 물 항아리를 인 여인이 지나가고, 망고 나무 가지에서 딱따구리가 나를 부르며, 어디선가 뱃사공의 노랫소리가 들려오면 마음이 깊이 요동칩니다. 그리고 이유도 없이 눈물이 흐릅니다. 그 선율은 너무도 단순해서 곧바로 마음속으로 비집고 들어오기 때문입니다. 반면에 서양 음악은 웅장하고 지적인 선율이어서 그것을 받아들이는 데 조금은 시간이 걸립니다. 저는 인도 사람이라서 그런지 인도 음악의 그 직설적 방법을 좋아합니다. 인도 음악은 아주 멀리서 날아온 야생 거위 떼의 노랫소리와 같습니다."

노벨상 수상 이후 타고르는 세계 여러 나라의 초대를 받아 인도의 사상과 문학에 관한 강연을 하곤 했다. 한번은 그가 독일 함부르크에 머물 때였다. 그가 머무는 호텔로 소녀 두 명이 찾아왔다. 한 소녀가 타고르에게 장미꽃 다발을 안겨주며 어설픈 영어로 말했다. "저는 인도를 사랑해요." 타고르가 왜 인도를 사랑하는지 소녀에게 물었다. 그러자 소녀는 잠시 수줍어하다가 "인도 사람들은 신을 사랑하니까요."라고 대답했다. 타고르는 소녀의 그 짧은 대답을 인도에 대한 최고의 찬사로 받아들였다. 신에 대한 사랑은 우리를 충만하게 하며, 그것만이 우리가 처한 어려운 상황을 풀어줄 해결책이라고 믿었다. 그는 모든 사람들이 인도를 사랑하게 하려면 우선 인도는 자기 자신을 사랑해야 한다고 생각했다. 그러면서 "만약 누군가 옥상에 올라가 '당신들은 나의 형제가 아닙니다.'라고 외쳤다고 한들 그것은 진실이 아니며 그저 공기를 오염시켜 하늘을 어둡게 만들 뿐이지요. 스스로 자신을 사랑하는 것은 곧 모두를 사랑하는 길이기 때문입니다."라고 했다. 타고르는 스스로를 주권을 빼앗긴 나라의 시인으로 소개하며 인도와 인도 사람들을 진심을 다해 사랑했으며, 그 사랑이 곧 세계의 모든 사람들을 사랑하는 길이라고 굳게 믿었다.

타고르와 영국인 친구 앤드루스의 우정

　타고르는 자신이 사람이나 일과 끈끈한 관계를 맺지 않고 살아왔다고 말하곤 했다. 그의 삶은 이상과 현실 사이의 간극을 끊임없이 넘나들어야 하는 고독한 여정이었다. 그 여정에서 만난 영국인 친구 앤드루스는 타고르가 마음을 온전히 털어놓은 '영혼의 동반자'였다. ('영혼의 동반자'라는 표현은 타고르가 앤드루스 사후에 그를 기리는 글에서 쓴 표현으로, 그런 관계는 참으로 드물다고 했다.) 타고르는 앤드루스와 나눈 우정을 인생 최대의 축복이라고 했다.

　찰스 프리어 앤드루스(Charles Freer Andrews, 1871~1940)는 영국 성공회 신부이자 선교사, 교육자이며 사회 개혁가, 인도 독립운동가였다. 그는 1912년 런던에서 타고르와 처음 만

찰스 프리어 앤드루스

났다. 두 사람의 우정은 화가 윌리엄 로텐스타인의 집에서부터 시작됐다. 런던의 햄스테드에 있는 로텐스타인의 집은 유명 작가들과 예술가들의 만남의 장소였다. 앤드루스와 타고르가 만나게 된 그날 밤, 예이츠가 《기탄잘리》를 낭송했다. 그날 이후 앤드루스는 타고르의 열정적 독자이자 친구로 평생 우정을 나누게 됐으며, 2년 뒤 산티니케탄으로 가서 학교 일을 돕기 시작했다.

앤드루스는 인도인들의 독립 투쟁을 물심양면으로 도왔고, 외국에서 일하는 인도 노동자들의 인권 운동에 깊이 참여하며 헌신했다. 간디는 앤드루스를 '딘 반두(Deen bandhu, 가난한 이들의 친구)'라고 불렀다. 그는 1904년 델리의 세인트 스테판 대학 철학 강사로 인도에 왔다. 그 후 영국인들이 인도에서 저지르는 잔혹하고 부당한 행위를 목격하면서 인도인들 편에서 독립 투쟁에 힘을 보태기 시작했다. 무엇보다도 그는 인도 천민 계층 사람들을 돕는 데 앞장섰다. 1913년 마드라스에서 일어난 면직물 공장 노동자들의 시위 때 그들 편에서 함께 투쟁했으며, 1925년에는 인도 무역 협회 회장으로 선출됐다. 당시 간디는 수입품을 거부하고 국산품을 사용하는 것만이 인도의 가난을 물리치는 첫걸음이라는 캠페인을 펼쳤다. 그래서 스와데시 운동의 하나로 직접 실을 자아 짠 카디를 걸치고 민중의 호응을 끌어내고자 했다. 앤드루스는 간디의 스와데시 캠페인에 동참하며 수입품 사용을 거부했다.

한번은 그가 타고르와 함께 남인도 케랄라에 살고 있는 영적 지도자 스리 나라야나 구루 (Sree Narayana Guru, 1856~1928)를 만나러 갔다. 나라야나 구루는 사람은 모두 평등하고 세상에는 하나의 계급, 하나의 종교, 하나의 신이 있을 뿐이라고 말하는 성자였다. 나라야나 구루를 만나고 돌아온 앤드루스는 로맹 롤랑에게 "저는 힌두 산야시(Sanyasi, 말, 마음, 자아를 통제한 성자)로 아라비아해의 바닷가를 걷고 있는 예수를 만나고 왔답니다."라는 내용의 편지를 썼다. 인도의 영적 지도자 나라야나 구루를 예수에 비유한 것이다. 앤드루스는 인도의 정신과 전통을 마음속 깊이 사랑했고, 소외된 이들의 친구가 되어 그들의 아픔을 품어주었으며, 캘커타에서 평화롭게 생을 마감했다.

앤드루스는 산티니케탄 학교의 재정이 어려울 때마다 여기저기 손을 내미는 일도 주저하지 않았다. 오히려 학교에서 필요한 것이 무엇인지 알아차리는 즉시 행동을 해서 주위에서 그에게 부탁할 필요조차 없었다. 앤드루스의 인도 사랑은 헌신 그 자체였다. 타고르는 "앤드루스와 나의 우정에 대해 이야기할 때면 늘 의아한 것이 있다. 그는 영국인이며, 케임브리지 대학을 졸업했다. 그가 사용하는 언어, 문화, 전통 등 뼛속까지 영국인인 그가 어떻게 그처럼 인도를 사랑하고 헌신할 수 있는지. 심지어 말년에는 그가 태어난 영국과 차츰 멀어져서 오히려 인도의 전통과 삶의 방식을 더 익숙하게 받아들였다." 라고 말했을 정도다.

1921년 5월 제네바에서 앤드루스에게 보낸 편지에서 타고르는 "저는 지금 혼자 기도하고 있습니다. 제 마음이 거짓으로 얼룩진 세상의 불화를 벗어나 꽃들과 별들처럼 조화를 이루는 평화의 세상에 침잠하게 해달라고요. 하지만 온 세상의 사람들이 방황하고 있어서 마음이 아픕니다. 저는 음악으로 그들의 마음을 치유하고 기쁨의 메시지를 전해주고 싶습니다. 당신께선 인도에 사랑이라는 불멸의 메시지를 가져오셨지요. 그래서 동양과 서양 사이의 분쟁의 베일을 걷어내고 화해를 이

끌어내셨지요."라며 앤드루스에 대한 신뢰와 감사를 표현했다.

앤드루스의 인도에 대한 헌신은 그리스도의 사랑의 실천이었다. 인종과 종교를 넘어선 인간에 대한 사랑! 그는 인도인들과 함께 기쁨과 슬픔을 나누고, 불행을 함께 고민하며, 패배하고 모욕당하는 이들과 늘 함께했다. 그는 가난한 이들을 돕는 데 주저함이나 어떤 의문도 갖지 않았다. 시인 카비르가 말했던 것처럼 앤드루스는 사람이 곧 신이며, 사람보다 더 위대한 존재가 없다는 것을 증명해주었다.

1940년 세상을 떠난 앤드루스에 대해 타고르는 "이제 그의 육신은 먼지로 사라지고 말았지만, 그가 남긴 위대한 사랑은 인도만의 것이 아니라 모든 인류를 위한 것입니다. 그는 죽음을 초월한 불멸의 존재로 우리와 함께 영원히 살아갈 것입니다."라고 추모했다. 그리고 1년 뒤 타고르도 세상을 떠났다.

조카 인디라에게 보낸 편지

타고르는 젊은 시절, 실라이다하에서 사는 동안 조카 인디라에게 많은 편지를 썼다. 1889년 11월에 쓴 편지를 보면 그가 실라이다하의 자연을 얼마나 사랑했는지 느낄 수 있다.

"캘커타에 살면 이 지구가 얼마나 아름다운지 알 수 없다. 하지만 이곳은 다르단다. 작은 강을 따라 늘어선 나무들 사이로 지는 태양, 매일 밤 고요한 모래사장 위로 나타나는 수많은 별들, 마치 한 권의 위대한 책과 같은 태양은 이른 아침 작은 잎사귀 하나에도 생명의 빛을 비추며 떠올랐다가 하루의 끝자락에 이르러 서쪽으로 사라진다. 이 세상의 어떤 책이 이처럼 분명하고 확실한 교훈을 줄 수 있을까! 해 질 무렵 소년들은 친구들과 함께 모래사장을 한껏 뛰어다니며 논다. 해가 수평선 아래로 지고 나면, 그 황금의 빛이 하늘에서 녹아버리고 주변의 모든 것은 어둠 속에서 그 형태를 잃어간다. 그러면 어디선가 초승달이 모습을 드러내고 그 신비스러운 빛이 가녀린 그림자를 만들어낸다. 창백한 달빛이 순백의 모래사장을 비추면 어디가 모래고 어디가 물인지, 어디가 땅이고, 어디가 하늘인지. 모든 것이 뒤섞여 경계가 사라지고 만다. 그 순간 모든 것이 비현실로 느껴지고 세상이 마치 신기루처럼 느껴진다.

이곳에선 게으름 부리기 안성맞춤이다. 아무도 나를 재촉하지 않고 딱히 해야 할 일도 없다. 모든 것이 평화롭고 서두르지 않아도 되고 홀로 있어도 된다. 이 세상에 급할 것이 하나도 없는 것처럼 여유롭다. 목욕을 할지 말지 고민할 필요도 없고. 캘커타에 사는 친구들 가운데는 식사를 꼭 제시간에 하려는 이도 있지만, 이곳에선 그런 유의 강박 관념을 가질 필요도 없어. 매사에 서두를 필요가 전혀 없거든.

이곳에는 작은 강이 하나 있는데 낮에는 물결이 세차게 흐르는 것을 본 적이 없다. 키 큰 풀과 갈대들이 자라고 있는 강변에는 늘 작은 나룻배 몇 척이 손님을 기다리고 있지. 뱃사공은 틈만 나면 따가운 햇살 아래서 낮잠을 즐기곤 해. 나도 커다란 수건으로 머리부터 발끝까지 덮고 흔들리는 배에서 낮잠을 잔다. 어떤 이는 강을 건너기 위해 서둘러 나룻배에 타서 무심히 강 건너편을 쳐다보고, 또 누군가는 뱃머리에 앉아서 양팔로 무릎을 감싸고 진지하게 생각에 잠긴다. 누가 어떤 사연을 갖고 강을 건너는지 알 수 없지. 오리 몇 마리가 활기차게 물속으로 머리를 집어넣었다가 다시 쳐들고는 거칠게 몸을 털면서 꽥꽥 우는 소리가 강가의 정취를 한껏 고조시켜 주곤 한다. 그것은 어쩌면 오리들이 물속 세상의 신비를 발견해내고 놀라워하는 소리인지도 모르겠다. 그들은 긴 목을 흔들어 대며 소리친다. '거기에는 아무것도 없어. 아무것도.'라고."

실라이다하에서 몬순의 첫비를 맞으면서 생애 두 번 다시 똑같은 몬순을 맞을 수 없음을 아쉬워하는 편지를 쓰기도 했다. 인도 사람들은 몬순의 첫비를 맞는 것을 신의 축복으로 여긴다. 몬순은 더위를 날려 보내고 농작물의 풍성한 수확을 보장해주는 선물이나 마찬가지다.

"어제는 몬순의 첫 번째 날로 팡파르가 울려 퍼지는 화려한 대관식이 있었다. 낮에는 아주 무덥다가 오후 무렵 갑자기 먹구름이 몰려와 하늘이 어두워지더니 순식간에 억수같이 비가 쏟아졌다. 이런 날, 어두운 실내에 있기보다 차라리 비에 젖는 것이 더 좋겠다고 생각했다.

요즘 나는 어떻게 해야만 하루를 새롭게 맞을 수 있을지 생각하곤 한다. 해가 뜨고 지고, 구름이 몰려왔다 사라지고, 빛이 사라지고 어둠이 내리는 것을 보면서, 보름달 아래 빛나는 바쿨 꽃을 바라보며, 지금 이 순간이 얼마나 소중한지 느낀다. 이보다 더 값진 경험이 어디 있겠니. 과거의 몬순과 지금 내가 맞이하는 몬순은 무엇이 다를까. 고대 라지푸트(Rajput, 왕들이 통치하던 지역)에 살았던 시인이 노래한 것처럼 몬순의 첫날에 연인들은 만나서 행복하거나 고통스럽게 헤어진다고 했다. 언젠가는 이 몬순을 맞이할 행운이 주어지지 않겠지. 그런 생각이 들 때마다 세상을 더욱 가까이에서 느끼고 싶어진다. 태양이 지는 것처럼 언젠가 나도 벗들에게 작별을 고하게 될 테니까. 내가 만약 성자다운 기질을 가졌다면 삶을 모순덩어리나 고행이라고 여기며 주어진 날들을 낭비하지 않고 선행을 하며 신의 이름을 암송했겠지. 하지만 그것은 내 기질이 아니야. 오히려 매 순간 스스로에게 물어보곤 하지. 왜 그처럼 매혹적인 낮과 밤이 사라지는지! 모든 색채와 빛과 그림자가 그 아름다움을 하늘 끝까지 수놓을 수는 없을까. 이 평화와 우아함을 대지와 천국 사이의 공간에 가득 채울 수 없는지! 이 대단한 향연에 대해 우리의 반응은 얼마나 보잘것없는지. 우리는 다른 별과 얼마만큼의 거리를 유지하며 살고 있을까? 상상할 수 없을 만큼 멀리 떨어진 곳에서 별빛은 지구를 비춘다. 끝없는 어둠을 통과해서 수십만 광년을 횡단해 온다. 아쉽게도 우리의 시야에 머무는 시간은 아주 짧고 또다시 멀어진다. 밝은 아침과 밤은 날마다 태양 속으로 떨어진다. 마치 여인의 뜯겨진 목걸이의 보석들이 흩어져 내리는 것처럼."

타고르가 실라이다하에서 쓴 편지들은 이 우주에서 벌어지는 신비로운 향연에 대해 절대자에게 보내는 한 인간의 묵상이었다.

병상에서 쓴 마지막 시

 타고르는 말년 몇 년 동안 만성 통증에 시달렸다. 마지막 2
년 동안은 대부분의 시간을 침대에 누워서 지내야 했다. 여러
차례 혼수상태에 빠졌다가 깨어나기는 했으나 다시 일상으로
돌아오지 못했다. 그런 와중에도 1940년 2월 17일, 산티니케
탄에서 간디를 맞이했다. 간디에게 학교의 미래를 부탁하기
위해서였다. 간디를 만난 타고르는 진심 어린 편지를 써서 그
의 손에 쥐어주었다. 자신의 사후에 학교를 맡아줄 사람은 오
직 간디 당신이라며, 인도 사람들과 함께 학교를 잘 이끌어달
라는 간절한 부탁이었다. 그 편지를 읽고 감동한 간디는 돌아
가는 자동차 안에서 타고르에게 짧은 답장을 썼다. 그 답장은
최선을 다해 타고르의 뜻을 따르겠다는 약속이었다. 그렇게

타고르는 마지막 순간까지 학교를 위해 노력했으며, 간디 또한 타고르와의 약속을 지키기 위해 최선을 다했다.

1940년 말 그는 겨우 의식을 되찾고 웅얼거림으로 마지막 시를 받아 적게 했다. 1941년 8월 7일 마침내 고통의 막이 내리고 자신이 그토록 사랑했던 벵골의 대지로 돌아갔다. 그의 나이 여든 살이었다. 자신이 태어나고 자랐던 캘커타 증조부의 집, 타쿠르바리 이층 방에서 조용히 숨을 거뒀다. 그의 마지막 시에는 곳간을 비우고 빈손으로 떠나는 시인의 회한이 서려 있다.

생일 같던 삶 속에서 길을 잃고.
이 세상의 친구들에게
사랑을 담은 마지막 손길을 부탁한다.
그 축복의 손길을
이 생의 마지막 선물로 받고 싶다.
이제 나의 곳간은 텅 비었고,
줄 수 있는 것은 모두 다 주었다.
만약 그 보상으로 얼마간의 사랑과 용서가 주어진다면
나를 죽음의 축제로 데려가줄 나룻배에 그것을 실으려 한다. *

———————————

* 여기서는 Anjan Ganguly의 번역본을 사용했다.

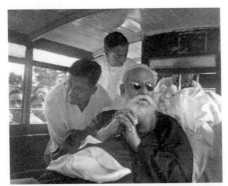
산티니케탄을 마지막으로 방문한 타고르가 기차로 떠나는 순간.

　1941년으로 접어들면서 대부분의 시간을 병상에서 누워 지
내야 했던 타고르는 죽음의 그림자가 더욱 가까이 드리워지는
것을 느낀다. 병상에서 쓴 여러 편의 시에는 평화롭게 맞이하
는 죽음과 또 다른 시인의 탄생을 희망하는 염원이 담겨 있다.
만물에 생명을 부여하는 태양이 사라지면 별빛이 모습을 드러
내 어둠을 물리치는 것처럼, 시인은 자신의 죽음을 통해 또 다
른 시인의 탄생을 예견한다. 타고르에게 시인은 태양이자 별
빛 같은 존재이다. 그의 시 두 편을 살펴보자.

　　꿈꾸지 않는 잠처럼 깊은 고요가 찾아오고
　　커튼이 드리워지면

배우의 가면은

아무 소용이 없다.

대중 앞에서, 다양한 색채의 의상을 입었고,

여러 차례 함정에 빠지기도 했으나-

이제 그 모든 것은 사라지고,

고요한 경이로움으로

존재의 심오한 내면을 들여다본다.

한 번 더 그 고요한 경이로움으로

태양이 지고 풍경이 사라진, 하늘의 별을 바라본다. *

하나둘

무대 위의 조명이 꺼지면

침묵의 부름에,

홀은 텅 비워진다. **

---

* 여기서는 Anjan Ganguly의 번역본을 사용했다.
** 위와 같음.

타고르의 아내 므리날리니 데비

므리날리니 데비(Mrinalini Devi, 1873~1902)는 방글라데시의 제소레(Jessore)에서 태어났다. 그녀의 아버지는 타고르 가문의 농경지를 관리하는 직원이었다. 타고르의 아버지와 집안어른 몇이 타고르의 신붓감을 찾기 위해 이동하다가 우연히그 직원의 집에 들러 차를 마시게 되었다. 그곳에서 므리날리니를 본 데벤드라나트는 멀리 갈 것이 아니라 저 아이를 신붓감으로 맞자고 했다.

그렇게 해서 열 살의 므리날리니는 1883년 12월 9일, 타고르와 타쿠르바리에서 결혼식을 올렸다. 타고르의 나이 스물두살이었다. 결혼식 당일, 타고르의 매형이 갑자기 세상을 떠나집안의 남자 어른들이 모두 화장터에 가야만 했기에 뒤숭숭한

타고르와 므리날리니의 결혼식

분위기 속에서 서둘러 결혼식을 치렀다. (힌두교도는 시신을 거의 당일 화장한다.) 축복을 받아야 할 결혼식을 침울하게 만든 죽음의 그림자로 인해 두 사람의 결혼 생활이 그리 순탄치 않을 것 같은 예감이 들었지만, 모두들 침묵했다. 결혼식 날

시신을 화장하기 위해 화장터로 가야 했던 집안 어른들 또한 불길한 기운을 떨쳐내기 힘들었을 것이다. 결혼을 영혼과 영혼의 결합으로 생각하는 힌두교도들은 브라만 승려를 찾아가 길일을 선택하는 것과 동시에 결혼 준비를 시작한다. 분명 타고르 집안의 어른들도 길일을 보고 날짜를 잡았을 것이다. 하지만 아무리 길일이어도 죽음은 피할 수 없는 모양이다.

므리날리니의 원래 이름은 바바타리니(Bhabatarini)였다. 타고르의 형제들이 그 이름을 촌스럽다고 놀려대자 큰형 드위젠드라나트(Dwijendranath)가 므리날리니로 바꿔주고, 그녀에게 글을 가르쳐주기까지 했다. 아마 그녀도 혼인이 정해지자마자 타고르의 집에 와서 살며 시집의 가풍을 익히다가 결혼을 했을 것이다. 인도의 결혼 풍습이었다. 그래서 부모들은 당연히 지참금을 딸려 보내야 한다고 생각했다. 어린 나이에 시집으로 가니 일종의 양육비인 셈이다. 더불어 훗날 딸에게 상속권을 인정하지 않으려고 미리 일정 금액을 묶 지어서 정리하려는 치밀한 속셈이 담겨 있다. 지참금의 액수는 신랑 집안의 재산, 학력과 직업에 따라 달라지지만, 그 액수가 적으면 시집에서 딸의 입지가 확고하지 않을 것은 당연하기에 고심이 커진다. 물론 현금이 아니라 부동산으로 대체하는 사람들도 있다. 심지어 현금일 경우 분할로 치를 수도 있으니, 신성한 결혼의 의미가 비즈니스로 전락한 것처럼 느껴질 정도다. 나중에 남편이 먼저 사망할 경우, 그 지참금에 대한 며느리의 권한 때문에 골치 아픈 문제가 발생하기도 한다. 물론 자식이 없는 경우이긴 하지만. 손해 보지 않는 뛰어난 셈법을 지닌 인도 사람들에게도 매정하게 계산하기 힘든 경우가 바로 지참금 문제다.

타고르와 아내의 관계에 대해서는 이런저런 말들이 많았다. 타고르가 남편으로서 그녀를 제대로 돌보지 않았고, 심지어 그녀의 죽음을 슬퍼하지도 않았다고 말하는 이들도 있다. 타고르와 므리날리니가 결혼한 지 몇 달이 채 되지 않은 1884년 4월 21일, 타고르의 형수가 자살하는 사건이 터졌다. 세상에서 가장 의지하고 좋아하는 형수의 자살로 타고르는 평생을 가슴속에 주홍 글씨를 달고 살아야 하는 운명으로 내몰렸다. 형수의 죽음에 자신의 책임이 있다는 죄책감을 떨쳐내지 못해서였다. 그럼에도 불구하고 그 주홍 글씨가 타고르 문학의 촉매제가 된 부분도 있다. 그녀의 죽음은 어떤 문학적 수사로도 부족할 만큼 그의 영혼을 뒤흔들었으며, 아무리 글을 쓰고 또 써도 자신의 비통한 심정을 표현할 길이 없었다. 그래서 그에게 문학은 숙명이자 자신의 내면을 밝히는 등불일 수밖에 없었다. 결혼식 날부터 드리운 어두운 그림자가 걷히기까지는 꽤나 시간이 걸렸다. 1886년 첫딸 벨라가 태어나면서부터 서서히 행복한 기운이 그 어둠을 밀어내기 시작했다.

인도 사람들은 대체로 부부 사이에 친밀함을 표현하지 않는다. 특히 남편은 그것이 체신을 지키는 일이라 생각한다. 타고르 또한 아내에 대한 마음을 겉으로 드러내지 않았다. 1900년 12월, 아내에게 보낸 편지에서 그는 아내를 '바이 츄티(Bhai Chhuti)'라고 불렀다. 바이는 아주 친한 사이거나 친근한 표현으로 상대를 부를 때 사용한다. '어이 형씨' 같은 표현으로 놀리며 부르는 애칭이다. 츄티는 휴일이라는 뜻이며 므리날리니의 별명이다.

"바이 츄티, 오늘 저녁 당신의 마음을 훔쳐도 되겠소? 그러니 낮에만 당신을 생각한다고 오해하지 말았으면 좋겠소. 왜 당신은 감정을 솔직히 털어놓지 않고 태양이 지는 순간처럼 내 마음이 당신에게서 멀어졌다고 생각하는 것이오? 그 이유에 대해 따져 묻지는 않으리다.

당신이 지난번 보낸 편지를 읽고 며칠 동안 마음이 편치 않았소. 우리 둘 사이에 어떤 장벽이 가로막혀 있는 것 같은 느낌이오. 하지만 마음에 담아두지는 않으려 하오. 마음속의 잔잔한 생각을 낱낱이 드러내놓고 얘기해본들 무슨 소용이 있겠소. 차라리 주어지는 것을 그저 받아들이려 하오.

어젯밤 꿈에, 당신이 내게 와서 환한 빛 아래서 섭섭한 마음을 털어놓았소. 꿈은 그저 꿈이지만, 좋은 꿈을 꾸었으면 좋으련만. 꿈을 깨고 나면 또 이 세상에는 얼마나 많은 현실적 걱정거리가 있는지…. 그러나 사실 받아들이지 못할 것은 아무것도 없소. 실체가 없는 꿈이 실체가 없는 문제를 일으키는 것처럼 말이오.

오늘 아침에도 그 꿈의 기억이 남아 있어 마음이 편치 않았소. 게다가 사람들이 수시로 들락거려서 정신이 없었다오. 써야 할 원고가 있는데도 불구하고 펜조차 제대로 쥐지 못했으니…. 아침에 목욕하면서 생각난 시 두 편을 겨우 쓴 것뿐이오."

타고르는 아내의 섭섭한 마음을 달래주기보다는 꿈이 꿈인 것처럼 현실 또한 그저 현실이니 그저 신경 쓰지 않겠다고 한다. 바람에 실려오는 야생화의 향기에 마음이 설레고, 흘러가는 구름에게 어디로 가는지 묻고, 기억 속 새들의 둥지를 지어주려는 시인의 그 섬세함이 정작 아내의 마음에 가 닿지는 못했다. 아내에 대한 그의 마음은 담담하다 못해 찬바람이 부는 것처럼 냉랭하다. 결혼이 가족에게 영혼을 담보로 잡히는 것이라고 생각해서. 아니면 젊은 날의 그 뮤즈 때문에 다른 여인이 비집고 들어올 마음의 자리가 없어서.

므리날리니는 1902년 산티니케탄으로 이사한 다음 갑자기 건강이 나빠졌다. 캘커타의 의사는 그녀의 병명조차 제대로 찾아내지 못했다. 그리고 3개월 후 스물아홉 살의 나이로 세상을 떠났다. 훗날 큰아들 라딘드라나트는 어머니의 병명에 대해 급성 맹장염이었을 것이라고 추측했다. 그때 타고르의 나이 마흔한 살이었다. 타고르는 므리날리니의 죽음 이후 다섯 명의 자식들을 돌보며 홀아비로 살았다. 므리날리니는 결혼 생활 18년 동안 다섯 명의 자식을 낳았다. 타고르가 학교를 세우고 재정이 어려울 때 자신의 장신구를 다 팔아서 학교 기금으로 내놓기도 했다. 하지만 마음속에 다른 여인의 환상을 품고 있는 남편과 사는 일이 쉽지는 않았을 것이다.

죽음

Tagore

끈덕지게 타고르를 괴롭혔던 죽음의 그림자

타고르는 죽음을 어떻게 받아들였을까. "어머니가 돌아가시기 전까지 나는 한 번도 주검을 직접 대면한 적이 없었다. 어머니가 세상을 떠났을 때 나는 너무 어렸다. 어머니는 꽤 오랫동안 병석에 누워 계셨다. 나는 그것이 어머니의 목숨을 빼앗아 가리라고는 생각지도 않았다. 어느 날 아침, 어머니의 죽음에 대해 들었을 때 그것이 무엇을 의미하는지 잘 몰랐다. 내 방 창에서 내려다보니 어머니가 마당 한가운데 놓인 나지막한 들것 위에서 잠들어 있었다. 그 육신은 어떤 미동도 없었다. 나는 그날 아침 처음으로 잠든 것처럼 고요한 주검의 얼굴과 대면했다."

열네 살의 소년 타고르에게 어머니의 주검은 평화로운 모습이었다. 그러나 스물네 살에 마주한 형수의 자살은 영원히 잊히기 힘들었다고 털어놨다. "형수의 죽음 이후 모든 성공의 순간마다 슬픔과 고통이 느껴졌다. 마치 평생 동안 멈출 수 없는 눈물로 짠 목걸이를 걸고 다녀야 하는 것처럼. 그 죽음은 나의 삶을 갈가리 찢어버렸다. 내게는 도망칠 틈새조차 없었다. 형수의 부재를 어떻게 받아들여야 할지 몰랐다."

산티니케탄에 정착한 타고르가 그곳 생활에 적응도 하기 전에 아내와 어린 자식들이 차례로 세상을 떠났다. 아내가 갑자기 세상을 떠났고, 막내아들 사미가 콜레라로 죽었고, 둘째 딸 레누카는 폐병으로 죽었다. 또 믿고 의지하던 아버지의 죽음으로 영성의 세계에 더욱 깊이 침잠하게 된다. 차츰 삶과 죽음이 결국은 하나라는 것을 깨닫고 창작과 학교 운영에 더욱 헌신했다. 죽음에 대한 두려움보다 삶에 헌신하는 것이 죽음을 맞이하는 가장 평화로운 방법이라는 것을 깨닫게 된다. 며느리 프라티마가 어머니를 잃고 슬퍼할 때 타고르는 "삶과 죽음의 관계를 진실로 이해하면 결국 그 둘이 하나라는 것을 깨닫게 된다."라고 말해주었다.

이처럼 타고르는 사랑하는 이들을 연거푸 잃으면서 차츰 죽음과 친해지기 시작했다. 그는 말했다. "어느 날 갑자기 죽음은 내게 축복처럼 생각되기까지 했습니다. 그 고통의 터널을 빠져나오니 이제 더 이상 잃을 것이 없다는 느낌이 들었습니다. 심지어 우주를 구성하는 원자조차도 잃어버린 그런 느낌 말이지요. 더 이상 저를 괴롭힐 그 어떤 것도 없다는 생각은 삶을 더욱 충만하게 받아들이게 했습니다. 삶이 온전하려면 죽음마저 받아들여야 한다는 것을 깨닫게 되었지요."

타고르는 1930년 10월, 큰아들 라딘드라나트에게 가능하면 학교 일을 모두 내려놓고 그저 우타라얀의 황토 집에서 조용히 살고 싶다는 내용의 편지를 보냈다. 그러나 그런 바람을 시샘이라도 하듯 잠시 자취를 감췄던 죽음이 다시 고개를 들이밀었다. 이번엔 그가 가장 아꼈던 손자 니투의 죽음이었다. 모든 죽음이 예고도 없이 찾아오지만 어린 손자의 죽음은 그를 오랫동안 괴롭혔다. 막내딸 마두릴라타의 아들로 유난히 재능이 많았던 니투는 타고르의 유일한 손자였다.

1931년 7월 31일, 독일에서 유학 중인 손자 니투에게 보낸 편지에서 타고르는 손자에게 간절히 말했다. "무엇을 하든 그 식인종 파티의 일원이 돼서는 안 돼. 오늘날 유럽은 자신들의 위대함을 부정하는 행동을 하고 있지. 인도 사람들 가운데 특히 많은 벵골 사람들이, 자신이 뭔가 하기보다는 유럽인의 모순적 삶을 흉내 내기에 바쁘단다. 이런 모방적 삶에 전염되지 않도록 네 자신을 잘 지켜야 해. 네가 있는 곳에는 그런 유의 소유욕을 가진 이들이 많을 거야. 그들과 어울리지 말고 자신의 일을 열심히 하렴." 타고르가 언급한 식인종 파티는 그 당시 유럽 전역에 깔린 암울한 이념 대립의 상황과 인간의 생명을 경시하는 살육의 전쟁을 의미한다.

니투는 1931년 아버지를 따라서 독일로 유학을 떠난 지 1년이 채 안 돼 폐렴으로 죽었다. 독일에서 손자가 아프다는 소식을 들은 타고르는 1932년 7월 2일, 화가 무쿨 데이에게 편지를 썼다. 딸 마두릴라타를 독일에 보내야 해서 그림을 팔고 싶다는 내용이었다. 그렇게 급히 경비를 마련하려고 노력하는 사이 손자는 세상을 떠나 독일의 한 공동묘지에 묻혔다. 손자가 세상을 떠난 뒤 윌리엄 로덴스타인에게 보낸 편지에서 "저는 손자의 죽음으로 참기 힘든 슬픔을 겪고 있습니다. 손자는 정말 사랑스러운 녀석이었는데 왜 그렇게 갑자기 우리에게서 멀어져 갔는지 모르겠습니다. 죽음은 언제나 예고도 없이 찾아온다는 것을 여러 번 경험했지만 어린 손자의 목숨을 이렇듯 쉽게 앗아가 버리다니요."라고 썼다.

타고르는 1932년 8월 8일 니투의 사망 소식을 듣고 나서 이런 글을 썼다.

이 충격적인 날, 나의 연필에게 말했다.

당황하지 마

그 충격이 어느 누구도 해치지 않도록

사람들 앞에서 연필을 잡지 않을 테니,

어둠 속에 얼굴을 감추지 말고

문에 자물쇠를 채우지 말고

욕심을 부려서도 안 돼.

1937년 12월 19일의 기록에는 자신의 죽음을 예견하는 내용이 담겨 있다. 건강이 나빠지기 시작하자 자신에게 남은 시간이 많지 않다는 것을 깨닫는다.

새가 떠날 시간이 다가와

노랫소리가 끊기면,

숲을 스치는 바람이 불어와

둥지를 땅으로 떨어뜨리려 한다.

이른 새벽이 찾아오면,

시든 나뭇잎과 꽃들과 함께 날아가리라,

하늘에 흔적도 남기지 않고, 일몰의 해안가를 향해서. *

---

* 여기서는 Saranindranath Tagore의 번역본을 사용했다.

1941년 2월 자신의 마지막 생일을 세 달 앞둔 타고르는 회복하기를 간절히 원했지만 나날이 허약해가는 육신과 통증에 시달리게 된다. 죽음이 우주와 하나 되기 위해 신의 품에 안기는 순간이라고 노래했던 시인에게도 이 아름다운 지구와의 작별은 무한한 슬픔이었다. 그 무렵 병상에서 쓴 '회복'이라는 시에는 자신의 이름이 곧 불릴 것을 알아차린 심정이 그려져 있다.

세상 끝, 창가에 홀로 앉아,
온통 푸른색으로 물든 세상을 바라보며,
빛은 그림자와 함께 다가온다고
영원의 언어로 되뇌면
후렴구가 들려온다. "머지않았어, 머지않았다고."
길은 일몰의 언덕 너머로 사라지고
하루를 끝내고 여인숙 앞에 서 있자니,
저 멀리 사원의 첨탑이 빛난다.
이 죽어가는 날의 노랫소리에
아름다운 모든 것들이 녹아내리고,
완벽한 몸짓으로, 스쳐간 삶의 순간들이, 순례자의 길을 따르라 한다.

후렴구가 들려온다. "머지않았어, 머지않았다고." *

이상과 현실 사이의 끝없는 갈등

    1924년 중국의 초대를 받아 떠나기 직전 타고르는 로맹 롤랑에게 편지를 썼다. 먼저 산티니케탄 학교를 위해 헌신했던 윌리엄 피어슨의 죽음에 대해 애석한 마음을 표현했다. 피어슨은 1914년 산티니케탄에 와서 영어와 자연 과목을 가르쳤다. 밤에는 주변 산탈(Santhal) 부족을 위한 야간 학교에서 영어를 가르쳤다. 그는 《산티니케탄-라빈드라나트의 학교》라는 책을 써서 타고르의 교육 철학을 해외에 널리 알렸다. 그는 아이들을 사랑하는 헌신적인 교사였으며 인도와 인도 사람, 인도의 정신을 사랑한 영국인이었다. 타고르는 "피어슨은 산티니케탄에서 아이들을 가르치면서 그들에게서 무한한 가능성을 발견해냈습니다. 그는 갑자기 불어온 바람처럼 열정적으로 학교를 위해 헌신했습니다. 그는 마치 이 꽃 저 꽃을 날아다니는 부지런한 꿀벌처럼 살았지만 열매를 맺는 것에는 집착하지 않았습니다. 자신이 하는 일을 즐겼으며 주변 사람들을 성심껏 도우려고 했지요. 하지만 저는 그가 마음속으로는 자신의 내면과 외부 상황 사이에서 끊임없이 갈등했을 것을 압니다. 왜냐하면 제 자신도 마음속에서 끊임없이 내전을 치르고 있으니까요. 고독을 즐기고 싶은 시인의 이상과 사람들과 타협해야 하는 현실은 서로 원하는 것을 달라고 조르지요. 때로 두 개의 욕망이 충돌하면 어느 한쪽 편을 들지 않으려고 부단히 노력해야 하니까요."라고 했다.

타고르는 이상과 현실에서 느끼는 고뇌의 부피가 똑같아서, 단순하게 살려면 어느 하나를 버려야 하지만 그럴 수 없어서 힘들다고 했다. 현실에 머물면서 창의적 고독과 균형을 이루기는 쉽지 않다고 고백했다. "때로는 제 내면의 시인이 상처받고, 신경 써야 할 일들로 휴식은 꿈도 꾸지 못할 때가 많았지요. 노년이 이렇게 중압감으로 가득 차버린 것이 아쉽습니다. 평화롭게 살며 마무리를 할 수 있다면 얼마나 좋을까요. 죽기 전에 이 중압감으로부터 벗어나고 싶습니다. 이제 곧 중국으로 출발합니다. 하지만 어찌해야 좋을지 모르겠습니다. 시인이어야 할까요, 현실적인 사람이어야 할까요?" 그가 로맹 롤랑에게 보낸 편지의 내용이다. 타고르는 주변 사람들에게 쉽게 감정을 드러내지 않았다. 오직 주어진 일에 최선을 다하며 흔들림 없는 정신력을 가진 강인한 사람으로 비쳤다. 하지만 그의 내면에선 끊임없이 이상과 현실이 충돌하며 갈등을 일으키고 있었다.

페르시아 시인 루미(Rumi, 1207~1273)는 "나는 고요하다. 하지만 내면에 천둥을 품고 있다."라고 했다. 타고르는 산티니케탄에 학교를 세우고 학생들과 함께 평화의 노래를 불렀다. 그러나 그의 내면에선 이상과 현실이 충돌하며 쉴 새 없이 천둥번개가 내리치고 있었다. 그는 생의 마지막 순간까지 이상과 현실 사이에서 어느 한쪽으로 치우지지 않으려고 부단한 투쟁을 했다. 그것은 그가 꿈꾸는 시인인 동시에 그 꿈을 현실로 만들기 위해 노력한 진실된 사람이었기 때문이다.

간디와 타고르

1941년 타고르가 세상을 떠나자 간디는 추모사에서 "구루데브의 육신은 흙으로 돌아갔습니다. 그러나 그의 위대한 정신은 날마다 떠오르는 태양처럼 우리와 함께 영원할 것입니다. 빛이 만물에 생명을 부여하듯 구루데브는 우리 영혼을 비춰준 위대한 스승이자 성자였습니다. 그는 강인한 의지로 산티니케탄과 슈리니케탄에 비스바바라티 대학교를 세웠습니다. 그의 영혼은 그 학교와 함께 영원할 것입니다."라고 했다. 구루데브(Gurudev, 위대한 스승)는 간디가 타고르에게 붙여준 이름으로, 타고르가 간디에게 마하트마(Mahatma, 위대한 영혼을 지닌 이)라는 이름을 주자 간디는 타고르에게 구루데브라는 이름을 헌정했다.

타고르의 운구 행렬, 캘커타, 1941년.

　간디와 타고르는 겉으로 보기에는 다른 점이 많았으나 내면으로는 진정한 동지였다. 타고르가 학교를 운영하며 온갖 재정적 어려움에도 정부의 도움을 거부한 것은 간디의 독립 투쟁에 힘을 보태며 소신대로 학교를 운영하기 위해서였다. 인도의 정신을 말살하려는 영국인들의 교육 방법에 대한 저항이기도 했다.

　타고르는 세상을 떠나기 1년 전인 1940년 간디를 산티니케탄으로 초대했다. 간디는 타고르에 대한 존경심을 이렇게 표현했다.

"끊임없이 밀려드는 정치적 압력과 걱정거리를 밀어둔 채 오직 구루데브를 만나기 위해 이곳에 왔습니다. 다르샨(Darshan, 스승이나 성자, 성지와의 만남을 통해 내면의 변화를 갖는 것)과 그의 축복을 구하기 위해서 말입니다. 구루데브는 제가 내민 공양 사발을 축복으로 가득 채워주셨습니다. 그 축복을 마음속 깊이 간직하겠습니다. 그는 시인이자 철학자입니다. 그는 뛰어난 통찰력과 예지력을 가졌으며 탁월한 문학적 재능을 가진 분이십니다. 그는 인도와 자신의 슬픔을 시와 수필로 승화시켰습니다. 자신의 눈물로 만든 잉크로 말입니다. 그뿐만 아니라 주변 시골 사람들의 교육과 복지를 위한 방법을 찾아내서 그것을 실천하고 계십니다. 먼저 아이들 교육의 자율성을 실천하셨으며, 어른들의 평생 교육의 필요성도 강조하십니다. 그는 인도 시골 사람들의 잃어버린 자존감을 다시 회복해주기 위한 교육 프로그램도 만들었습니다."

당시 간디는 바쁜 정치 일정 때문에 산티니케탄으로 타고르를 만나러 가는 일이 쉽지 않았다. 그러나 간디는 타고르의 절박한 심정을 모른 체하지 않았다. 당시 타고르는 건강이 아주 나빠진 상태여서 간디에게 학교의 미래를 부탁해야만 하는 절박한 순간이었다. 타고르의 그 간절함을 눈치챈 간디는 짧은 일정으로 산티니케탄을 방문해서 시인에게 최선을 다하겠

타고르의 영혼, 석양처럼 지다. 산티니케탄. ⓒ사마란 난디

다는 확답을 주고 돌아갔다.

　델리로 돌아간 간디는 "나의 보호 아래 놓일 이 학교의 운
명은 어찌 될 것인가? 이 학교는 진실된 영혼을 가진 이의 창
조물인 만큼 신의 보호를 받게 될 것이다."라고 산티니케탄 방
문 소감을 밝혔다. 간디의 노력으로 1901년 황무지나 마찬가
지였던 산티니케탄에 세운 작은 숲속 학교가 1951년 마침내
국립 대학으로 다시 태어났다. 간디가 아니었으면 절대 해낼
수 없는 일이었다. 타고르의 고독하고 치열했던 삶의 마무리
는 간디의 말 그대로 신의 보살핌으로 마무리되었다. 인도의
경전 바가바드기타(Bhagavadgita)에서 크리슈나는 전쟁에 나

가서 혈육과 싸워야 하는 아르주나에게 "그대가 할 일을 하라. 그러나 그 결과에 대해서는 걱정하지 말라. 그 결과는 오직 신이 결정할 것이다."라고 했던 것처럼.

간디와 타고르는 서로를 존경하며 신뢰했다. 두 사람 모두 인도가 고통 속을 헤맬 때 인도인의 영혼을 달래며 평화로 이끌었다. 타고르는 고대 인도의 정신과 지혜를 담은 문학 작품으로 세계가 인도를 향해 마음을 열게 했으며, 학교를 세워 세계의 젊은이들이 울타리 없는 장소에서 지식과 지혜를 나누기를 소망했다. 간디는 주권을 잃은 인도인들의 마음속에 수치심과 두려움 대신 비폭력의 저항을 통해 인도인들끼리 단결하며 화해와 상생의 길로 가는 방법을 보여주었다. 이처럼 타고르와 간디는 인도의 지혜를 현실로 불러내고자 노력했다. 그 방법은 서로 달랐지만 인간에 대한 사랑과 구도자적 삶의 자세는 같았다. 간디는 "평화로 가는 길은 없다. 평화가 곧 길이기 때문이다."라고 했듯이 세계의 모든 사람들에게 진실되게 살아가는 것이 곧 평화라는 것을 온몸으로 실천해 보여주었다.

타고르는 이 무한한 우주 한가운데서 모래알처럼 작은 존재가 내는 빛이 얼마나 찬란하게 모두를 비출 수 있는지 보여주었다. 그가 말했던 것처럼. "한 사람의 영혼이 세상 모든 이의 마음을 비춰준다."

타고르의 시

대중적 인기를 누리는 타고르의 노래

바로 곁에 있는 지혜를
알아채지 못하는 우리
항상 우리 곁에 있는 신을
느끼지 못하는 우리
그 지혜를
깨닫지 못하는 우리는 바보!

타고르의 '지혜의 거울'이라는 노래의 한 구절이다. 노래 가사가 곧 시지만 사람들은 시를 읽는 것보다 리듬이 추가된 노래 부르기를 더 좋아한다. 그래서 그는 세월이 흘러 자신을 기억하는 이들이 모두 사라진다 해도 자신이 만든 노래는 영원할 것이라고 말하곤 했다.

작가 에드워드 존 톰슨(Edward John Thompson, 1886~ 1946)은 "타고르의 문학 작품을 읽는 독자들은 사라질지언정 그의 노래는 위대한 유산으로 영원할 것"이라고 했다. 인도의 영화 제작자 사티야지트 레이(Satyajit Ray, 1921~1992)가 말한 대로 타고르는 작사가이자 작곡가로서 세계에서 그 유례를 찾을 수 없을 만큼 다양한 노래를 만들었다.

'당신께 헌신하겠습니다(Tomari tare ma)' *

오 어머니시여, 당신께 제 육신을 바치겠습니다.

제 영혼 또한 그렇게 헌신하겠습니다.

당신의 뜻은 너무나 간절해서 제 눈에서 비처럼 눈물이 흐릅니다.

제 비나로 당신의 이름을 부르겠습니다.

당신의 뜻에 비하면 제 무기는 한없이 힘이 없고

당신을 속박에서 해방시키려면 제 검은 오염되겠지요.

---

* 타고르가 열두 살에 만든 첫 노래로 여기서는 Anjan Ganguly의 번역본을 사용했다.

제 피 몇 방울을 흘린다 한들 문제될 것 없습니다.

당신이 견디고 있는 그 고통을 치유해서 빛나게 하겠습니다.

제 비나는 힘이 없습니다.

당신의 자식 가운데 제가 모르는 한 아이를 제 음악이 연주되는 동안 깨어나게 하소서.

그 이후로 68년 동안 타고르는 꾸준히 노래를 만들었다. 그의 마지막 노래는 1941년 5월 7일, 마지막 생일날 만든 '오 새로운 새벽!'이다. 그의 생일이 다가오자 제자들 몇이 타고르에게 가서 생일날 부를 노래를 선택해달라고 했다. 그는 자신이 20년 전에 만들었던 이 노래를 선택하고 일부 수정했다.

'오 새로운 새벽!' *

신성한 탄생의 순간이 한 번 더 주어져

연기처럼 피어오르고

태양처럼 떠올라

미로의 한가운데를 가로질러 다시 모습을 드러내

---

* 여기서는 Deepankar Choudhury의 번역본을 사용했다.

삶의 기쁨을 누리도록

신비로운 탄생이 한 번 더 주어지고

그 탄생의 날, 새벽에 소라고둥 소리가 동쪽 지평선으로

영원히 울려 퍼졌으면.

타고르에게는 시인이라는 호칭이 가장 익숙하다. 하지만 그는 시보다도 훨씬 더 많은 노래를 작사·작곡했다. 그가 그처럼 수많은 노래를 작사·작곡하는 데 가장 크게 영향을 미친 것은 어린 시절 집안 분위기였다. 그는 "우리 가족의 친구이자 가수인 스리칸타 아저씨는 한 번도 우리에게 애써 노래를 가르치려고 하지 않았다. 그 대신 항상 노래를 들려주었다."라고 말했다. 타고르의 가족들에게 음악은 일상의 한 부분이었으며, 그는 어린 시절 한동안 타쿠르바리에 머물렀던 음악가 자두바타라에게 배운 간단한 작곡법으로 노래를 만들기 시작했다.

인도에서는 타고르의 노래를 라빈드라 상기트(Rabindra Sangeet)라고 부른다. 라빈드라('라빈드라나트'의 준말)가 만든 상기트(노래)라는 뜻이다. 타고르가 예측한 대로 그의 노래는 그가 죽고 난 후에도 여전히 인도 전역에서 대중적 사랑을 받는다. 심지어 그의 문학 작품에는 관심조차 없는 이들도 그

의 노래를 좋아하고 남녀노소 상관없이 즐긴다. 가사와 곡조가 워낙 다양해서 듣는 이가 취향대로 선택하면 된다. 심지어 필자처럼 가사를 완벽하게 이해하지 못하는 외국인마저 빠져들어 그 곡조를 즐기게 만든다.

타고르는 한 번도 제대로 된 음악 교육을 받은 적이 없다. 음악 교육은 말할 것도 없고, 정규 학교 교육을 받은 기간도 너무 짧았다. 그럼에도 그렇게 많은 노래를 만들 수 있었던 것을 그는 축복으로 여겼다. 그가 천부적 재능을 마음껏 발휘할 수 있었던 데는 타쿠르바리의 음악적 분위기가 한몫했다. 유년기부터 접했던 인도 종교 음악과 벵골 민요, 서양 음악, 형들의 피아노와 바이올린 연주는 자연스럽게 그를 음악의 세계로 밀어 넣었다. 저녁이면 가족들은 달빛 아래 모여서 음악 연주와 노래, 연극이나 춤을 감상하곤 했다. 가족들이 연출하고 기획한 연극에도 음악은 늘 등장했다. 형제들이 14명이나 되다 보니 뭐든 못할 일이 없었다. 예술을 사랑하는 가족들은 늘 좋은 청중이자 비평가가 되어주곤 했다.

젊은 시절, 실라이다하에서 접한 민속 노래와 떠돌이 가수 바울의 노래, 힌두교 제식의 찬가 등은 친숙하게 그의 노래 속으로 들어왔다. 삶의 후반부의 노래에는 남인도 전통 음악의 영향이 두드러졌다. 카르나타카, 안드라프라데시, 케랄라, 타밀나두 등의 전통 음악과 스리랑카 음악도 추가됐다.

인도 사람들의 노래와 춤에 대한 사랑은 절대적이다. 그들의 영화에서 춤과 노래가 빠지는 것은 상상조차 할 수 없다. 춤과 노래는 인간 본성의 표현이자 가장 오래된 놀이다. 그래서 "춤과 노래가 끊이지 않는 마을에는 도둑이 없다."라는 속담이 있을 정도다. 춤과 노래는 인간을 선하게 만든다. 춤과 음악이 세상을 바꿀 수도 있다. 아직도 인도의 대중은 현대 음악보다 인도 전통 음악에 열광한다. 물론 발리우드 영화 음악에 열광하는 젊은 세대도 많다. 그들은 어디서든 음악에 맞춰 몸을 흔든다. 서양의 춤이 리듬에 맞춰 정확한 동작을 요하는 것과 달리, 인도 춤은 음악에 맞춰 몸이 저절로 움직이는 것처럼 자율적이다. 그래서 사람마다 춤사위가 모두 다르지만 하나도 이상할 것이 없다. 그저 음악에 몸을 맡기면 되니까.

말년의 타고르는 남인도 전통 음악에 심취했다. 남인도 전통 음악은 29개의 음계로 이뤄진 라가(Raga)라는 기본 멜로디로 연주된다. 라가는 연소(撚燒)라는 의미로 마음의 부정적 요소들을 제거해주는 정화작용을 한다. 도입부의 지루하리만치 반복적인 멜로디가 어느 시점에 이르면 불길이 일고 불꽃이 튀기듯 열정적 멜로디로 이어진다. 이어서 한순간에 그 불길을 꺼줄 소나기를 품은 천둥과 번개가 내리치는 것처럼 강력한 라가로 피날레를 장식한다. 감정의 변화를 잔잔하게 또 열정적으로, 때로는 거칠게 이끌어가다 마치 죽비를 내리쳐 눈을 번쩍 뜨게 하는 것처럼. 그 내리침은 죽음의 찰나처럼 한순간에 모든 것을 끝장내고 잠시 고요해져 막을 내린다. 남인도 음악은 굴곡진 삶의 순간과 인간의 운명을 들려주는 한 편의 드라마 같다.

타고르는 노래 가사들에 곡을 붙이기 전에 먼저 시집으로 출판하곤 했다. 처음에 그는 작곡 표기법을 제대로 알지 못했다. 가족들이 곁에서 가사에 제대로 된 리듬을 붙이도록 피아노나 다른 악기 반주로 도와주었다. 특히 음악에 재능이 뛰어났던 조티린드라나트 형의 도움이 컸다. 산티니케탄에 학교를 세운 다음에는 음악 교사의 도움을 받기도 했다.

타고르의 노래는 언제 어디서 들어도 정겹다. 시골의 허름한 찻집에서 뜨거운 짜이 한 잔을 시켜놓고, 엉덩이를 제대로 붙이기조차 힘든 작은 나무 의자에 앉아서 들어도 좋다. 흔들리는 기차 안에서 창밖으로 보이는 너른 들판에 무심히 눈길을 준 채로 들어도 좋다. 나무 그늘 아래 드러누워서 듣다가 잠들어도 괜찮다. 장터의 천막 아래 쭈그리고 앉아서 고소한 땅콩을 까 먹으며 들어도 괜찮고, 듣다가 싫증이 나면 잠시 볼일 보고 와서 들어도 된다. 산티니케탄에서 타고르의 노래를 들을 기회는 아주 많다. 그 주옥같은 노래들을 줄줄 외우는 사람들도 아주 많다. 특히 초등학교 교사와 학생 들은 시도 때도 없이 모여서 타고르의 노래를 부르고 또 부른다. 손풍금을 가져와 어디서든 몇이 모이면 저절로 노래가 시작된다. 벼가 익어가는 들판에서든, 먹구름이 몰려오는 몬순의 저녁 무렵이든, 바람결에 야생화의 향기가 실려 올 때든, 한바탕 폭우가 쏟아질 때 실내에서든, 문득 누군가 그리워질 때든, 고독이 느닷없이 찾아와 당황스러울 때든. 언제 어디서 부르고 들어도 마음이 편안하다.

타고르는 모든 노래 가사를 벵골어로 썼다. 모든 문학 작품을 벵골어로 썼듯이. 그의 벵골어 사랑이 얼마나 대단한지 알수 있다. 다양한 언어 가운데 벵골어가 가장 아름답다고 생각하는 인도인들도 많다. 그래서 타고르의 노래는 벵골어로 들어야 제맛이다.

유랑하는 가수 바울은 타고르 노래를 구성지게 잘 부른다. 원래 바울은 여기저기 떠돌며 종교적 노래를 부르는 이들이었다. 그들의 시조는 브라만 출신인 차이타냐 데브(Chaitanya Dev)였다. 그는 15세기 영적 지도자였으며, 크리슈나의 현신으로 여겨진다. 원래 바울은 힌두교 비슈누 신과 무슬림 수피 성자의 추종자들이었다. 그러다 차츰 요가와 명상을 하는 이

파라바티 바울. ©상기미트라 다스

들이 주류를 이루며 출생 신분을 따지지 않게 됐다. 그들의 언어는 노래와 춤이다. 19세기 바울의 대부라고 할 수 있는 라롱 샤(Lalon Shah)는 카야스타(Kayastha, 크샤트리아 계층) 출신으로 신비주의 철학자였다. 그는 방글라데시 쿠시티아(Kushtia, 방글라데시가 인도로부터 독립하기 이전 서벵골주에 속했던 지역)에서 태어났다. 라롱 샤는 2500여 곡의 신께 바치는 노래를 작사·작곡했다. 타고르는 실라이다하에 머무는 동안 시인이자 바울인 가간 하카라(Gagan Harkara)의 소개로 라롱 샤와 친분을 가졌다. 라롱 샤가 살았던 쿠시티아는 실라이다하와 가까운 마을이어서 타고르는 자주 바울의 노래와 춤을 접하며 영감을 받았을 것이다.

라롱 샤는 "인간은 무엇으로 만들어졌나? 물, 불, 흙으로 만들어져 그 안은 공기로 채워졌다네. 육감과 아홉 개의 문을 가진 인간은 하나의 성소라네."라고 노래 부른다. 원래 바울의 주무대는 벵골이지만, 이제는 인도 전역에서 그들의 노래를 들을 수 있다. 초기의 종교적, 철학적 성향과는 달리 자유로운 영혼을 노래한다. 바울은 부질없는 세속의 일을 홀홀 털어버리고 한바탕 춤과 노래를 즐기자고 권한다. 어디에도 걸리지 않는 바람처럼 자유로운 영혼으로 살다 가자고 말이다.

타고르는 "우리의 삶은 흐르는 강물과 같아서 매 순간 새로운 물결로 바다를 향해 흐른다. 매 순간 모든 것들과 조화를 이루며 내딛는 걸음걸음은 내면의 자유를 향해 나아간다. 우리가 사랑을 포기하지 않는다면 날마다 새롭게 태어나 영원한 아름다움을 간직한 채 무한의 묵시를 만나게 될 것이다."라고 말했다. 그는 매일 아침 떠오르는 태양처럼 새롭게 태어나며 그 무한의 묵시를 2천여 곡이 넘는 노래로 만들었다.

몬순이 불어오는 우기, 창작하기 좋은 계절

인도의 우기는 몬순(Monsoon, 남서 계절풍)이 불어오는 6월 중하순에 시작해 9월 말까지 계속된다. 이 기간에 1년 강우량의 80%가 내릴 만큼 많은 비가 집중적으로 내린다. 몬순의 강우량에 따라 물가가 들썩인다. 비가 적당히 오면 농사는 풍년이고 경제는 더 좋아진다. 물가가 안정된다는 것은 감자와 양파 수확이 많아 값이 안정되는 것을 의미한다. 감자와 양파 값이 오르면 정치인들은 표를 잃을까 걱정을 할 만큼 야채 가격은 14억 인구의 관심사다.

인도인들은 몬순을 축복으로 여긴다. 인도 신화의 '물 우주론(Water Cosmology)'에 의하면 물은 신의 현신이다. 물은 곧 신이다. 그래서 시골·사람들은 우기의 시작을 알리는 비구름이 몰려오면 모두들 밖으로 나와 춤과 노래를 즐긴다. 몬순의 첫비를 맞는 것을 신의 축복이라고 믿기 때문이다. 몬순의 빗줄기는 대지를 소생시키는가 하면 생명을 위협하는 재난이 되기도 한다. 홍수로 집이 떠내려가고 인명 피해가 발생해도 그들은 몬순을 반긴다. 몬순은 타는 듯한 더위와 갈증으로 사람과 자연 모두 지칠 대로 지칠 무렵 위풍당당하게 찾아온다. 그 세찬 빗줄기는 그저 가뭄의 단비가 아니라 생명 줄이다. 온통 먼지를 뒤집어쓴 채 숨조차 쉴 수 없었던 나뭇잎과 쩍쩍 갈라진 대지에 내리는 빗줄기를 상상해보라. 저절로 하늘을 우러러 감사의 기도가 나올 수밖에 없다.

몬순은 그야말로 변화무쌍한 모습으로 다가온다. 순식간에 먹구름이 몰려와 대낮이 한밤중처럼 컴컴해지고 천둥과 번개가 치기 시작하면, 생명 있는 모든 것들은 그 기세에 놀라 둥지로 찾아든다. 곧이어 세상의 온갖 근심 걱정을 날려버릴 듯 세찬 빗줄기가 쏟아진다. 그렇게 한바탕 비가 쏟아지다가 언제 그랬냐는 듯 쨍한 햇살이 다시 대지를 비춘다. 동시에 기다렸다는 듯이 매미들의 합창이 시작되고, 자연의 위력에 숨죽이고 있던 모든 생명체가 일상으로 돌아오는 것은 순식간이다. 여기저기 나뭇가지들이 널브러져 있고, 나뭇잎들이 수북하게 땅에 쌓인다. 어린 나무들은 피해를 덜 입는다. 오래된 나무의

가지들은 생각보다 쉽게 꺾이고 잘 부러진다. 비가 그치고 해
가 나기 시작하면 주변 마을의 아녀자들이 땅에 떨어진 나뭇
가지와 나뭇잎을 주우러 나온다. 재빨리 그것들을 모아서 집
으로 가져가야만 한다. 또 언제 빗줄기가 쏟아질지 알 수 없기
때문에 서두른다. 아무튼 눈치껏 빨리 집으로 가져간다. 우기
에는 소똥을 벽에 붙여두었다가 연료로 쓰는 것이 힘들어진
다. 그래서 한바탕 폭우가 내리고 나면 그 전리품인 나뭇가지
와 나뭇잎을 주우러, 아기를 한 손에 안고 소쿠리나 마대와 빗
자루를 들고 나온다. 가능한 한 땔감을 미리 확보해두려는 것
이다. 엄마를 따라 나온 아이들도 잔가지를 주우며 일손을 돕
는다. 아직도 시골 사람들은 자연이 주는 만큼 받아서 사용한
다. 우리에게는 이미 오래전에 잊힌 삶의 지혜다.

　세 달 이상 계속되는 우기는 실내에서 작업하는 이들에게 몹
시 반가운 계절이다. 타고르의 시 중에는 우기를 노래하는 시
가 유난히 많다. 우기에는 바깥 활동을 제대로 하기 힘들다. 폭
우가 쏟아지는 날 집 안에서 누구의 방해도 받지 않고 책을 읽
고 글을 쓰는 것은 시인에게는 더할 나위 없는 행복이었을 테니
까. 그렇다고 해서 우기가 항상 낭만적인 것만은 아니다. 고독
한 이는 더욱 고독해지고, 누군가를 그리워하는 이는 그 그리움
이 더 커질 테니까. 그래서 어떤 이는 시를 쓰고, 음악을 연주하

고, 그림을 그리고, 사랑하는 이에게 편지를 쓰기도 한다.

타고르의 시에서 몬순은 어리석은 집착을 간직한 검은 비로 묘사되거나, 다시 햇살이 비추는 날이면 현란한 춤을 추는 공작처럼 들뜨고, 먹구름이 몰려와 폭우를 쏟아내면 어둠의 광장을 가로질러 영혼의 반쪽을 찾아 나서며 잠 못 이루는 밤으로 묘사되곤 한다. 또 때로는 해안가를 찾지 못해 미로를 배회하는 방랑객의 처절한 외로움으로, 때로는 젖은 야생화의 향기에 울부짖는 슬픈 영혼으로 그려졌다. 하지만 그는 몬순을 몹시 사랑했다. 몬순과 연관된 그의 시 몇 편을 살펴보자.

'구름 위에 구름이 쌓이면'*

구름 위에 구름이 쌓이면 어둠이 내린다.

왜 저를 당신의 문 앞에 혼자 앉아 있게 하나요?

오늘 저는 혼란한 세상 속으로 나가

당신과의 약속으로 들떠서 기다립니다.

행여 당신이 오지 않거나 제게 눈길조차 주지 않으면,

---

* 여기서는 파크룰 알람과 라다 차크라바티가 편집한 영역본을 사용했다. 《The Essential Tagore》(Harvard University Press, 2011), Edited by Fakrul Alam & Radha Chakrabarthy, p.350.

이처럼 하루 종일 비가 내리는 날을 어찌 보낼까요?

제 시선은 벌써부터 먼 곳을 배회하고,

제 영혼은 사나운 바람이 되어 울부짖으며 방황합니다.

'아사다* 밤에 홀로 앉아서'**

하루를 보내고, 아사다 밤에 홀로 앉아서.

폭우가 끝없이 내리고

방의 한 귀퉁이에 홀로 앉아, 무엇을 생각하는가?

작은 숲을 가로지르는 습기 머금은 바람은 무엇을 말하려는가?

내 마음의 온기는 폭우에 밀려 어느 해안가로 떠내려가고

젖은 야생화의 향기가 내 영혼을 흐느끼게 하면

이 어두운 밤을 함께해줄 곡조 그 어디 없을까?

모든 것을 망각하고 나 자신조차 잊어버릴 그런 노래.

'아사다, 오늘 어디를 다녀왔어?'***

---

* 아사다는 6월에서 7월 사이.

** 앞의 책, p.351.

*** 위의 책, p.352.

아사다, 오늘 어디를 다녀왔어?

숲의 가장자리에서 검은 옷차림으로 잠시 기다린 거야?

동서쪽으로 승리의 깃발을 펄럭인 거야?

큰 북처럼 우르릉 쾅쾅거리며 누구를 깨우려고 한 거야?

야자수 잎은 술에 취해 춤의 정령처럼 흐느적거리고

사라쌍수 숲은 거친 바람에 휘청거린다.

하늘을 가로질러 던진 그 다트를 되돌아오게 한 것은 누구인가?

구름의 그림자로부터 굴러서 되돌아온 거야?

범람한 파도를 휘저은 이는 누구인가?

 '사랑하는 이여, 떠나지 말아요.' *

사랑하는 이여, 구름 가득 낀 이 새벽, 저를 떠나지 말아요.

고독한 밤 내내 당신은 제 꿈속에 있었나요?

사랑하는 이여, 무의미하게 시간이 흘러가고.

비가 촉촉이 내리면, 쉼 없는 바람이

어서 당신의 손을 잡으라고 말해준다.

---

* 앞의 책, p.353.

계절의 변화를 노래한 시

인도에는 여섯 개의 계절이 있다. 봄, 여름, 몬순, 가을, 추수, 겨울이다. 여름의 상징인 몬순과 추수도 각각 하나의 계절로 친다. 봄과 가을, 추수의 계절은 생각보다 짧다. 하지만 아직도 인도의 농부들은 손으로 곡물을 수확하다 보니 시간이 많이 걸려 한 절기로 보는 것이다. 먹을 것이 풍부하고 날씨가 선선해지기 시작하는 추수의 계절은 시골 사람들에게 마음의 여유를 선물한다. 그래서 겨울은 농한기이자 결혼식이 이어지는 가장 풍요로운 계절이다. 추수가 다 끝나가는 12월 무렵이면 도시와 시골에선 거의 매일 형형색색의 결혼 조명이 반짝거린다. 특별히 길한 날에는 하루에 여러 건의 결혼 초대장을 받을 정도다. 그들에게 결혼식은 일생일대의 이벤트다. 소비

에 매우 신중한 사람들조차 자식의 결혼식만큼은 성대하게 치
르러 주머니를 푼다. 은행 대출을 받아서라도 딸의 지참금을 넉
넉히 챙겨주려는 부모들도 있다. 부모들에게 노후를 생각하라
는 충고는 인도에서는 아직 설득력이 없다. 자식이 부모의 노후
를 돌봐주는 전통이 남아 있으니 서로 상부상조하는 것이다.

인도의 결혼 행렬은 아주 요란하다. 언젠가 바라나시에서
였다. 한밤중에 호텔 창밖을 내려다보고 있었다. 아주 화려하
고 거창한 조명의 행렬이 지나가고 있었다. 말을 탄 신랑이 신
붓집으로 가는 행렬이었다. 그 선두에 휘황찬란하게 불을 밝
힌 샹들리에를 든 사람들이 눈에 띄었다. 크고 작은 샹들리에
불빛이 아름다운 것보다 그렇게 해서까지 불을 밝히려는 시도
가 더 놀라웠다. 이동하며 불을 밝혀야 하니 커다란 배터리 등
장비를 실은 트럭 몇 대가 함께 움직였다.

그들은 하려고만 하면 뭐든 방법을 찾아내고 만다. 아직도
사람이 손을 사용해서 마치 기계처럼 정확하게 수많은 일을
해낸다. 인도 사람들을 보면 사람이 몸을 사용하면 못할 일이
거의 없는 것처럼 보인다. 아니 정확히 말하면 손의 기능이 그
렇게 많았던가 의아할 정도다. 거의 기계에 가까운 속도와 기
술을 발휘할 뿐 아니라 문제 발생 시 즉시 해결까지 척척 해낸
다. 컴퓨터는 고장 나면 스스로 해결할 능력이 없지만, 사람은

곧바로 문제점을 찾아내고 해결까지 한다. 10년 이상 사용하는 컴퓨터는 별로 없지만, 사람의 신체와 뇌는 잘만 관리하면 거의 100년에 가깝게 사용할 수 있다. 인도에는 한 가지 일을 가업으로 이어오면서 수천 년 동안 노하우를 축적한 이들의 후손들이 산재해 있다. (계급 제도의 결과물이다.) 인도가 산업화되면서 그 수많은 전문가들이 그저 기계 앞에 앉아서 버튼을 누르고 손을 사용하지 않게 되는 게 과연 좋은 일일까? 경제 성장을 수치로 따지는 이들에게 생산성과 효율성의 측면에서는 좋을지 몰라도, '만들어내는 사람'의 본성을 잃어버린 이들은 삶의 의욕을 상실하고 불필요한 물질의 노예로 전락해버릴지도 모른다.

평상시 인도 사람들은 유행이나 과소비와는 거리가 먼 생활을 한다. 인도는 소비를 미덕으로 여기는 사회가 아니다. 그런 그들의 경제 개념도 자식의 결혼식 앞에서 여지없이 깨지고 만다. 화려하고 값비싼 예물과 선물, 꽃장식과 하객들을 대접하는 음식에 많은 돈을 써도 아깝다고 생각하지 않는다. 물론 경제가 발달하고 빈부 격차가 더 심해지고 도시 중심의 사회로 바뀌면 이런 풍속도 자연스레 바뀔 것이다. 도시에서 집 한 채 마련하려고 평생 걸리게 되면 부모와 자식 사이도 예전 같지 않아지는 게 당연하다. 자식에게 모든 걸 바치고 노후를 보장받으려는 부모도 없을 것이고, 자식도 부모를 떠맡지 않을 것이다.

인도의 봄은 겨울의 가뭄을 끝내는 비와 함께 시작된다. 그 봄비는 건조하고 메마른 대지와 땅속 깊은 곳의 씨앗들에게 희망의 전령이다. 갈증으로 지쳐 메마른 나뭇가지에 앉아 있던 목마른 새들도 비를 반긴다. 인도에선 사람이나 나무나 모두 강인한 생명력으로 살아남는다. 혹독한 기후가 매년 모든 생명체를 금속을 제련하듯 담금질한다. 지난겨울 온통 흙먼지를 뒤집어쓴 황토색 나뭇잎들만큼 간절하게 봄비를 기다리는 것은 사람들도 마찬가지다. 그렇다고 해서 한두 번 내린 봄비가 단번에 대지를 촉촉이 적셔주지는 않는다. 하지만 봄이 가까이에 있다는 설레는 소식을 전해준다. 타고르의 시에도 그런 메시지가 잘 담겨 있다.

'봄이 우리를 설레게 합니다' *

문 앞에 찾아온 봄이 우리를 설레게 합니다.
세상을 등진 당신의 삶에서 봄이 멀어지지 않게 하세요.
당신 마음의 꽃잎을 활짝 펼치시고,

---

* 앞의 책, p.364.

가까이 있는 것과 멀리 있는 것을 구분 짓지 마세요.

하늘이 다시 음악으로 가득 차면

당신 영혼은 파도처럼 물결칠 것입니다.

당신 안의 향기를 널리 퍼뜨리시어

그곳이 어디든 당신의 자리로 만드세요.

오늘만은 깊은 고통도 숲을 가로질러 가버리게 하시고

그 소리조차 잎을 통과하게 그냥 두세요.

옷을 잘 차려입고 기다리며,

이 땅에서 아득히 먼 하늘을 쳐다보는 이 누구인가요?

남풍이 저의 영혼을 간질이고 문을 두드리며 누구를 찾으려는

것인가요?

향기로 가득한 이 밤에

누구의 발자국 소리인가요?

오 아름답고 사랑스러우며, 찬란한 분이시여,

당신은 그리도 애절히 누구를 부르시나요?

'봄, 당신은 대지를 홀리시네요' *

봄, 당신은 대지를 홀리시네요.

당신의 경계 없는 아름다움에

모든 것이 풍요로워집니다.

숲 외곽의 초록빛 목초지,

그늘진 망고 나무 숲,

호수 주변과 강물에,

푸른 하늘과 남풍,

이 모든 것 가운데 당신이 존재하십니다.

도시에도, 시골에도 그리고 꽃밭에도,

하루 종일, 늦은 밤에도,

뻐꾸기가 노래 부르고 춤추며

온 세상을 매료시킵니다.

궁궐과 오두막에서 노랫소리가 울려 퍼지고,

마음은 기쁨으로 넘치고

삶은 풍요로워집니다.

휴식도 잊은 채 가슴은 요동치고,

춤추는 발목의 방울 소리는 멈출 줄 모릅니다.

＊ 앞의 책, p.365.

'무겁고 침울한 폭우 속의 어리석은 집착' *

무겁고 침울한 폭우 속의 어리석은 집착

그대는 밤 같은 비밀, 고요를 간직한 채, 이 밤을 지나칩니다.

새벽의 무거운 눈꺼풀은 쓸모없는 바람막이처럼 저절로 내려

오고

엉킨 구름이 참을성 없이 하늘을 뒤덮고

새들이 사라진 들판으로

닫힌 문을 열고 당신께서 황량한 길을 갈 때

오, 사랑하는 방랑자여, 이 폭우 속에서도 문을 열어놓으려 하

오니

꿈의 그림자처럼 지나쳐 가지 말아주세요.

'오늘 논이 범람했다' **

논이 범람하고 햇빛과 그림자가 숨바꼭질을 한다

누가 흰 구름의 뗏목을 띄우고, 숨바꼭질 놀이를 하는가?

---

* 앞의 책, pp.353-354.
** 위의 책, pp.357-358

꿀벌들은 조심성 없이 윙윙거리며 빛 아래서 꿀을 모은다.

하루살이와 오리들은 떼 지어 모래사장으로 날아간다.

이런 날, 절대 실내에 있지 않을 거야.

이런 날, 하늘을 점령하고 밖에 있는 것은 무엇이든 약탈하고 말 거야.

밀물과 썰물 속에서 파도가 이는 것처럼,

웃음이 바람 속으로 사라지는 것처럼.

시간을 잊은 채

하루 종일 저의 피리를 불겠습니다.

'밤은 가을 아침으로 가는 길을 가르쳐줍니다' *

밤은 가을 아침으로 가는 길을 가르쳐줍니다.

나의 피리, 이제 누구에게 이 피리를 주어야 할까요?

팔군(Phalgun)과 사라반(Sravan)의 아침에**

당신은 영혼을 담아 외치며,

이별의 곡조에서 환영의 음색을 짜내시네요.

---

* 앞의 책, p.399.
** 팔군은 2~3월, 사라반은 7~8월을 가리킨다.

영혼 깊숙이 생각을 감추며

노래 부를 때마다 그것을 감춘 채

하루를 마무리하는 별들처럼

이제 당신의 시간이 끝나면

슐리(Shiuli) 꽃*을 흩뿌리며 가시겠지요.

'보름달이 가을을 데려와주었어요' **

보름달이 봄을 흘긋 보여주듯 가을을 데려와주었어요.

바쿨(bakul)*** 나무 꼭대기에 달빛이 환상의 꽃처럼 걸쳐 있

네요.

오늘 밤 보름달이 가져와 속삭이는 비밀은 무엇인가요?

하얀 협죽도 꽃의 때 이른 개화로 숲은 넋을 잃고,

이름 모를 잠 없는 새가 노래 부릅니다.

오늘 밤 보름달이 가져온 달콤한 기억은 누구의 것인가요?

---

* 밤에 피는 재스민 꽃.
** 앞의 책, p.361.
*** 스페인 체리.

'당신의 이름은 모릅니다.' *

당신의 이름은 모르지만, 당신의 곡조는 압니다

당신은 가을 새벽을 알리는 빛의 전령입니다

슐리 꽃이 가득 핀 숲에서

그 생각에 빠져 하루를 보냅니다

당신은 무슨 이유로 제 마음에 고통의 피리를 남겨두고 떠나

셨나요?

제가 하고 싶은 말은 눈물로 흠뻑 젖어 이슬방울이 되어버립

니다

마음의 눈으로

제 안에 남아 있는 것이 무엇이든 찾아내

빛과 그림자로 천을 짜며,

표현할 길 없는 슬픔으로 비나를 껴안으렵니다.

———————————

* 앞의 책, p.359.

사랑과 그리움의 노래

'노래 부르기 위해'

오 잠을 깨우는 분이시여.
노래 부르기 위해, 저를 깨어나게 하소서.
당신은 노래로 제 영혼을 깨어나게 하십니다.
오 슬픔의 전령이시여.
어둠이 내리면 새들은 둥지로 날아가고
배들은 해안에 정박합니다.
하지만 제 영혼은 위안을 찾지 못합니다.
오 슬픔의 전령이시여.
당신은 제가 일에 열중하는 동안

행복의 눈물이 마르지 않게 해주십니다.

저를 어루만지시어 영혼이 충만케 하시고 몰래 떠나십니다.

제 고통의 저 너머에 계시는

오 슬픔의 전령이시여.

'지난밤 노래가 내게 왔다'

지난밤 초대받지 않은 노래가 내게 왔다.

그러나 당신은 나와 함께 있지 않았지요.

내가 당신께 늘 말하고 싶었던 것은

한평생 남몰래 눈물을 흘린 것이지요.

이제 어둠이 찾아오고

희생의 제식에서 타다 남은 불길 속에서 곡조가 튀어나옵니다.

그러나 당신은 나와 함께 있지 않았지요.

하루의 끝자락에서

내가 당신께 간절히 말하고 싶은 것은

바람결에 꽃향기가 흩어지며,

새들의 노래가 하늘에 울려 퍼진다는 것입니다.

그러나 내가 하고 싶었던 그 말은 곡조로 나오지 않습니다.

이제 당신이 가까이 있기에

그것이 아무리 힘들어도 괜찮습니다.

'저를 기억하지 못한다 하셔도'

당신이 저를 기억하지 못한다 하셔도 더 이상 묻지 않고

날마다 그저 노래 부르기 위해 당신의 문 앞으로 달려가겠습니다.

당신의 깜짝 놀라 웃는 해맑은 얼굴을 볼 수만 있다면

수많은 날들이 지나도, 내가 살아 있는 한, 당신께 돌아갈 것이며,

아무 이유도 없이 그저 노래 부를 것입니다.

팔곤(Palgon) 꽃이 다 지면 이 봄이 다 가고

빛은 희미해지고, 노래 소리도 멈추고, 비나 연주도 끝나겠지요.

하지만 지금 이 순간이 충만하기에 괜찮습니다.

제가 이 세상에 살아 있는 동안

당신께서 제 몃목을 기쁨으로 채워주실 것을 희망합니다.

그 희망으로 저는 아무 이유도 없이 그저 노래 부르겠습니다.

'꼭 기억하세요'

꼭 기억하세요.
당신의 축제에서 저의 노래를 부르면
목이 마른 잔디와 고독하고 버림받은 빈숲에
밤이 오고 시든 나뭇잎이 떨어집니다.
마음속에서 저의 노래를 부르면
밤이 오고 시든 나뭇잎이 떨어집니다.
지나가는 나그네는 이 노래를 간직하며,
등잔을 손에 들고, 온 밤을 여행합니다.
낯선 항구의 부름을 받고 표류하여
부서진 뗏목 위에서 저의 노래를 부르면
저녁이 오고 시든 나뭇잎이 떨어집니다.

'사랑으로 당신을 받들겠습니다'

아름다움이 아니라 사랑으로 당신을 받들겠습니다.
손이 아니라 사랑으로 그 문을 두드릴 것입니다.
꽃이나 장신구로 저를 치장하지 않고
오직 사랑으로 만든 목걸이를 당신께 걸어드리겠습니다.

폭풍우가 휘몰아쳐 제 영혼이 떠내려 간 것을 아무도 모르겠지요.

눈에 띄지 않게, 달빛처럼 밀려와서, 저를 휘감아버렸습니다.

'오늘 같은 날 그녀에게 말하렵니다'

오늘 같은 날 그녀에게 말하렵니다.
그날은 비가 세차게 내리겠지요.
컴컴한 하늘에서 쏟아지는 세찬 빗소리를 들으며
오늘 같은 날 당신은 마음을 열겠지요.

주위에 인기척이라곤 없으니
그 말을 듣는 이 아무도 없겠지요.
세상에 마치 아무도 없는 것처럼.
우리 둘, 각자의 슬픈 얼굴을 마주하고
거침없이 흐르는 물줄기처럼

거미줄처럼 얽힌 이 세상의 허무와 삶의 끝없는 소란.
우리는 오직 눈으로만 자신의 넥타를 마십니다.
진실은 오직 마음으로만 느낄 수 있는 것,

다른 모든 것은 어둠 속에서 사라져버립니다.

이 세상에 해를 끼치러 오는 이 아무도 없기에

만약 내가 마음의 부담을 조금만 덜어낼 수 있다면

이처럼 비가 억수같이 쏟아지는 날

　방 한구석에서 그녀에게 늘 고백하고 싶었던 몇 마디를 한다

해도

세상은 꿈쩍도 하지 않을 텐데….

하루가 번갯불의 섬광처럼

거친 파도처럼 지나갑니다.

지금 이렇게 폭우가 쏟아지는 날

내가 평생 간직해온

그 말들을 해야 할 때입니다.

'그대 잠시 내 곁에 앉으세요'

그대 잠시 더 내 곁에 앉아서,

할 말이 있거든, 지금 하세요.

보세요, 사라트(Sharat)*의 하늘이 창백해지기 시작하고,

자욱한 안개가 수평선을 환하게 밝혀줍니다.

당신이 이른 새벽 나의 문 앞에 찾아와,

보고 싶어 하는 것이 무엇인지 알아요.

당신은 한낮의 빛이 시들기 전에 그것을 보셨나요?

당신은 그것을 위해, 내가 알지 못하는 고통의 시간을 보내고,

내게로 와서 내 핏줄 속의 꽃으로 피어납니다.

여행자여, 말해주세요.

의심에 가득 찬, 당신은 아직 내 방으로 들어오지 않고,

마당 한가운데서 조용히 음악을 연주하네요.

당신은 먼 나라로 가실 때 무엇을 가져가시렵니까?

사랑하는 이여, 지금이 마지막 작별의 순간입니다.

이른 새벽이 오면, 당신은 이곳을 떠나

그 심오한 메시지를 찾기 위해 먼 곳으로 떠날 것이고,

그곳이 어딘지 아시나요?

여행자여, 말해주세요.

내 핏줄 속에 숨겨진 불씨로 영혼을 밝히시고,

내 삶의 불길로 등잔을 밝히세요.

---

* 초가을.

자연과 영적 존재를 향한 찬미의 노래

'하늘 가득 별이 빛나면'

하늘 가득 별이 빛나고 세상이 그 영롱함으로 충만해지면,
경이로움의 노래를 부르며
그 한가운데서 저의 성소를 발견합니다!
대지의 무한한 기운이 핏줄 속으로 밀려들면
그 창조의 기운으로
경이로움의 노래를 부르며
잡초 무성한 숲길을 걷다가,
야생화의 향기에 그만 넋을 잃고,
온 세상 가득 기쁨의 선물이 넘치면

그 경이로움을 노래로 짓습니다.

그렇게 보고 들으며

마침내 대지 한가운데 제 자신을 내려놓고,

아는 것 가운데 알지 못하는 것을 발견하고

그 경이로움을 노래 부릅니다.

여름을 노래한 시

'오세요 오세요 바이샤키*

오세요 오세요 바이샤키시여.

죽음조차 날려버릴 뜨거운 숨결을 가지고,

한 해의 모든 쓰레기를 날려주세요.

오랜 기억들은 잊게 하시고, 희미한 멜로디들은 사라지게

해주시고,

눈물 한 방울마저 말라버리게 하소서.

싫증 난 것들은 멀리 날리시고, 부패한 것은 쫓아버리소서.

불 같은 소나기로 성스러움을 자극하시고

---

* Baishakh, 4월과 5월 사이.

어서 오셔서 욕망의 활력을 끊어놓으시며,

부소서, 부소서, 파괴의 소라고등을,

멀리멀리 운전하셔서 환영의 한가운데로 나아가소서.

'오 탁발승이시여, 당신께 절합니다'

세속의 욕망을 버린 탁발승이시여,

당신께 절합니다.

당신의 등잔을 밝히시어

그 열기로 자아를 태워버리시고

그 순수한 깨우침의 빛으로 영혼을 밝히소서.

'바이샤키 폭풍우가 맞지요'

밤하늘을 삼켜버리는 바이샤키 폭풍우가 맞지요.

왜 두려워하시나요, 무엇이 당신을 두렵게 만드나요?

모든 창문을 열고 그 사나운 포효를 들으세요.

그것은 바로 당신의 이름이 불리는 것이니까요.

당신의 노래와 곡조로 폭풍우의 부름에 응답하세요.

무엇을 흔들든 그것이 흔들리게 하시고

무엇이 지나가든 그것이 지나가게 하세요.

무엇을 부수든 그것이 파손되게 두세요.

무엇이 남든 그것이 마지막이 되게 하소서.

겨울을 노래한 시

'겨울바람'

겨울바람이 아말라키* 나뭇가지들을 흔듭니다.

나뭇잎이 흔들리며 열매가 하나둘 떨어집니다.

아말라키 열매는 더 이상 숨을 자리가 없어져

마침내 열매가 다 떨어지고 맙니다.

당신의 그 변덕으로 열매가 모두 떨어지고

또다시 열매로 가득 채워지겠지요.

오랫동안 저는 당신을 기다렸습니다.

이제 마침내 겨울을 부르시는군요.

어느 새벽이 오면 제가 모든 것을 포기해야 하는지요?

---

* Amalaki, 암라. 입안 청량제 빤(Paan)의 재료.

'겨울이 여기 와 있어요'

겨울이 여기 와 있고 한 해가 저물려고 합니다.

어서 추수를 준비해 곡식을 거둬들이세요.

서두르세요, 서두르세요, 들판엔 아직 일거리가 남아 있네요.

우리가 게으름 부리는 바람에 어스름이 다가와버렸네요.

수확이 다 끝나고 나면 저녁별이 반짝이며 천국을 밝히겠지요.

마당에 정겨운 장소를 마련하면 누가 당신의 짝이 되어줄까

요?

'누가 당신을 숨겨주었나요?'

이 황량한 겨울에 누가 당신을 숨겨주었나요?

제 영혼은 그 장면을 품을 수 없으며, 견디기조차 힘이 듭니다.

오 위대한 분! 왜 그토록 인색하게 당신이 창조하신 그 피조물

가운데

숨어 계시나요?

당신께서 공양물을 받으신 것인지 알 길이 없네요.

슬픔에 잠긴 빗소리처럼 숲에서 찬바람이 신음 소리를 냅니다.

왜 풍요로운 당신께서 그처럼 사막 같은 풍경을 연출하시나

요?

당신의 풍요를 어디에 숨겨두신 건가요?

시든 잎과 메마른 나뭇가지에서 어떻게 뻐꾸기가 노래하겠습니까?

간절히, 우리는 그 무언의 메시지와 텅 빈 집회에 관해 묵상합니다.

애국과 헌신의 노래

'나의 황금의 벵골'

황금의 벵골, 당신을 사랑합니다.

당신의 하늘과 바람은 제 영혼 속에서 음악을 연주합니다.

오 어머니시여, 봄이면 당신의 망고 꽃 향기에 취하고.

늦가을, 당신의 들판이 기쁨으로 넘치면

그 아름다움과 그림자, 그 따뜻함과 온화함은

또 얼마나 충만한지요!

당신의 풍성한 옷자락은 바니안나무 아래를 온통 뒤덮고 강둑까지 펼쳐집니다.

오 어머니시여, 당신의 노래는 저를 평온케 하고

오 어머니시여, 그 풍경과 음악은 저를 기쁘게 합니다.

그러나 당신께서 슬퍼 보이면, 저는 눈물을 쏟고 말지요!

당신의 보살핌으로 어린 시절을 보내고

당신의 먼지와 진흙이 온몸에 묻었을 때 저는 삶을 축복으로
여겼습니다.

하루가 끝날 무렵 밤이 오면 당신의 빛은 또 얼마나 찬란한지요!

오 어머니시여, 모든 놀이를 멈추고 당신의 무릎 위로 쏜살같
이 뛰어오를 때는

또 얼마나 즐거운지요!

그늘 진 마을 길에서 하루 종일 새들의 노래 소리가 울려 퍼지고

소 떼가 풀을 뜯는 들판과 나룻배가 정박된 강가에서

곡식이 가득 영근 들판에서

오 어머니시여, 저는 또 얼마나 충만해지는지요!

당신의 목동과 일꾼들은 모두 저랑 친구가 됩니다!

오 어머니시여, 제가 당신의 발아래 엎드리면,

그 발아래 밟히는 흙먼지로 저를 축복하시는 것은,

보석으로 저를 치장하시는 것과 같습니다.

오 사랑하는 어머니시여, 제가 가진 것이 아무리 초라할지라도

모두 당신의 발아래 놓아두겠습니다.

외국에서 사온 값비싼 물건으로 치장하기를 멈추고

당신께서 내리는 죽음의 올가미조차도
훌륭한 장식품이라는 것을 아는 것은 얼마나 충만한지요!

'아무도 당신께 귀 기울이지 않더라도'

오 불행한 분, 아무도 당신께 말을 걸지 않고,
당신의 부름에 아무도 귀 기울이지 않더라도
그저 당신의 길을 가소서.
모두가 침묵을 두려워하며
당신의 길이 아닌 다른 길을 보고 있어도
당신 마음을 열어 확신케 하시고,
하고 싶은 말을 하소서.
오 불행한 분, 당신께서 먼 길을 출발해도
사람들이 당신께 등을 보이고 돌아서서
아무도 당신의 길을 지켜주지 않으면,
당신의 발은 가시에 찔려 피가 흐를 것이기에
당신의 길을 따르도록 확신을 주시고
오 불행한 분, 아무도 당신의 길에 빛을 비춰주지 않고
어느 날 폭풍우가 당신의 문 앞까지 찾아오면
그 번갯불의 섬광으로 당신의 갈비뼈를 태우시어

그 빛으로 당신의 길을 가소서.

'오, 뛰어난 가수시여'

오, 뛰어난 가수시여! 어찌 그리 훌륭히 노래 부르시나요?

저는 놀라워 숨죽이며 듣습니다.

그 노래의 빛이 하늘에 닿을 듯합니다.

바람이 하늘을 가로지르며 경쾌하게 당신의 노래를 따라 부릅니다.

그 신성한 노래의 물줄기가 번개로 내리쳐 바위를 부수고 맙니다.

제 마음은 그 운율에 맞춰 노래 부릅니다.

하지만 저의 혀는 그것을 발음할 수 없습니다.

노래하고 싶지만 가사들이 입 밖으로 나오지 않습니다.

좌절한 저의 영혼은 울부짖습니다.

제 주변에 당신 음악의 그물을 치시고 함께 노래하지 않으시렵니까?

'당신은 음악의 등불을 밝히셨습니다'

당신은 제 영혼에 음악의 등불을 밝히셨습니다.

그 불길이 온 사방으로 번져

죽은 나뭇가지를 춤추게 하면

마치 누가 누구인지 말하는 것처럼 하늘 향해 팔을 뻗습니다.

밤하늘의 모든 별들이

어떤 정신 나간 바람이 그렇게 빨리 스쳐 지나는지 놀랍습니다.

어둠의 한가운데서 검붉은 장미가 피어나는 것인가요?

이 불길이 얼마나 센지 누가 알기나 할까요?

'당신은 눈빛으로 제게 청하십니다'

당신은 눈빛으로 제게 노래를 청하십니다.

꽃과 별, 낮과 밤, 황혼 무렵의 희미한 빛 속에서

왜 제가 노래 부르지 못하는지 모르시지요.

저는 고통으로 그만 가사와 곡조를 잊어버렸습니다.

당신은 거친 폭풍우 속으로 저를 불러내

천둥 번개 속에서 세찬 물줄기를 쏟아붓고,

몬순 폭우 속에서 저를 죽음으로 내몰려 하시는가요.

당신은 왜 제가 당신께 갈 수 없는지 모르시지요.

저는 바다를 가로질러 당신께 가는 길을 찾지 못합니다.

'당신은 그에게 거지 옷을 입히셨습니다'

당신이 재미난 놀이로 생각하시고 그에게 거지 옷을 입히자
하늘은 경련을 일으킬 듯 신나게 웃었지요.
그는 여기저기 떠돌며
여러 집의 문을 두드렸습니다.
당신께 바칠 양만큼
부스러기 음식으로 동냥 그릇을 채웠습니다.
그는 이번 생은 평생 거지로 살 것이라 생각합니다.
다음 생도 거지로 살지 모른다고 체념합니다.
생의 끝자락에서
그는 두려운 마음으로 당신께 나아갑니다.
당신은 그에게 당신의 꽃목걸이를 걸어주며 반가이 맞아주시
겠지요.

'고독한 길을 가로지르며'

저의 빛은 이 외롭고 고독한 길 위에서 꺼지고 맙니다.
폭풍우가 몰아치기 때문입니다.
폭풍우는 제게 친밀하지만

하늘의 가장자리에서 거무스레한 재앙이 미소 짓습니다.

제 머리와 옷을 헝클어뜨리며 신이 나서

비극적인 결말로 저를 무너뜨리고 맙니다.

저의 등잔은 이 고독한 길 위에서 꺼지고 맙니다.

제가 이처럼 어둠 속을 방황하는 것을 아는 이 없겠지요.

그러나 천둥이 새로운 길을 알려주면,

누군가 저를 또 다른 새벽으로 데려가주겠지요.

'당신께 모두 드려야 한다는 것을 압니다'

오, 님이시여, 당신께 모두 드려야 한다는 것을 압니다.

저의 소유물, 제가 쓴 글들,

제가 보고, 듣고, 경험한 모든 것, 여행의 발자국들,

그 모든 것을 엮어서 당신께 드립니다.

마음속에 감춰두었던 그 숱한 아침과 밤이

깨어나며 당신을 우러러봅니다.

그 순간을 위해 비나 줄을 고르렵니다.

당신께서 저의 곡조를 연주하라 하시면

모든 것을 당신께 드려야 할 때가 온 것이겠지요!

제 기쁨과 슬픔조차 당신께는 즐거움이겠지요.

당신께서 저를 쳐다보실 때까지 당신을 우러르게 하시고
제가 이룬 모든 것이
당신 것이 되도록 하겠습니다.
오! 님이시여, 당신께 모두 드려야 한다는 것을 압니다.

'사랑을 허락하지 않으시려면'

사랑을 허락하지 않으시려면
왜 그런 색채로 새벽하늘을 그리셨나요
왜 별들로 목걸이를 만드셨나요
왜 저의 침상을 꽃밭으로 만드셨나요
왜 저의 귓가에 신비로운 휘파람 소리를 들려주셨나요
제 영혼에 시를 허락하지 않으시려면
왜 고개를 들어 하늘을 쳐다보게 하셨나요
왜 갑자기 제 마음을 지배하려 하셨나요
이제 저는 미지의 세계로 항해를 계속 하렵니다.

'오늘이 지나갈 것을 알아요'

저는 알아요. 오늘이 지나갈 것을

하루가 끝날 무렵, 슬픈 미소를 띤 창백한 태양이

제 얼굴을 보며 작별 인사를 하겠지요.

길 위에 피리 소리가 울려 퍼지고,

하천 제방 위에서 소 떼가 풀을 뜯고

마당에서 아이들이 뛰어놀고

새들이 지저귀고

그렇지만 오늘은 가고, 또 가겠지요.

당신께 간청하건대

제가 떠나기 전에 그 이유를 말해주세요.

왜 초록의 대지는 하늘로 눈길을 보내며 저를 부르는지

왜 고요한 밤은 별들의 소식을 전해주는지

왜 한낮의 빛은 제 마음에 물결을 일으키는지

당신께 간청하건대

이 세상에서 저의 회합이 끝나는 날

단번에 제 노래를 끝내게 해주소서.

여섯 계절*의 꽃과 과일로 쟁반을 가득 채우고

당신 주변에 제 꽃목걸이를 내려놓고 잠깐이라도 당신을 뵙게

해주소서.

이 세상에서 저의 회합이 끝나는 날.

---

* 인도의 절기는 사계에다 몬순과 추수를 더해 여섯 계절이 있다.

463

에필로그

시와 노래, 기도가 일상이 되는 삶

2020년 1월, 나는 산티니케탄에 있었다. 오래전부터 알고 지내는 노부부의 집에서 한 달간 머물렀다. 사회학과 교수로 은퇴한 안주인과 고고학자인 남편, 두 분이 사는 집이었다. 나는 그 집의 2층을 독차지했고, 오후 시간은 주로 1층과 2층 사이에 있는 작은 서고에서 보냈다. 창문 너머로 키 큰 파파야 나무가 몇 그루 보이고, 채 익지도 않은 파파야를 맛보려는 새들의 분주한 움직임을 지켜보는 것이 즐거웠다. 레몬 나무와 여러 가지 꽃이 피고 지는 정원, 고수와 당근을 키우는 텃밭이 있고, 근처에 사슴 공원이 있어 산책하기에도 좋았다. 게다가 음식 솜씨가 좋고 호기심 많은 요리사 수키가 있었다.

그 집에 묵은 지 며칠 후였던 어느 수요일 아침, 나는 산티니케탄의 몬딜에서 열린 시 낭송회에 참석했다. 몬딜은 타고르의 집 우타라얀 건너편에 있는 작은 사원이다. 외부는 채색 유리 모자이크로 되어 있어 밤에 불이 켜지면 참 아름답다. 종교에 상관없이 의식을 치를 수 있다. 하지만 마치 시가 모든 종교를 제압해버린 듯 종교 의식보다 시 낭송회가 주로 열린다. 평상시에는 비어 있다가 매주 수요일 아침이 되면 사람들이 모여들어 시와 노래로 채워지는데, 주제는 늘 자연예찬과 감사의 기도라고 생각하면 된다.

그날의 시 낭송자는 내가 머물던 집의 안주인 쿰쿰 바타챠리야 교수였다. 그녀는 가장자리에 옅은 푸른색 문양이 장식된 흰색 사리를 입고 다소 긴장된 얼굴로 나와 함께 집을 나섰다. 낭송자는 흰색의 전통 의상을 입어야 하고, 격식을 갖추려는 참석자 또한 흰색 옷을 입는다. 잘 손질된 흰색 옷을 입은 아이들이 하나둘 몬딜로 모여드는 것을 보며 왠지 숙연해졌다. 영국의 강점기에 인도의 정신을 지키려 했던 무언의 항거는 오래전에 끝났지만, 그 정신을 기리는 후손들의 마음이 느껴졌기 때문이다.

짧은 묵상과 함께 낭송회가 시작되자, 음악 대학 학생들이 인도 전통 악기에 맞춰 타고르의 노래 두 곡을 불렀다. 그런 다음 그날의 시 낭송과 해설, 다시 노래로 끝을 맺었다. 쿰쿰 교수가 낭송한 시는 타고르의 '당신께 모두 드려야 한다는 것을 압니다'(이 책 461쪽 참고)라는 시로, 벵골어로 낭송했다. 나는 전에도 수없이 수요일의 시 낭송회에 참석했다. 그런데 왜 유독 그날의 그 시가 내 마음을 울렸는지 잘 몰랐다. 낭송회가 끝나고 쿰쿰 교수님과 함께 집에 돌아가 뜨거운 홍차를 마시며 그녀가 찾아준 그 시의 영역본을 읽었다.

그날 이후 산티니케탄의 작은 서점 쉬본네르카에서 타고르가 발간한 오래된 잡지 몇 권을 찾아내기도 했고, 그의 시집을 읽으며 귀한 보물을 마주하는 순간을 만끽하기도 했다. 그의 집 우타라얀을 걸으며 시인을 만나는 상상도 해보았고, 그가 태어난 집 조라상코 구석구석을 탐사했으며, 그가 후식으로 즐겨 먹었다는 '엘로 젤로' 스위트를 맛보러 '발라람'(타고르가의 단골 스위트 가게, 1885년 캘커타에 개점)을 찾아가기도 했다.

그렇게 타고르에 관한 책을 쓰기 시작했다. 한국에 돌아와서는 코로나 팬데믹으로 고립이 시작됐다. 타고르의 작품을 읽고, 산책을 하고, 이 책을 쓰는 게 나의 일상이 됐다. 산책길에서도 하늘의 구름이 흘러가는 것을 보면서 그의 시구를 떠올렸다. 계절이 바뀌었고, 글쓰기를 계속했다. 문학을 전공하지 않은 내가 시인의, 그것도 노벨 문학상을 탄 시인의 삶과 작품을 평가하고 서술하는 것은 어려운 일이었다. 한 편의 시를 번역하는 데 며칠씩 걸렸다. 읽고 또 읽고 수정하기를 반복했다.

이 책이 타고르의 평전이라고 하기에는 한없이 부족하다는 것을 잘 알면서도 글쓰기를 포기하지 않은 데는 이유가 있다. 나는 타고르가 일군 산티니케탄(평화의 마을)이 그가 남긴 가장 위대한 작품이라고 생각한다. 그는 인도의 오랜 지혜가 경전과 책이 아닌 산티니케탄에서 살아 숨 쉬며 영원히 살아가도록 해주었다. 봄이 온다고, 보름달이 떴다고 기도한다. 계절이 바뀐다고, 비가 내린다고, 곡식이 익어간다고 기도한다. 꽃으로 치장하고 노래 부르고 춤추며, 일상을 기도처럼 살아가는 단순한 삶이 얼마나 평화로운지 깨닫게 해주는 곳, 산티니케탄! 그래서 그의 작품을 읽은 시간보다 산티니케탄의 흙길을 걸은 시간이 훨씬 더 많았고, 이 책의 원고를 쓰는 데도 더 큰 힘이 되었다.

타고르가 자신의 종교를 '시인의 종교'라고 말한 것처럼, 그에게 삶은 시이자 기도였다. 그는 우주의 신비와 아름다움에 대한 묵상을 수많은 문학 작품과 그림으로 남겼다. 또 인도의 미래를 위한 헌신의 마음으로 아이들을 위한 학교를 세웠고, 불굴의 정신으로 어려움을 극복해내고 비스바바라티 국립

대학으로 키워냈다. 그는 '주권을 잃은 가난한 나라의 시인'
이라는 슬픈 현실을 온 마음으로 껴안으며, 언어와 문자의 향
연으로, 선과 색채로, 노래와 춤으로 사람들의 마음속 어두운
곳을 밝혀주었다.

그날 그 시 낭송회에서 내가 만난 타고르의 시 한 편이 오랫
동안 나를 지지하고 격려해준 것처럼, 우리의 삶이 시와 노래
그리고 기도로 채워지면 좋겠다. 타고르의 시와 노래에 담긴
간절한 기도의 힘으로.

참고 문헌

Alam, Fakrul & Radha Chakravarty(ed). 2011. 《The Essential Tagore》. The Belknap Press of Harvard University Press.

Ali, Farzana S. 2017. 《Rabindranath Tagore: His Philosophy and Art》. Dattsons.

Chakrabarti, Jayanta.(ed.) 1988. 《Drawings and Paintings of Rabindranath Tagore》. Kala Bhavan.

Dyson, Ketaki Kushari. 1985. "In search of Rabindranath and Victoria Ocampo." Calcutta.

Easwaran, Eknath. 1988. 《The Upanishads》. Penguin Books India.

Ghose, Sisirkumar. 1986. 《Rabindranath Tagore》. Sahitya Akademi.

Ghosh, Sankho. 1976. 《Ocampo's Rabindranath》. Calcutta.

Kowshik, Dinkar. 1999. 《Doodled Fancy》. Rabindra-Bhavana.

Kumar, R. Siva.(ed.) 2011. 〈Rabindrachitravali: Paintings of Rabindranath Tagore, Catalog〉. Pratikshan Publishing Co. Published by Pratikshan, Kolkata.

Lalit Kala Academy. Drawings and Paintings of Rabindranath Tagore, Centenary 1861-1961. New Delhi.

Neogy, Prithwish. (ed.) 1961. 《Rabindranath Tagore on Art & Aesthetics》. Oriental Longmans, Calcutta.

O' Connell, Kathleen M. 2002. 《Rabindranath Tagore: The Poet as Educator》. Visva-Bharati.

Parimoo, Ratan. 1973. 《The paintings of Three Tagores, Chronology and Comparative Study》. M.S.University, Baroda.

Prasad, Devi. 2000. 《Rabindranath Tagore-Philosophy of Education and Painting》. National Book Trust.

Radhakrishnan, S. 1987. 《Rabindranath Tagore: A Centenary Volume 1861-1961》. Sahitya Akademi.

Sharma, K.K. 1988. 《Rabindranath Tagore' s Aesthetics》. Abhnav Publication.

Sivranda, Swami. 2000. 《Bhagavad Gita》. The Divine Life Trust Society, Himalayas.

Subramanyan, K.G. 1978. 《Moving Focus: Essays on Indian Art》. Lalit Kala Academy New Delhi.

Tagore, Rabindranath. 《The meaning of Art》. Lalit Kala Academy, New Delhi.

Tagore, Rabindranath. 1961. "Jiban Smriti." 《Rabindra Rachanavali Vol.10.》. Government of West Bengal, Calcutta.

Tagore, Rabindranath. 1961. 《On Art & Aesthetics: A Selection of Lectures, Essays and Letters》. Orient Longmans, New Delhi.

Tagore, Rabindranath. 1985. 《On Art & Aesthetics》. Subarnarekha, Santiniketan.

Tagore, Rabindranath. 2002. 《Letters to a Friend》. Rupa. Co.

Tagore, Rabindranath. 2002. 《My Boyhood Days》. Rupa Publications India.

Tagore, Rabindranath. 2002. 《Selected Poems Vol-IV(Rabindra Rachnavali)》. Rupa. Co.

Tagore, Rabindranath. 2002. 《Stray Birds(Rabindra Rachnavali)》. Rupa. Co.

Tagore, Rabindranath. 2003. 《Fruit Gathering(Rabindra Rachnavali)》. Rupa. Co.

Tagore, Rabindranath. 2004. 《Gitanjali》. UBS Publishers' Distributors Pvt.Ltd.

Tagore, Rabindranath. 2004. 《Sadhana: The Realisation of Life(With Biographical introduction)》. Digreads Com.

Tagore, Rabindranath. 2008. 《The Runaway and other stories》. Visva Bharati, Kolkata.

Tagore, Rabindranath. 2010. 《My Life in my words》. Penguin Books.

Tagore, Rabindranath. 2014. 《My Reminiscences》. Creates Spaces.

Tagore, Rabindranath. (tr.) 1914. 《One Hundred Poems of Kabir》. Gyan Books.

《The Visva Bharati Quarterly(Founded by Rabindranath Tagore)》, Gandhi Number, Volume 35(1971). Santiniketan Press.

《The Visva-Bharati Quarterly》, Andrews Number, Volume 36(1971). Published by Eastend Printers.

《The Visva-Bharati Quarterly》, Volume 42(1977). Santiniketan Press.

《The Visva-Bharati Quarterly》, Volume 43(1979). Santiniketan Press.

《The Visva-Bharati Quarterly》. Volume 48(1982). Santiniketan Press.

표현되었을 뿐
설명할 수 없습니다

아시아 최초 노벨 문학상 수상자 타고르 평전

1판 1쇄 인쇄 2025년 3월 31일
1판 1쇄 발행 2025년 4월 7일

지은이 하진희
펴낸이 김현정
펴낸곳 책읽는고양이

기획 김현주
교정교열 이교혜

등록 제4-389호(2000년 1월 13일)
주소 서울시 성동구 행당로 76 110호
전화 02-2299-3703
팩스 02-2282-3152
홈페이지 www.risu.co.kr
이메일 risubook@hanmail.net

© 2025, 하진희
ISBN 979-11-92753-37-9 03810

※책값은 뒤표지에 있습니다.
※잘못 제본된 책은 바꾸어 드립니다.